Guy de Pourtalès

König Hamlet
Ludwig II. von Bayern

de Pourtalès, Guy: König Hamlet. Ludwig II. von Bayern
Hamburg, SEVERUS Verlag 2014
Nachdruck der Originalausgabe von 1929

ISBN: 978-3-86347-395-2
Druck: SEVERUS Verlag, Hamburg, 2014

Der SEVERUS Verlag ist ein Imprint der Diplomica Verlag GmbH.

Bibliografische Information der Deutschen Nationalbibliothek:
Die Deutsche Nationalbibliothek verzeichnet diese Publikation in der Deutschen Nationalbibliografie; detaillierte bibliografische Daten sind im Internet über http://dnb.d-nb.de abrufbar.

SEVERUS

KÖNIG LUDWIG II.

als Großmeister des bayr. Ritterordens

vom heilig. Georg

GUY DE POURTALÈS

KÖNIG HAMLET

LUDWIG II. VON BAYERN

DEUTSCH VON HERMANN FAULER

ZUR EINFÜHRUNG

IN der Vorrede zu seiner trefflichen Studie über Ludwig II. von Bayern versichert Jacques Bainville, „es würde schwer sein festzustellen, was die Literatur der Legende bezüglich dieses unglücklichen Königs verdankt." Ich gestehe, daß ich keinen dieser lyrischen Kommentare oder phantastischen Romane gelesen habe, die dies Herrscherschicksal heraufbeschwor. Der Verfasser des Roi Vierge scheint auf die Teppiche seiner Wohnung gespien zu haben; das hat mich der Lektüre des Buches dieses Poeten enthoben. Ich habe weder Le Roi fou, noch Les Rois von Jules Lemaître gelesen. Mein literarischer Versuch fußt einzig – was Tatsachen betrifft – auf einigen deutschen Werken: Gottfried von Böhm: Ludwig II. König von Bayern, sein Leben und seine Zeit; König Ludwig II. und seine Welt von Georg Jacob Wolf; Ich, der König von Fritz Linde; König Ludwig II. und die

Kunst von Luise von Kobell, der Gattin des weiland langjährigen königlich bayerischen Kabinettchefs August von Eisenhart. Nimmt man außer den genannten Bänden etwa noch die Aufzeichnungen des Dramaturgen Karl von Heigel: *König Ludwig II. von Bayern, ein Beitrag zu seiner Lebensgeschichte*, zur Hand und berücksichtigt die Abschnitte, die sich in Glasenapps umfassender Wagner-Biographie auf Ludwig II. beziehen, so erhält man ein ziemlich ausreichendes Bild. Zu vervollständigen wäre es durch: *Chez Louis II, roi de Bavière* von Ferdinand Bac, einer wahrhaft köstlichen Sammlung von Anekdoten und Erinnerungen, und natürlich durch Jacques Bainvilles gründliche Arbeit, die für Frankreich den zum Verständnis unerläßlichen zeitgeschichtlichen Hintergrund sowie viele treffende politische Streiflichter gibt.[1]

Das vorliegende bescheidene Buch strebt anderes an. Es will ein schlichtes Porträt geben. Im Laufe der letzten Jahre sind jedoch aus den münchner Archiven zahlreiche neue Dokumente veröffentlicht worden, so die berühmten Tagebuchaufzeichnungen von Ludwig II., Kö-

---

[1] *Siehe die endgültige Ausgabe des Werkes, das unter dem Titel: L'Allemagne romantique et réaliste bei A. Fayard, 1927 erschien.*

nig von Bayern, herausgegeben und eingeleitet von Edir Grein, bei R. Quaderer, Liechtenstein 1925, die tieferen Einblick in die Persönlichkeit unseres Titelhelden gewähren. Gestützt auf dies bislang unbekannte Material, gewissenhaft die Freundesbeziehungen Ludwigs II. zu Richard Wagner ergründend, ihrem veröffentlichten wie unveröffentlichten Briefwechsel folgend, indem ich es mir nicht zuletzt angelegen sein ließ, die geistige Atmosphäre einer Epoche sowie das Persönliche, das diese beiden Hauptgestalten umwittert, fühlbar werden zu lassen, einer Epoche, in der Tristan und Zarathustra das Licht der Welt erblickten, die Schlösser König Ludwigs erstanden, habe ich versucht, meine Romantische Trilogie zu vollenden. Die drei Gestalten nämlich: Liszt, Chopin und Ludwig II. scheinen mir in der Tat deutlich genug die Merkmale jener langewährenden, ja vielleicht unheilbaren Krankheit der Menschen aufzuweisen, die man Romantik nennt. Um es gedrängt zu fassen: Liszt symbolisiert die Liebe, Chopin den Schmerz, und Ludwig II. die Illusion.

Dies fordert Aufschlüsse, gewiß! Sie zu bekommen, wird Sache des Lesers sein. Dabei vielleicht dürfte er innewerden, gebärde er sich noch so realistisch, evolutionistisch oder gar als von jeglichem romantischen Fieber geheilt, daß gleichwohl sein Blut die Gifte noch immer enthalte. Wer aber möchte entscheiden, ob nicht zufolge unserer Krankheiten unser Leben erst wahrhaft lebenswert erscheint?

* * *

Schön gilt dem einen dies, dem andern das. Was aber ist letzten Endes Schönheit, wenn nicht die Form der Dinge, mit Augen der Liebe gesehen? Es gibt keinen Prüfstein der Schönheit. Auch keinen der Liebe. Schönheit wie Liebe sind durch nichts gebundene, launisch wechselnde Mitschuldige, die nach Belieben unser Lebensgefühl steigern und uns umtreiben. Was aber vermöchten wir ohne sie zu vollbringen? Die Form, die wir den Dingen leihen, die wir mit Augen der Liebe sehen, gilt uns einzig als sinnvolle Schönheit. Sie gilt uns als Wahrheit, als unser Recht, wie auch als Rechtfertigung.

Ludwig II. von Bayern sah nur die Schönheit mit Augen der Liebe. Und wenn mir auch heute sein Leben nurmehr ein Sichauswirken von Ohnmacht und Torheit erscheint, so ergreift mich sein tragisches Geschick doch um so mehr, als es ein der Illusion geweihtes Dasein umschließt. Dieser schüchtern Errötende konnte mitunter gleichwohl kühn wie Cäsar sein, und im alten Europa des ausgehenden XIX. Jahrhunderts war er der letzte große Künstler unter gekrönten Häuptern. Seit jener Zeit beginnt das Bild Ludwigs II. sich dichterisch zu verklären, symbolische Bedeutung zu gewinnen. Seine Erscheinung ist außerordentlich, wie die eines Tragödienhelden. Und nichts schien mir natürlicher beim Studium seiner Lebensgeschichte, als immerzu Hamlet für Ludwig zu lesen.

Shakespeare, der mehr als irgendein Dichter auf diesem Erdenrund die Gabe des zweiten Gesichts besaß, hat dies Königschicksal hellsichtig enträtselt und ein Bild von ihm entworfen, angesichts dessen jede Beschreibung verblassen müßte. Einem Denkstein gleich sei es daher dieser Studie vorangestellt, so, wie es einst gedichtet worden, rund zweihundertfünfzig Jahre vor der Geburt dieses Fürsten einer traumhaft unwirklichen Welt.

„So", sagt Hamlet, „geht es oft mit einzlen Menschen auch, daß sie durch ein Naturmal, das sie schändet, als etwa von Geburt (worin sie schuldlos, weil die Natur nicht ihren Ursprung wählt), ein Übermaß in ihres Blutes Mischung, das Dämm und Schanzen der Vernunft oft einbricht, auch wohl durch Angewöhnung, die zu

sehr den Schein gefällger Sitten überrostet — daß
diese Menschen, sag ich, welche so von e i n e m
Fehler das Gepräge tragen (seis Farbe der Natur, seis Fleck des Zufalls), und wären ihre Tu-
genden so rein, wie Gnade sonst, so zahllos wie
ein Mensch sie tragen mag: in dem gemeinen Tadel steckt der besondre Fehl sie doch mit an; der
Gran von Schlechtem zieht des edlen Wertes Gehalt herab in seine eigne Schmach."

*   *   *

Die beiden ersten Abschnitte dieser „Geschichte
des Herzens" habe ich einer zerquälten, rastlosen
Seele zugeeignet, die sich selber sucht. Sollte sie
sich unter jenen Schatten gefunden haben? Ach,
noch rastloser wird sie nun sich mühen müssen,
sich hier zu finden, wo es sich um Schatten von
Schatten handelt. Möchte sie wenigstens zu der
Erkenntnis gelangen, daß, angesichts der Uner-
reichbarkeit endlichen Friedens und vollkomme-
ner Liebe, die Illusion uns immerdar das ästhe-
tischste Verhalten zur Wirklichkeit vermitteln wird.

<hr>

*Wißbegierigen Lesern des Falles Wagner-Nietzsche kann die
Lektüre des begeisternden Werkes von Charles Andler: Nietzsche,
sa vie et sa pensée (Editions Bossard, bisher erschienen 5 Bände)
nicht eindringlich genug empfohlen werden. Dies untadelige und
tiefgründige Meisterwerk philosophischer Analyse, Gelehrsamkeit
und menschlich umfassenden Verständnisses hat mich bei meinen
Studien stets aufgeklärt und gefördert.*

I

MÜNCHNER OPERETTE

ETWA ein Menschenalter nachdem Goethe in Italien geweilt, der dem großen Deutschland der aufblühenden Romantik eine äußerste Dosis Klassizismus eingeimpft hatte, kam ein junger bayerischer Prinz im Lande der Sehnsucht an und entdeckte seinerseits Rom. Was die ewige Stadt ihm vornehmlich offenbarte: Athen in Rom, den Olymp der seligen Götter, Homer, die Schönheit, ward sein Schicksal.

Kurz darauf König Ludwig I. geworden, wünschte er, seine biedere Hauptstadt in ein neues Athen zu verwandeln. So berührte er denn diesen tristen, ehrenwerten Grund und Boden mit einem goldenen Stabe, ließ Propyläen erstehen, eine Glyptothek, einen Parthenon, eine Pinakothek, eine zweite aus Backstein mit Mauerbewurf, sowie weitere Bauten. Vermählt, war er ein anhänglicher Gatte, ein strenger Vater und überwachte als Herrscher sorgsam die öffentlichen Gelder.

Die Antike blieb seine unsterbliche Geliebte, sein
ständiges Vorbild. Eindringlich verwies er die
Künstler auf sie, die er mit Rosen- und Lorbeer-
kränzen bedachte, während er selbst seine Pla-
stiken aus dem Ausland bezog. Seine Regierungszeit hob friedlich an, erfüllt von harmloser Bewunderung für das hellenistische Kunstideal.
Einem Maler, der ein allegorisches Gemälde, *Der
deutsche Rhein*, geschaffen hatte, erklärte er:
„Rhein kommt von *rinos*. Der Rhein ist ein griechischer Strom." Im Jahre 1832 ward ihm eine
große Genugtuung: die Konferenz in London bestimmte Otto, seinen noch minderjährigen zweiten
Sohn, zum König von Griechenland. Jedoch die
Freude hielt nicht lange vor. Die Griechen be-
leuchteten zwar zum Einzuge des jungen Bayern-
fürsten den Parthenon festlich, vertrieben aber
ihren neuen Landesherrn bald wieder, was indessen der Begeisterung König Ludwigs für das klas-
sische Altertum keinen Abbruch tat. München
ward auch ferner mit Tempeln und Säulen geschmückt.

Vielleicht würde das Dasein Ludwigs I. bis
zum Ende seiner Tage geruhig und der Baufreude
hingegeben verlaufen sein, hätte nicht ein höchst
ungehöriger Zwischenfall die apollinische Gelas-
senheit auf immer getrübt. An einem September-

abend des Jahres 1846 wurden Seine Majestät, die gerade in der Residenz auf ihrem Zimmer arbeiteten, plötzlich durch einen ungewohnten Lärm, Schreie und Stimmengewirr aus dem Konzept gebracht. Auf ein Klingelzeichen erschien verstört ein Diener und berichtete, die spanische Tänzerin, der man die Bewilligung wieder entzogen, heute abend erstmals im Hoftheater aufzutreten, beabsichtige unverschämterweise, bis zum König vorzudringen, und hätte man sie nicht mit festen Fäusten gepackt, so würde sie wahrhaftig ihr Ziel erreicht haben! Der Monarch erwog bereits, dieser „Kanaille" ob solcher Kühnheit persönlich den Kopf zu waschen, als auch schon die Tänzerin und hinter ihr ein entsetzter Kammerdiener auftauchten. Sie war schlank, hatte blauschwarzes Haar, südlichen Teint, und ihre Augen blitzten temperamentvoll. Der König befahl, man möge ihn mit ihr allein lassen. Er erkundigte sich nach ihrem Namen: — „Lola Montez". Sie erzählte, gab Aufschluß über ihre Lage, rechtfertigte sich. Die „Audienz" dauerte lange. Ein Gespräch über Kunst, die Schönheit, die besondere der „Andalusierin" war angeknüpft worden. Der königliche Kunstfreund, der in seinem Leben schon manche Büste liebevoll gestreichelt, bezweifelte, daß soviel Formvollendung auch am lebenden Modell vorhanden sein könne. Rasch entschlossen, griff Lola nach einem kleinen Dolch, der in ihrem Strumpfband steckte, und schlitzte sich damit das Kleid bis zur Taille auf. Nun konnte der König sich selbst überzeugen. Er streckte die Hand aus, Lola ergriff sie... und „stellte ihn vor die vollendete Tatsache." (So drückte sich wenigstens ein Geheimagent des wiener Polizeiministeriums aus). Man sieht, in dieser Angelegenheit war niemand um etwas verlegen, allein der König Lola verfallen.

Vom nächsten Tage an tanzte sie vor dem erstaunten Publikum und einem ihr ergebenen Fürsten. Er sandte ihr Verse, unter die er „Louis" schrieb. Dann Juwelen, Toiletten, glühende Briefe. Hierauf abermals Juwelen, ungeheuer viel Juwelen, ließ ihr ein Haus bauen, Wagen und Pferde zukommen, Geld. Der Ergrauende, mit dem Geld Kargende ward zum Verschwender. In einigen Monaten war die königliche Kabinettskasse geleert. Nun hielt man sich an der Staatskasse schadlos. Das Kabinett wurde gestürzt, durch andere Persönlichkeiten ersetzt, die ihrerseits gestürzt wurden. All das beunruhigte den König wenig; er schwärmte nur noch für Choreographie, besuchte mit seiner Geliebten Malerateliers, um sie in den schönen Künsten zu unterweisen, ihr

Porträt malen zu lassen. Das ganze Jahr 47 verging mit Tollheiten. Man sah Lola ihr Pferd in den Straßen Münchens tummeln. Sie ließ sich wie eine Königin grüßen und drohte Vorübergehenden mit ihrer Reitpeitsche, wenn sie nicht gebührend beachtet wurde. Ludwig erhob sie zu einer Gräfin Landsfeld. Sie balgte sich mit Studenten herum, die es an Bewunderung für soviel Romantik fehlen ließen, und als sie ihr eine Katzenmusik brachten, goß Lola ihnen vom Fenster aus Champagner auf die Köpfe. Ihr exzentrisches Gebaren beabsichtigte sie wieder gutzumachen, indem sie „das Volk befreie" und ließ den Code Napoleon zum Gebrauch für ihren königlichen Wauwau abschreiben. Als dieser jedoch bei ihren Sitzungen in Kaulbachs Atelier zugegen war, zwang sie ihn, vor ihr niederzuknien und gab ihm einen Klaps, um ihn Unterwürfigkeit zu lehren. Das verdroß den verwirrten Sechziger zwar nicht eben sehr, bekam aber seinen steifen Gliedern schlecht. Zu jener Zeit wetterte die Geistlichkeit von der Kanzel gegen das Tier der Apokalypse, oder erklärte auch, Venus habe die heilige Jungfrau entthront.

Es sollte schlimm enden. Eines Tages wurde die Tänzerin von der Menge belästigt und gestellt. Sie flüchtete in die Theatinerkirche. Militär mußte aufgeboten werden, sie zu befreien. Blut floß. Am 12. Februar 1848 sah sich der König genötigt, sie zu verbannen, und kaum hatte „die Teufelin" unter dem Johlen und Fluchen des Pöbels ihr Haus an der Barerstraße verlassen, als dieser eindrang und alles zusammenschlug. Der Monarch erschien persönlich, beruhigte die erregten Gemüter. Bald darauf erging folgende Bekanntmachung: „Bayern! Eine neue Richtung hat begonnen, eine andere als die in der Verfassungsurkunde enthaltene, in welcher Ich nun im 23. Jahre geherrscht. Ich lege die Krone nieder zugunsten Meines geliebten Sohnes, des Kronprinzen Maximilian."

So fiel der Vorhang über diesem Tragödienprolog, der einer Operette gleicht. Maximilian trat die Regierung an. Sein Sohn, der kleine Hamlet, war drei Jahre alt, er, der wie jener andere einst sprechen sollte: „Die Zeit ist aus den Fugen: Weh mir, daß ich geboren ward, sie einzurenken! —"

II

EIN MÄRCHENPRINZ

MAXIMILIAN war hochgewachsen und schlank. Ganz Stirn, saß sein kleiner Kopf auf einem gutproportionierten, aristokratischen Oberkörper. Er blickte ausdrucksvoll drein und hatte eine hohe, sympathische, etwas verschleierte Damenstimme. Keineswegs genial veranlagt, eher Pedant, aber ein kluger Mensch und fester Charakter, rechtschaffen und äußerst lernbegierig, kannte er nur eine Leidenschaft, den Bildungsdrang. Seine Gattin, Prinzessin Marie von Preußen, wurde sowohl ihres florentiner Madonnenantlitzes als auch ihrer Herzensreinheit und Geisteseinfalt wegen allgemein „der Engel" genannt. Mit knapp siebzehn vermählt, war sie mit ihren Spielsachen und Puppen nur vier Jahre vor Lola Montez nach München gekommen. Diesem Hofe alter Hagestolze brachte sie die natürliche Frische ihres Wesens und das durch Inzucht Krankhafte der Häuser Braunschweig—Hannover und Braun-

schweig–Hohenzollern. Allein Ludwig I., der alte
König Paris, beunruhigte sich nicht über uner-
gründliche Schicksale. Er ließ von Stieler das
Porträt der Schwiegertochter für seine Schön-
heitsgalerie malen, in der er sich in seinen Muße-
stunden nach Lust und Laune an Tänzerinnen,
Töchtern aus dem Volke, Schauspielerinnen und
Prinzessinnen zu erfreuen pflegte.

Max nahm die Königswürde sehr ernst, umgab sich mit Gelehrten und Ministern. Einmal
in der Woche war abends im Schlosse Empfang,
wozu die Geladenen im Frack und schwarzer
Binde erscheinen mußten. Man kam in seinem
Arbeitszimmer zusammen, das mit seinem Altar
allerdings eher einer Kapelle glich, denn Max war
sehr fromm, zerbrach sich sogar über Mysterien
der Glaubenslehre den Kopf. Einst erkundigte er
sich bei Professor Jolly, „ob denn aus seiner Wissenschaft sich nicht mit Sicherheit ein Gesetz her-
leiten lasse, das den Herrschern im Diesseits auch
drüben eine Ausnahmestellung einräume.“ Die
Herren Professoren sahen sich an, tranken ihre
„Halbe“ und erklärten mitunter bei Diskussionen
ganz ungeniert: „Majestät, das verstehen Sie
nicht.“ Was die Königin betraf, so folgte sie,
wenn ihr aus Dichtern vorgelesen ward, so gut
sie es eben vermochte, bat aber schüchtern, das

Wort „Liebe“ möge stets durch „Freundschaft“ ersetzt werden. Damals rutschte ihr ältester Sohn, der kleine Ludwig, mit seinen Bauklötzen auf dem Parkett herum und baute Häuser. Das gefiel dem Großvater. „Die Wittelsbacher haben das im Blut“, äußerte er.

Einige Jahre vergingen, derweil Ludwig und sein jüngerer Bruder Otto heranwuchsen, ohne daß sich Besonderes in ihrer freudlosen Jugend ereignete. Beide waren sorgsam behütete Prinzen, hörten ihren Lehrern zu und langweilten sich. Ihr einziges Vergnügen, auf das sie sich stets freuten, blieb der Aufenthalt auf dem Lande und den Schlössern Bayerns. Vornehmlich in Hohenschwangau, dem hohen Gau der Schwäne, weilten sie gern. Dort gab es Wandgemälde, die Geschichte vom Ritter Lohengrin, zu sehen: sein Abschied von der Gralsburg; wie der Kaiser den Schwanenritter ins Horn stoßen hört; wie der Held im Gotteskampfe siegt, sowie seine Hochzeit mit der Herzogin von Bouillon.

Stundenlang konnte man dieser Traumwelt nachhängen. Lehrer Döllinger erklärte, das sei nutzlos verbrachte Zeit, und sagte einst zu Ludwig: „Sie sollten sich etwas vorlesen lassen, Königliche Hoheit, es muß doch höchst langweilig sein, so ohne Beschäftigung.“ — „O, ich langweile

mich garnicht, ich denke mir hübsche Dinge aus,
und das vergnügt mich.‟

Vergebens versuchte man, das allzu verschlossene Kind gewaltsam zu zerstreuen. Der junge
Ludwig liebte die tiefe Stille, in der er dann plötzlich Stimmen vernahm. Was war das? Er lauschte
gespannt, hörte zu schreiben oder zu spielen auf,
damit kein Laut ihm entgehe und bezeichnete die
Richtung, aus der die Worte des unsichtbaren
Gefährten an sein Ohr zu dringen schienen.

Leibarzt Gietl ward Zeuge dieser Vorgänge und
hielt es für angebracht, sich Aufzeichnungen darüber zu machen. Er meinte zwar, „das sei so in
dem Alter‟ (zur Pubertätszeit). Der Vater aber
brummte, wollte von dergleichen nichts wissen,
glaubte seinerseits außerdem weder an Gespenster noch Stimmen. Die Kinder bekamen magere
Kost, mußten zeitweise hungern. Die Schularbeiten wurden verdoppelt. Der Vater forderte, seine
Söhne sollten eine „universelle‟ Bildung erlangen.
Sie zitterten vor diesem verhaßten Pedanten, der
sich wahrlich als Professor der königlich bayerischen Realien aufspielte.

Allein, obwohl bemerkenswert begabt und auffassungsfähig, blieb Ludwig ein recht mittelmäßiger Schüler. Lehrer wie der Chemiker Liebig und
der berühmte Theologe Döllinger vermochten

ihm kaum etwas beizubringen. Sie waren indessen seine einzigen Freunde. Umgang mit Jugend hatten die Prinzen keinen, kein einziger gleichaltriger Spielgefährte ward ihnen vergönnt. Und wenn nicht alles klappte, wie er wollte, so verordnete der Vater mit seiner lieblichen Stimme Hiebe, die er höchst eigenhändig verabfolgte. Taschengeld, das gab es nicht, oder doch so viel wie nichts: mit siebzehn Jahren zwölf Gulden monatlich.

Das sind Einzelheiten, bedeutsame jedoch, die man kennen muß. Denn in den Jahren der Entwicklung und Vorbereitung offenbaren sich nach und nach Charaktereigenheiten, Gewohnheiten, Abneigungen, der Hang zu Zärtlichkeit und Grausamkeit, und bald verspürt das noch stumme, ohnmächtige Gemüt den Drang, sich an andern — und an sich selbst — für erduldeten Zwang, verletzten Stolz und selbstsüchtige Güte zu rächen, Dinge, die allgemach als das erkannt werden, was sie in Wirklichkeit sind. Als man dem Kronprinzen Ludwig bei seiner Volljährigkeitserklärung die erste, bescheiden gefüllte Geldbörse übergab, wollte er mit dem Inhalt einen ganzen Juwelierladen für seine Mutter auskaufen und konnte es nicht fassen, daß dazu die Summe nicht hinreiche. Von da an verzichtete er über-

haupt darauf, sich je weiter mit Geldeswert zu
befassen.

Beruhte überdies der Wert des Geldes nicht
einzig auf albernem Übereinkommen? Und die
Gefühle kindlicher Zuneigung? (Daran wagte er
kaum zu denken). Und die Macht? Die Krone?
Das Leben? (Lauter abstrakte Begriffe). Was gab
es in dieser Tretmühle täglicher Pflichterfüllung,
in der jede Viertelstunde zuvor schon festgelegt
und verhaßt war, an wirklich Wahrem, Notwen-
digem, Persönlichem, Gutem? Wohlan: der
Traum blieb als einzig Wahres; glücklich konnte
man nur in der Einsamkeit sein, mit Liebe allein
an jener geheimnisvollen und tiefen Begeisterung
hängen, die einen mit prickelnder Wollust erfüllte, versenkte man sich staunend mit offenem
Munde in die in Büchern abgebildeten, auf Bildern oder Wandteppichen dargestellten Männer-
und Frauengestalten. Da war der Schwanenritter,
die schöne Herzogin, gab es Abendhimmel mit
Wolken, Wälder, wurden Jagdhörner geblasen,
ein Hirte sang; dies waren die einzigen, echt le-
bensvollen Dinge, und sie verknüpften die ewigen
Wahrheiten der Dichtung mit den Wahnbildern
der Wirklichkeit. Ferner war schön, frühmorgens in den Seen Hechte zu fangen. Und dann
diese Lohengrindichtung, sie kam ihm nimmer

22

aus dem Sinn; er hatte sie mit dreizehn Jahren
heimlich gelesen, ein Musiker schien sie komponiert zu haben, und er selbst konnte sie von vorn
bis hinten auswendig, ohne daß ihn sein Gedächt-
nis dabei je im Stiche ließ, ihn, der sich nicht
einmal eine Seite Grammatik einzubläuen vermochte.

1861 kündigte das münchner Hoftheater Auf-
führungen von *Tannhäuser* und *Lohengrin* an.
Unter Zittern und Beben erwirkte Ludwig vom
Vater die Erlaubnis, den *Tannhäuser* hören zu
dürfen. Die Bitte ward gewährt, der junge Mann
durfte die Vorstellung besuchen und erschien, nur
von Legationsrat Leinefelder begleitet, im Theater. Zum ersten Male in seinem Leben erklang
ihm Wagnermusik. Er war so ergriffen, daß sein
Begleiter, der die Wirkung beobachtete, die das
Stück auf den Kronprinzen ausübte, sie „eine
wahrhaft dämonische" nannte, die sich mitunter
„in das geradezu Krankhafte" steigerte. „So geriet zum Beispiel", berichtet er weiter, „sein Körper bei der Stelle, wo Tannhäuser wieder in den
Venusberg tritt, jedesmal in förmliche Zuckun-
gen. Das war so arg, daß ich einmal einen epi-
leptischen Anfall befürchtete." Allein, die Musik
schien nicht die eigentliche Ursache dieser Er-
schütterung, „es war der Dichter, welcher das

träumerische Gemüt des jungen Prinzen in Bande
schlug“, seine Gedanken und Sinnbilder, die ihm
eine ungeahnte Welt erschlossen. Ludwig kam
davon nicht wieder los, und kurze Zeit darauf
eignete er sich ein Buch Wagners an, das er bei
seinem Onkel, dem Herzog Maximilian, auf dem
Klavier liegen sah: *Das Kunstwerk der Zukunft.*
Welch ein Hochgenuß! Welch ein Programm war
hier entwickelt! Gierig verschlang Ludwig die
Schrift. Das Wort *Zukunft* bemächtigte sich vor
allem seines empfänglichen Gemüts, gewann den
unterdrückten Schwärmer.

„Das Kunstwerk“, las er, sei ein „unmittel-
barer Lebensakt...“ (Was hatte man ihm denn
vorgelogen?) Es war die Rede vom Volke „als
der bedingenden Kraft“ für das große Gesamt-
kunstwerk, das nicht „die willkürlich mögliche
Tat des Einzelnen, sondern das notwendig denk-
bare gemeinsame Werk der Menschen der Zukunft“ darstelle. „Erst den *Hellenen* war es vorbehalten, das reinmenschliche Kunstwerk an sich
zu entwickeln, und von sich aus es zur Darstellung der Natur auszudehnen.“ „So haben wir
denn die *hellenische* Kunst zur *menschlichen*
Kunst überhaupt zu machen.“ (– Sieh da, nur
mein Großvater hat also klar gesehen!) „Der Ver-
standesmensch ist, wie sein Ausdrucksorgan, die

24

Sprache, der allervermittelste und abhängigste . . .
Die bedingteste Fähigkeit ist zugleich aber die
gesteigertste, und die, auf die Erkenntnis seiner
höheren, unüberbotenen Qualität begründete
Freude an sich, verführt den Verstandesmenschen
zu dem hochmütigen Wähnen, die Qualitäten, die
ihm Grundlage sind, als Dienerinnen seiner Will-
kür verwenden zu dürfen . . . Diesen Hochmut besiegt aber die Allgewalt der sinnlichen Empfindung und des Herzensgefühles, sobald sie als allen
Menschen gemeinsame, als Empfindungen und
Gefühle der Gattung, dem Verstandesmenschen
sich kundgeben . . . Er kann nur noch das All-
gemeinsame, Wahre, Unbedingte wollen; sein
eigenes Aufgehen nicht in der Liebe zu diesem
oder jenem Gegenstande, sondern in der Liebe
überhaupt: somit wird der Egoist Kommunist, der
Eine Alle, der Mensch Gott, die Kunstart Kunst."
„Die Tonkunst . . . ist das *Herz* des Menschen . . .
Das Organ des Herzens aber ist der *Ton;* seine
künstlerisch bewußte Sprache, die *Tonkunst.* Sie
ist die volle, wallende Herzensliebe, die das sinnliche Lustempfinden adelt und den unsinnlichen
Gedanken vermenschlicht." – „Im Reiche der Harmonie ist . . . nicht Anfang noch Ende, wie die
gegenstandslose, sich selbst verzehrende Gemüts-
inbrunst, unkundig ihres Quelles, nur sie selbst

ist, Verlangen, Sehnen, Stürmen, Schmachten",
sondern „*Ersterben*, d. h. Sterben ohne in einem
Gegenstande sich befriedigt zu haben, also Sterben ohne zu sterben, somit immer wieder Zurückkehr zu sich selbst." Und der Dichter? Welchen
Verfall gewahrte er, wandte er sich der heutigen
Welt zu! „Das wirkliche Bedürfnis unserer Gegenwart äußert sich... nur im Sinne des stupidesten Utilitarismus; ihm können nur mechanische Vorrichtungen, nicht aber künstlerische
Gestaltungen entsprechen." Die einzige Rettung:
die „Erlösung der egoistisch getrennten reinmenschlichen Kunstarten in das gemeinsame
Kunstwerk der Zukunft", die „Erlösung des
Nützlichkeitsmenschen überhaupt in den *künstlerischen Menschen* der Zukunft..." Und das Wort
schließlich, „das der erlöste Weltmensch aus der
Fülle des Weltherzens" ausrufen mußte, das
Beethoven „als Krone auf die Spitze seiner Tonschöpfungen" gesetzt, dies Wort war: „*Freude!*"
Mit ihm rief er den Menschen zu: „*Seid umschlungen, Millionen!*" Und dies Wort würde
„die Sprache des *Kunstwerkes der Zukunft* sein".

Wahrlich, der solches verhieß, war der ersehnte Meister!

1863 hatte man den achtzehnjährigen Kronprinzen Ludwig volljährig erklärt. Im selben Jahre wurde die schleswig-holsteinische Frage akut, die in Bayern alle Gemüter stark erregte. König Maximilian war im Herbst, krank und abgespannt, nach Italien gereist, woselbst er sich gründlich zu erholen gedachte. Die politische Lage jedoch zwang ihn, in seine Hauptstadt zurückzukehren, denn das gesamte Volk erwartete, daß er sich persönlich für ein unabhängiges Schleswig einsetze. In dieser Angelegenheit wagte er indessen weder Österreich noch Bismarck die Stirn zu bieten. Der Kampf, den er gegen sich selbst und sein Gewissen zu führen hatte, rieb den gebrechlichen Herrscher auf. Nach dreitägiger Krankheit und schmerzloser, ruhiger Agonie verschied Maximilian am 10. März 64.

Ganz Deutschland war bestürzt. In München „wälzten sich riesige Menschenmengen zur Residenz". Vom frühen Morgen des Todestages an ertönte unaufhörlich die große Bennoglocke der Frauenkirche. Am 14. März fand das feierliche Leichenbegängnis statt. Die ganze Bevölkerung nahm daran teil, sah den endlosen Zug sich zur St. Kajetans-Hofkirche bewegen: Fürstlichkeiten, Würdenträger, Gesandte, Deputationen, Generäle und Kavallerie. Alles reckte neugierig die Hälse, um den neuen König vorüberschreiten zu sehen, den man nur als menschenscheues, rätselhaftes und unfertiges Kind kannte.

Inmitten unheimlicher Stille aber schritt ein junger Gott, ernst und erhobenen Hauptes, hinter dem Sarge her, jedoch, als gleite kaum merklich ein Lächeln über seine Züge. Ein Unbekannter, doch jedermann entsann sich, ihn schon gesehen zu haben. Wo gesehen und wann gesehen? Man besann sich, wußte es alsbald wieder und lachte, daß man nicht sogleich darauf gekommen. Nein, das war kein König von Fleisch und Blut wie die andern alle. Es war ein Märchenprinz, ein sagenhafter König, ein Dichter, den die wohlgeneigten olympischen Götter der treuen Bevölkerung Münchens herabgesandt. Und bereits schlugen alle Männer- und Frauenherzen ihm liebevoll entgegen.

III

ZWEI DICHTER

WIE töricht, die Jugend der Voreiligkeit zu
zeihen! Was verbliebe uns denn, vermöchten wir aus Begeisterung nicht mitunter von der
Vernunft abzusehen? Gleich allen, die das Alter
keineswegs Erfüllung dünkt, hatte Ludwig es
eilig. In einer der Schriften Wagners — den ihm
so teuern, bereits ganz zerlesenen Büchern — hatte
am Schlusse des Vorwortes zum *Ring* der Satz
gestanden: „Wird der Fürst sich finden, der die
Aufführung meines Bühnenfestspiels ermög-
licht?" Das Kind, das mit seinen paar Goldstücken vor kurzem noch ein Juwelierschaufen-
ster hatte auskaufen wollen, glaubte nunmehr,
diese schmerzlich aufgeworfene Frage beantwor-
ten zu können. Genau vier Wochen nach dem
Tode des Vaters, am 14. April 1864, brach Herr
von Pfistermeister, Kabinettsekretär Seiner Majestät, nach Wien mit der Weisung auf, seinem
Herrn den einzig Lebenden auf Erden zuzufüh-

ren, als dessen Jünger er sich fühlte. Innerhalb eines Monats war das furchtsame Kind ein gebietender König geworden. Mehr als das: ein Mann, ein entschlossener, des Ersehnten ungeduldig harrender Mann. Gleichwohl bedurfte es über vierzehn Tage, um den gehetzten Tondichter aufzufinden, der, von widrigen Schicksalen und Gläubigern verfolgt, von Wien nach der Schweiz, von Zürich nach Stuttgart geflohen war. „Ein gutes, wahrhaft hilfreiches Wunder muß mir jetzt begegnen, sonst ist's aus!" hatte er geschrieben. Dies Wunder ward ihm. Herr von Pfistermeister fand den Gesuchten schließlich in einem Hotelzimmer in Stuttgart. Im Auftrage seines Gebieters überbrachte er dem Verzweifelnden einen Ring, ein Handschreiben, sowie eine Photographie des jungen Regenten. Drei Tage darauf, am 5. Mai, stand Wagner vor dem König.

Ludwig wurde bei dieser ersten Begegnung wieder zum schüchternen Kind. Kaum wagte er, zu dem kleinen Manne mit den kurzen Beinen und dem übermäßig großen Kopf aufzusehen. Nur flüchtig erhaschten seine Blicke die hohe, gewölbte Stirn, die gealterten, verhärmten, dem Ruhme lange schon erkorenen Züge. Dieser fünfzigjährige Lohengrin schien ein Freund, wie geschaffen für seine unberührte Seele! Ludwig bot ihm die Hand, Wagner ergriff sie und verneigte sich tief. Es war ein Augenblick jener „Trunkenheit ohne Wein", von der Goethe einmal spricht. Wortlos verharrte der Tondichter in dieser Haltung. Dann zog ihn der König plötzlich mit einem Gefühl an sein Herz, als spreche er im stillen „die Eidesformel: ihm in Treue allzeit verbunden zu bleiben".

Bereits von Stuttgart aus hatte Wagner dem König geschrieben: „Diese Tränen himmlischester Rührung sende ich Ihnen, um Ihnen zu sagen, daß nun die Wunder der Poesie wie eine göttliche Wirklichkeit in mein armes, liebebedürftiges Leben getreten sind! ..." Nun konnte Ludwig erwidern: „Unbewußt waren Sie der einzige Quell meiner Freuden, von meinem zarten Jünglingsalter an ein Freund, der mir wie keiner zum Herzen sprach, mein bester Lehrer und Erzieher."

Eine so übermächtige Freude kam Wagner ganz unglaubhaft vor. Denn Menschen, die zeit ihres Lebens das Glück erträumt haben, vermögen daran nicht zu glauben, wenn es ihnen schließlich wirklich zuteil geworden ist. Nie können sie sich mit dieser Tatsache abfinden. Ausgeschlossen, hinter diesem Himmel von Seligkeit mußte etwas Verderbliches lauern. „Er kennt und weiß alles von mir und versteht mich wie meine Seele",

bekannte er den züricher Freunden. „Von dem
Zauber seines Auges können Sie sich keinen Begriff machen…“ Allein, „er ist leider so schön
und geistvoll, seelenvoll und herrlich, daß ich
fürchte, sein Leben müsse wie ein flüchtiger Göt-
tertraum in der gemeinen Welt zerrinnen“. — „Ich
glaube“, schrieb er seinem Freunde Bülow,
„daß ich seinem Tode unmittelbar nachsterben
würde. —“

Nichtsdestoweniger überwogen zunächst Begeisterung und Handeln alles. Der König beglich Wagners Schulden, setzte ihm einen lebenslänglichen
Ehrensold aus, ließ das Landhaus des Grafen
Pellet am Starnberger See für ihn mieten, das
von Schloß Berg mit dem Wagen in zehn Minuten zu erreichen war. Eine Woche später, am
14 Mai, zog Wagner ein. Alles ging Schlag auf
Schlag, wie in „Tausendundeine Nacht“. Nun
waren die beiden Dichter sich nahe genug, um
einander jederzeit aufsuchen zu können, gaben
sich unerschöpflichen Betrachtungen hin, bespra-
chen den Plan eines künftig zu errichtenden idea-
len Bühnenhauses, oder saßen in ihrer Herzens-
freude oft Stunden da, „einer in den Anblick des
andern versunken“. Der junge König hatte einen
wirklichen Vater und einzigartigen Freund gefunden; der ruhelos Umherschweifende seine

Heimat, ein seinem Geiste gemäßes Milieu und
einen wahlverwandten Sohn. Wagner war es zumute, als sei er gestorben; er sah in diesem schönen Jüngling seinen wiedererstandenen Genius,
den er nun außerhalb seiner selbst schauen und
lieben durfte. Gleichzeitig erfüllte die Liebe beide
mit neuem Tatendrang. Ludwig überwand seine
Zaghaftigkeit, begab sich nach Kissingen, begeg-
nete und entzückte daselbst den Zaren, die Zarin,
Kaiser Franz Joseph und die Kaiserin, seine Base
Elisabeth. Sie war es, die sich Ludwig als über-
aus seelenverwandt erwies. Allein damals ahnten
weder er noch sie, daß ihnen das herbe Los einsamer Menschen beschieden sein würde. Noch
waren beide lebensbejahend, vertrauten ihrem guten Stern und dem bestrickenden Zauber der
Macht. Viel später erst sollte Elisabeth von Österreich den schwermütigen Ausspruch tun: „Der
Lichtstrom des Lebensglückes wagt sich nicht an
mich heran. Und wenn er auch käme, es gibt Fin-
sternisse, an denen alle Lichtstrahlen zerfließen,
die alles Licht aufsaugen und nie wieder zurück-
geben." Und wenn sie von Achill sagt: „Er hat
nur seinen eigenen Willen heilig gehalten und nur
seinen Träumen gelebt, und seine Trauer war ihm
wertvoller als das ganze Leben", so gelten diese
Worte nicht minder ihr selbst.

Wagner, der wieder aufzuleben begonnen, regelte sein neues Dasein, schuf sich einen Wirkungskreis von Menschen, die er wie immer zu williger Gefolgschaft bereit fand. Liszt eilte als einer der ersten herbei, entzückt und begeistert über den wachsenden Ruhm des Freundes. Peter Cornelius, der Komponist, ließ sich in München nieder, um hier zu arbeiten und dem Meister behilflich zu sein. Hans von Bülow, der berühmte Orchesterleiter und Pianist, wurde als „Vorspieler Seiner Majestät" berufen, um späterhin als Dirigent und Leiter einer noch zu gründenden Musikschule zu wirken. Und seit einer Woche war Cosima da, Liszts jüngere Tochter. Wagner erklärte: „Sie ist eine ganz unerhört seltsam begabte Frau, Liszts wunderbares Ebenbild, nur intellektuell über ihm stehend." Vor Jahresfrist schon hatten sie sich bedrängten Herzens ihre Liebe gestanden. Welch natürlicher Wunsch, daß auch sie zum Gelingen des großen Unternehmens beitragen wollte, das eine neue Kunstepoche verhieß! Der arme Bülow war bereits krank und zerrüttet. Cornelius fühlte sich durch Wagners übergroße Begabung an die Wand gedrückt. Allein was lag diesem besessenen Wotan an Schwächlingen! Einzig auf das Werk kam es an, Walhall zu bauen, auf die Zukunft, auf das, was er verheißen hatte. „Ich

34

suche meinen Abschluß zu machen, um klar zu
wissen, was ich besitze und welchem ich zu ent-
sagen habe", schrieb er, die Zahl seiner Jünger
überschlagend. Und sobald ihm erneut Zweifel
aufstiegen — ihm, den das Leben so oft verraten —
ließ er anspannen, flog nach Berg und sah for-
schend in des Königs blaue Augen. Hier war alles
eitel Wonne und Zuversicht. „Er ist unersättlich
im Lernen und Lieben." Mit ihm „hat es eine Bewandtnis"; er „ist nicht von dieser Welt"!

Bewunderungswürdig bleibt, wie diese Aus-
nahmemenschen sich wechselseitig erkannten, einander in die Seele sahen, einer vom andern das
Äußerste forderte, was er zu geben vermochte.
Ich verstehe nicht, wie man Wagners Stolz und
Selbstsucht als verbrecherisch brandmarken kann.
Wie sinnlos, geistig hochstehende Naturen zu ta-
deln, weil sie im Bewußtsein ihres Wertes und
aus der Sehnsucht ihres Herzens heraus handeln.
Knausern ist keineswegs ihre Sache. Auch Gi-
tarrezupfen nicht. Ihr Egoismus entspringt einzig kluger Erwägung, und stolz zu sein, kommt
ihnen zu. Im übrigen, haben Wagner und Ludwig, so sehr sie von sich selbst eingenommen waren, die Welt nicht derart bereichert, daß jeder
noch so menschenfreundliche Carnegie daneben
armselig erscheinen müßte? Geizten sie doch

wahrlich beide mit nichts. Vor allem mit der Liebe nicht. Zum Entladen seiner übermäßigen Spannung hatte der Tondichter jetzt drei Pole: sein Werk, Cosimas und des Königs Herz; eine Teilung, bei der Ludwig zu kurz kam, denn er hatte einzig das Herz des Freundes. Fanatisch setzte er alle Hoffnungen auf ihn, empfand ihn als Inbegriff seines Fühlens und Begehrens. Bereits zu dieser Zeit tauchen bei Ludwig die ersten Anzeichen seines Verlangens nach einer Scheinwelt auf, jener peinvoll trügerischen Welt, in die Menschen flüchten, um sich darin in ungestilltem Sehnen zu verzehren, die weder durch selbstschöpferische Betätigung in der Kunst sich zu befreien, noch am Leben sich zu sättigen vermögen.

Folgendes jedoch begab sich zunächst in der realen Welt. Die königliche Kabinettskasse hatte dem Tondichter den erwähnten jährlichen Ehrensold zu zahlen. Ferner mußte sie für die Erwerbskosten des Jochmußschen Hauses in der Briennerstraße 21 aufkommen, das der König Wagner als künftigen Wohnsitz geschenkt hatte. Für die Komposition *Der Ring des Nibelungen* zahlte der König, laut Vertrag, im voraus die Summe von 30000 Gulden. Des weiteren beschloß er den Bau eines „Mustertheaters", in dem nur Wagners Tondramen aufgeführt werden sollten. Man ließ den

36

Architekten Gottfried Semper aus Zürich kommen, der bereits Pläne entworfen hatte. Gemeinsam mit dem König wurden die Bauplatzfrage, die szenischen und maschinellen Einrichtungen besprochen. Endlich erfreute sich Wagner unverhofft eines luxuriösen Wohlstandes, den er von Jugend auf als etwas betrachtet hatte, was ihm zukomme. Endlich war er in seinem Element, sah Zeichnungen, Pausen, Berechnungen vor sich; besaß Empfangsräume, Mahagonimöbel, kostbare Stoffe, Porzellane, eine Augenweide, die er stets ersehnt, Dinge, die man befühlen konnte. Er ließ sich Kleider und Schlafröcke aus Samt und Seide machen, Barette, einen Umhang mit Pelzkragen. Er glich irgendeinem von Holbein gemalten Porträt oder einer etwas ältlichen, venezianischen Kurtisane Tizians. Den jungen König, dem ähnliche Maskeraden persönlich zusagten, entzückte das.

Allein hinter den Kulissen wurde dieser Auftakt der Künstlerherrschaft bereits mit einem unheilverkündenden Grollen beantwortet. Die Bevölkerung hatte ihren Märchenkönig erst ein- oder zweimal in den Straßen Münchens gesehen, und überall gingen die seltsamsten Gerüchte über ihn um. Ein Musiker von zweifelhaftem Rufe, hieß es, sei Berater des Königs geworden, in Wahrheit der eigentliche Ministerpräsident. Unlängst noch hatte der greise König Ludwig I. sein Szepter einer Tänzerin als Reitpeitsche dargeboten. Sollte sein Enkel es jetzt tatsächlich einem Orchesterleiter als Taktstock überlassen? Es hieß, die Prinzen des königlichen Hauses, der Adel und die Geistlichkeit seien entrüstet; ein Theater von Riesenausmaßen werde gebaut; aus der Kunststadt würde bald eine Musikstadt; die Zivilliste des Königs schwelle an, die Ausgaben vermehrten sich, folglich müßten die Steuern erhöht werden. Und dieser unselige Wagner, er ward natürlich die Zielscheibe niederträchtigster Verwünschungen.

Gleichwohl hielt der König dem ersten Gewitter tapfer stand. Im Interesse des Freundes galt es, sich unbeugsam zu zeigen. „... Der Gedanke an Sie," schrieb er ihm, „erleichtert mir das Schwere in meinem Berufe; solange Sie leben, ist auch für mich das Leben herrlich und beglückend. O mein Geliebter, mein Wotan soll nicht sterben müssen ..." Er billigte es, daß Sänger eigens zum Zwecke der Aufführung des *Fliegenden Holländer* verpflichtet würden, deren besondere Ausbildung unter Anleitung Wagners später der Trilogie zugute käme. In der „wohltuenden Ruhe" einiger Sommerwochen in Hohenschwangau las Ludwig Shakespeare und Goethe,

erfüllt vom „Ernst der Kunst“, und sandte dem
Freund eine übermalte Photographie von sich,
„weil ich der Überzeugung bin“ bemerkte er, „daß
Sie mich am meisten lieben von allen Menschen,
welche mich kennen; ich glaube, mich hierin
nicht zu irren. — Mögen Sie bei Seinem Anblick
immer gedenken, daß der Übersender Ihnen in
einer Liebe zugetan ist, welche ewig dauern wird,
ja daß er Sie mit Feuer liebt, so stark als nur
irgendein Mensch zu lieben vermag. —“

Über den ungetrübten Blick des Fürsten
huschte ein einziger Schatten: instinktive Eifersucht auf jene allzu junge, allzu eifrig ergebene
Cosima von Bülow, die sich mitunter zwischen
ihn und Richard drängte. Denn zwischen seiner
jungfräulichen, stolzen, anspruchsvollen Seele
und der des ergrauenden Magiers, den er zum
Führer erwählt, war für niemand Raum.

IV

TRISTAN

... Raum für niemand. Weder für ein weibliches noch männliches Wesen. Und für ein Volk? Was war das überhaupt, das Volk, sein Volk? Das waren Tausende von Namenlosen, alle verschieden, und dennoch sahen sie einander ähnlich, stellten insgesamt den großen bayerischen Volkskörper dar, repräsentieren den derb bayerischen Nationalcharakter, einen ehernen bayerischen Willen, jene fürchterliche, angestammte bayerische Liebe. Wie hätte zwischen Ludwigs königlichem Herzen und dem des vielgeliebten Künstlers, dem Menschen par excellence, für diese ungeschlachte Masse Mäuler und Arme Raum sein sollen, die gestikulierend in Hochrufe ausbrachen, wenn er vorüberfuhr, und ihn weit mehr erschreckten als anzogen? Allein jedem König lag es ob, sein Volk zu lieben; das erbte sich leider „wie eine ewge Krankheit fort". Sein Vater war ihr zum Opfer gefallen. Ihr zuliebe hatte der

Großvater die Freude seines reifen Alters ge-
opfert. Seine Ahnen hatten sich damit abquälen
müssen, so lange es bayerische Geschichte gab.
Und er selber, wie würde er sie heute, 1864, er-
ertragen? Mit Entsetzen sah er durch die Scheiben
der Residenz zu den zahllosen kleinen Fenstern
hinüber, jenen Zellenlöchern, in denen diese so-
genannte Bevölkerung hauste, kraft der er mäch-
tig war, an der er krankte. Und mit jeder Fiber
seines Herzens strebte er ihm, dem Andern, zu,
dem Befreier, dem gottgesandten Fremdling. Er
entfloh nach Hohenschwangau, ließ sich an seinem Schreibtisch nieder und verfaßte ein Gedicht
als Antwort auf eines, das ihm soeben übersandt
worden.

„An meinen Freund!

In düstrer Nacht lag lang die Kunst befangen,
An ihrem Himmel glänzt‘ kein einzger Stern;
Der Künstler rang mit Zweifelsqual und Bangen,
Das wahre Ziel, ach! stets lag es ihm fern.
Da wollt das Schicksal, Kunde sollt gelangen
Von Dir zu mir! — wie hörte ich sie gern! —
Verschwunden ist die Nacht und all ihr Grauen;
Auf Dich ja dürfen Deine Freunde bauen…“

Und dichtete zwei weitere Strophen, befreite
sich. Denn diesmal sollten seine Worte keinem
geistlosen Höfling gelten, sondern einem gleich-
gestimmten Herzen, das er über all die anderen
hinweg zu erreichen wissen würde, all den anderen zum Trotz. Zum Trotz? Dann eben gegen
sie. Wennschon! „Du bist gerade so ein wackrer
Mann, als je mein Umgang einem mich verbrü-
dert", wendet sich Hamlet an Horatio. Ähnlich
wandte sich Ludwig an Richard. Man hat nur
nachzulesen, wie Shakespeare fortfährt: „Seit
meine teure Seele Herrin war von ihrer Wahl
und Menschen unterschied, hat sie dich auser-
koren. Denn du warst, als littst du nichts, indem
du alles littest; ein Mann, der Stöß und Gaben
vom Geschick mit gleichem Dank genommen..."
Das Wort „Dank" will hier einzig nicht stimmen. Ersetzen wir es durch „Stolz". Denn sicher
waren der Tondichter wie der König stolz darauf, daß man sie gemeinsam traf und verletzte,
und zwar den einen ganz unverblümt Bevölkerung
und Zeitungen, den andern schonender die Königin-Mutter und die Minister. Allerehrerbietigst
und wohlmeinend brach man Ludwig das Herz.
Den Musiker verspottete man als „Rumorhäuser",
nannte ihn, auf Lola anspielend, „Lolus", haßte
ihn. Seit 1848 und dem dresdener Maiaufstand

des folgenden Jahres galt Wagner allen Behörden als verdächtig. Freiherr von der Pfordten, der damals Ministerpräsident wurde, hetzte Kollegen, Offiziere und Geistlichkeit gegen ihn auf. Würde es nur auf Seine Exzellenz angekommen sein, dann wäre diese verteufelte Musik als unmoralisch verboten worden. Sogar der inzwischen Chef des Kabinettsekretariats gewordene Staatsrat von Pfistermeister, einst des Königs Abgesandter an Wagner, sträubte sich gegen die beabsichtigten Ausgaben seines Gebieters. Die Leitsätze ihrer Stammtisch-Ästhetik lauteten: Nur keine Neuerungen. Freie Bahn den Einheimischen. Friede dem Staatshaushalt, und hinaus aus dem Königreich mit Dichterpropheten und vaterlandslosen Gesellen.

Ludwig indessen hing ein in Öl gemaltes Porträt Wagners zu seinen Ahnenbildern. Der Meister veranstaltete Proben zum *Fliegenden Holländer*, dessen mehrfach verschobene erste Aufführung schließlich am 4. Dezember stattfand. Beim Kassensturm mußten fünf Gendarmen eingreifen, da die Neugier die schlechte Laune der Münchner doch überwog. Wagner dirigierte selbst. Der König erschien in seiner Loge. Unter den Getreuen sah man im vollbesetzten Hause den Herzog Max (dem Ludwig unlängst noch jenes Exemplar des

Kunstwerkes der Zukunft entwendet hatte). Nach
dem ersten Akt war der Beifall lau. Nach dem
zweiten Akt steigerte er sich, um am Schlusse der
Vorstellung stürmisch zu werden. Der König
strahlte; der erste Sieg war also errungen. Er
mußte ausgenützt und sogleich jenes Werk einstudiert werden, das jede übelwollende Kritik ver-
stummen lassen würde: *Tristan*. Es war das Beste
der Frucht, ihr erlesener Kern. Sein köstlich bitterer Geschmack, daran zweifelte der König keinen Augenblick, würde das Volk begeistern und
überzeugen, daß die Verleumder ihr Gift zweck-
los verspritzten.

Wagner und Bülow teilten sich in die Arbeit.
Für die Hauptrollen wurden die besten Kräfte
Deutschlands verpflichtet: Schnorr von Carolsfeld und dessen Gattin. Die Ausführung der Dekorationen ward namhaften Malern übertragen.
Unterstützt von Cosima, machte der Tondichter
Angaben bezüglich der Kostüme, kümmerte sich
persönlich um alle szenischen Einzelheiten, um
Chor, Solisten und Orchester. Darüber gingen
der Winter und Frühling hin. Einundzwanzig
Proben des Gesamtorchesters unter Bülows musi-
kalischer Leitung waren zum vollkommenen Gelingen der Aufgabe nötig.

Denn es handelte sich um keine gewöhnliche

Operndarbietung, sondern um den neuen Stil des Tondramas, eine vollständige Reform des Gesangswesens, der Aussprache, des Spieles, ferner um die gänzliche Abkehr vom Schlendrian des herkömmlichen Theaterbetriebes. Ein solcher Abend bedeutete mehr als etwa eine Neueinstudierung des *Wilhelm Tell*. Er offenbarte eine neue Lehre, eine ungeahnte Kunst. Und trotz der Bürde, die er sich aufgeladen, der Baupläne, der Pressefehde fand der untersetzte Riese noch Zeit, für den König einen Bericht von mehr als hundert Seiten über „eine in München zu errichtende deutsche Musikschule" abzufassen.

Mittlerweile bereitete man mit Bedacht seinen Sturz vor. Am Morgen des 15. Mai, dem zur Uraufführung bestimmten Tage, wurde Wagner plötzlich ein alter Wechsel „unter Androhung sofortiger Verhaftung im Nichtzahlungsfalle" präsentiert. Ein Meisterstreich! Die Gegner frohlockten. Alsbald jedoch schritt der König ein, bezahlte für den Freund und bat ihn, denen zu verzeihen, die in ihrer „Bosheit und Niedertracht" nicht wüßten, was sie täten.

Schließlich schien alles bereit. Der König war krank vor Erwartung, in höchster Spannung, und seine Nerven erwiesen sich angegriffener als die des Tondichters. Ein letztes Mal vor dem großen

Ereignis dieses Abends schrieb er ihm: „,,Ein und All! Inbegriff meiner Seligkeit! Wonnevoller Tag! — Tristan.' Wie freue ich mich auf den Abend! Käme er doch bald! ‚Wann weicht der Tag der Nacht! Wann löscht die Fackel aus! Wann wird es Nacht im Haus?' — heute! Heute, wie zu fassen! Warum mich loben und preisen! Er vollbrachte die Tat! ER ist das Wunder der Welt, was bin ich ohne Ihn!? Warum, ich beschwöre Sie, warum finden Sie keine Ruhe, warum stets von Qualen gepeinigt? Keine Wonne ohne Weh, o wodurch kann endlich Ruhe, endlich ewiger Friede auf Erden, stets Freude für Ihn erblühen. Warum stets betrübt bei aller Freude, ‚den tief geheimnisvollen Grund, wer macht der Welt ihn kund?' Meine Liebe für Sie, o ich brauche es ja nicht zu wiederholen, bleibt Ihnen stets. ‚Treu bis in den Tod.' — Mir geht es wieder gut. Tristan wird mich trotz der Ermüdung vollkommen wieder herstellen. Die herrliche Maienluft in Berg, wohin ich bald ziehen werde, wird mich vollends kräftigen. Bald hoffe ich meinen Einzigen wiederzusehen. — Wie freuen mich Sempers Pläne; hoffentlich lassen die Pläne für den monumentalen Bau nicht zu lange auf sich warten. Alles muß erfüllt werden; ich lasse nicht nach. Der kühnste Traum muß verwirklicht

werden. Dir geboren, Dir erkoren! Dies mein
Beruf! Ich grüße Ihre Freunde, sie sind die mei-
nigen. Warum betrübt? Bitte, schreiben Sie! Ihr
treuer L. — Tristan Tag.“

Allein die Aufführung mußte in letzter Stunde
infolge Erkrankung der Hauptdarstellerin ab-
gesagt werden. So eilte denn Wagner, der wie
kein anderer den Schmerz und menschliches Sehnen kannte, noch bewegt von dem überschwäng-
lichen Ergusse des schönsten der Fürsten, am
22. Mai zur Feier seines zweiundfünfzigsten Ge-
burtstags nach Schloß Berg. Zum Beschluß des
ehrenvollen Tages harrte der kleine Privatdamp-
fer Ludwigs des Gastes, um ihn über den See
zu bringen. Der Tondichter bemerkte, daß des
Königs Yacht nicht mehr *Maximilian*, sondern
Tristan hieß. Ein für einen Zwanzigjährigen be-
zeichnend gefühlsmäßiger Zug, der tief und auf-
schlußreich in sein Inneres blicken läßt.

Am 10. Juni 1865, abends 6 Uhr, sollte endlich die Uraufführung von *Tristan und Isolde*
stattfinden. In ihren Logen waren der greise König Ludwig, die Prinzen Luitpold, Albert und
Leopold, Herzog Max zu sehen. Bürgerlich ge-
kleidet erschien hierauf der König allein in der
seinen. Bei seinem Eintreten erhob sich alles;
Hochrufe, mit Fanfarenklängen untermischt, be-

grüßten ihn. Etwas ungelenk verneigte er sich
dankend nach allen Seiten und sah wie gewöhnlich traumverloren zum Kronleuchter empor. Alsbald hob Bülow den Dirigentenstab, das Vorspiel
begann.

Mehr als sechzig Jahre sind seit diesem denk-
würdigen Abend vergangen, der den Ruhm des
verspotteten und verhaßten Komponisten begründete. Jene, die Wagner nie zu verstehen vermochten, haben zahllose Verwünschungen gegen ihn
ausgestoßen, andere wiederum ein Übermaß von
Begeisterung bekundet, so daß ein Meinungs-
kampf, wie ihn dereinst Schmäher und Lobredner
führten, heute ohne Zweifel hinfällig geworden
ist. Die mittlere Generation der jetzt Lebenden
warf Wagner zum Pomp und alten Eisen der
Gründerzeit, ohne zu sehen, daß die junge und
jüngste sich erneut an ihm entzündet. Vielleicht
hat tatsächlich infolge des Wandels unserer ge-
fühlsmäßigen Einstellung nur das Unvergäng-
liche im Werke Wagners die Zeiten überdauert,
und wer die Leidenschaft je gekannt, verspürte
sicherlich seine betörende Macht. Allein über ein
halbes Jahrhundert mußte hingehen, bis die Menschen den bleibenden Wert dieses aufgespeicher-
ten Schatzes an Begeisterungsmöglichkeit erkannten. Keineswegs wurde er sofort als solcher ge-

würdigt. Vor allem die Musik zu *Tristan* nicht. Dieser verzweifelte Aufruhr stillte an jenem 10. Juni 65 in Wahrheit einzig das lechzende Verlangen von Ludwigs königlicher Seele. Sie schlürfte in vollen Zügen, was die Menge ohne Beglückung hinnahm. Und während die Gemütsbewegung des Fürsten sich von Akt zu Akt steigerte, mischten sich unablässig Protestkundgebungen und Zischen in den Applaus. Dennoch gestaltete sich die Aufführung schließlich zu einem Triumph für Wagner, der am Schlusse „in schwarzem Rock und weißen Beinkleidern" inmitten seiner Darsteller auf der Bühne erschien.

Indessen, er schritt auf ödem Gipfel am Rande eines Abgrundes dahin. Zehn Jahre zuvor hatte er während der bedeutsamen Krise seiner Liebe zu Mathilde Wesendonck an Liszt geschrieben: „Da ich im Leben nie das eigentliche Glück der Liebe genossen habe, so will ich diesem schönsten aller Träume noch ein Denkmal setzen, in dem von Anfang bis zum Ende diese Liebe sich einmal so recht sättigen soll": *Tristan.* Beauftragt, seinem König die blonde Isolde zuzuführen, die er selber liebt, ohne zu wagen, es sich einzugestehen, verfällt der treue Vasall der Rache der eifersüchtig auf ihre mißachteten Rechte bedachten Liebesgöttin. „Den der Zeitsitte gemäß für den nur durch Politik vermählten Gatten von der vorsorglichen Mutter der Braut bestimmten Liebestrank“, erläutert Wagner, „läßt sie durch ein erfindungsreiches Versehen dem jugendlichen Paare kredenzen, das, durch seinen Genuß in hellen Flammen auflodernd, plötzlich sich gestehen muß, daß nur sie einander gehören. Nun war des Sehnens, des Verlangens, der Wonne und des Elendes der Liebe kein Ende: Welt, Macht, Ruhm, Ehre, Ritterlichkeit, Treue, Freundschaft — alles wie wesenloser Traum zerstoben; nur eines noch lebend: Sehnsucht! Sehnsucht, unstillbares, ewig sich neu gebärendes Verlangen, Dürsten und Schmachten! Einzige Erlösung: Tod, Sterben, Untergehen, Nichtmehrerwachen! —“ Und diese zehn Jahre waren vergangen, ohne weder Tod noch Vergessen zu bringen. „Sie ist und bleibt meine erste und einzige Liebe!“ hatte er noch 1863, fünf Jahre nach ihrem Bruche, geschrieben. „Man liebt doch nur einmal, was auch Berauschendes und Schmeichelndes das Leben an uns vorbeiführen mag: ja, jetzt erst weiß ich ganz, daß ich nie aufhören werde, sie einzig zu lieben.“ Wie hätte er nicht stets wieder an diese Liebe gemahnt werden sollen, da er sie im musikalisch Übersinnlichen seines *Tristan* verewigt hatte? Und Isoldes

51

letzte Worte, „In dem wogenden Schwall, in dem
tönenden Schall, in des Welt-Atems wehendem
All, — ertrinken, versinken, — unbewußt, — höchste
Lust!“ geben sie nicht Aufschluß über jene Stelle
der Vorbemerkung zum Vorspiel, in der Wagner,
nachdem er gefragt, ob wir „jenes wundervolle
Reich, von dem wir am fernsten abirren, wenn
wir mit stürmischester Gewalt darin einzudrin-
gen uns mühen“, ob wir es „Tod“ nennen, auf
die Liebe zurückkommt und die zweite Frage auf-
wirft: „Oder ist es die nächtige Wunderwelt, aus
der, wie die Sage uns meldet, ein Epheu und eine
Rebe in innigster Umschlingung einst auf Tri-
stans und Isoldes Grab emporwuchsen? —“ Denn
im Marienkloster zu Tintagel in Cornwall zeigt
man noch heute dies Grab der Liebenden, auf
dem, unlösbar umschlungen, eine Rebe und ein
Rosenstock ranken.

Doch nein, Wagners Herz loderte nimmer in
hellen Flammen auf. An jenem Abend des
10. Juni 1865 vermochte keine Zähre mehr über
seine aschfahlen Züge zu rinnen. Armer König!
Er allein weinte Freudentränen, war allein des
Glaubens, die Liebe würde das Wunder vollbringen, die ungeheure Abspannung eines stets
von Enttäuschungen heimgesuchten Künstlers in
brennendes Sehnen zu wandeln, eines Alternden,

der endlich, höchst unnötigerweise Ruhm zu ernten begann. Zu spät.

Ludwig verbarg seine Freude auf Schloß Berg, in Hohenschwangau. In tieferer Einsamkeit noch: auf einer hochgelegenen Berghütte, die er sich hatte bauen lassen. Oh! alles würde vollbracht werden, „jedes Sehnen gestillt!... Und wenn wir beide längst nicht mehr sind, wird doch unser Werk noch der späteren Nachwelt als leuchtendes Vorbild dienen, das die Jahrhunderte entzücken soll, und in Begeisterung werden die Herzen erglühn für die Kunst, die gottentstammte, die ewig lebende...“

Vergessen wir nicht, daß Ludwig zwanzig Jahre alt war, und diese ganz neuen, vor kurzem noch verbotenen Losungen den Schlüssel zu seinem inneren Königreich boten, das sich ihm nunmehr öffnen sollte; zu seinem wahren, von seinem wahren Volke bewohnten Königreiche. Denn was bedeuteten Welt und Menschen? Sie bedeuteten Feindschaft, Niedrigkeit der Gesinnung und Gefühle, Haß gegen alles Schöne, abscheuliche Gesichter. Hier in dieser selig freien Natur jedoch, ließ sich an den Stern denken, „der meinem Leben strahlt, an den Einzigen;“ er wünschte „Ihn froh und glücklich zu wissen“ und „beitragen zu können zu seiner Ruhe,

seiner Seligkeit. Heil Ihm! Segne Ihn, mein Herr
und Gott, gib Ihm den Frieden, den Er bedarf,
entziehe Ihn den profanen Augen der eitlen, leeren Welt, bekehre sie durch Ihn von dem Wahn,
der sie gefangen hält.''

Ludwig befahl eine zweite, eine dritte, eine
vierte Aufführung des *Tristan*, den er gar nicht
oft genug hören konnte, und nach der vierten
fuhr er auf der Lokomotive seines Extrazuges
nach Berg zurück, um seine überreizten Nerven
durch einen kühlen, scharfen Luftzug zu beruhigen. Allein sein Hunger nach Musik ließ nicht
nach. Er beauftragte Wagner, so bald wie möglich ,,Bruchstücke'' aus dem *Rheingold*, der *Walküre*, aus *Siegfried* und den *Meistersingern* auf-
zuführen. Die ,,Privataudition'' fand am 12. Juli
im Residenztheater statt. Im Hintergrund seiner
Loge, den Blicken der wenigen Anwesenden entzogen, blieb das bleiche Antlitz des Königs der
einzig belebt helle Fleck im Raume. ,,Der Saal
des Residenztheaters mit seinen wunderbaren
Holzschnitzereien in Rokoko, völlig leer und in
grünliches Halbdunkel getaucht, nahm unter diesen
fremdartigen Klängen einen ganz phantastischen
Anblick an und schien bald eine unterseeische
Grotte, bald ein verzauberter Wald zu sein, aus
welchem heraus die Stimmen der Natur und der

54

Sage klangen." Wagner dirigierte. Schnorr von
Carolsfeld, der berühmte Tenor, sang, sang anders als sonst, ahnungslos mit einer „seltsam dü-
steren Heftigkeit", die bei Wagner und Bülow
„wirkliches Grausen erregte", sang zum letzten
Male. Eine Woche später brach er zusammen und
erlag in wenigen Tagen einem Gehirnschlag, der
Folge eines schrecklichen Kniegelenkrheumatis-
mus. „Den hat der Wagner auf seinem Gewissen",
hieß es. Ein tragisches Geschick waltete über der
Freundschaft des sich an sein Dirigentenpult
klammernden Riesenzwerges und des königlichen,
auf Selbstbespiegelungen bedachten Narziß; zwischen Alberich und Siegfried, Mime und Siegfried, zwischen dem Tondichter endlich und dem
kindlichen, grüblerischen Jüngling, den bereits
greisenhafte Wünsche verzehrten.

Im November besuchte Wagner den König in
Hohenschwangau. Bei seinem Eintreffen verließ
Herr von Pfistermeister das Schloß für einige
Tage und ging auf Jagd. Denn zwischen ihm und
Wagner waren jetzt die Feindseligkeiten eröffnet,
und die Lage hatte sich verschlimmert, seit Lud-
wig die Kabinettskasse angewiesen, die neuer-
lichen Schulden des Freundes zu begleichen. Auf
Anordnung des listigen Kabinettchefs hatte man
Wagner die Summe nicht durch einen Kassen-

boten überbringen lassen, sondern die vierzigtausend Gulden in Säcken voller Silbermünzen der sie persönlich abholenden Frau Cosima von Bülow ausgehändigt, damit die Bürger sehen konnten, wohin das Geld aus des Königs Kasse verschwand.

Wagner indessen wähnte sich allmächtig. Er bestellte ein kleines Orchester nach Hohenschwangau, und allabendlich dirigierte er, allein für den König, Beethoven, Gluck, Mozart, selbst Méhul. Gemeinsam fuhr man vierspännig, mit Vorreitern, im offenen Wagen auf den Gebirgstraßen spazieren. Zuversichtlich rief Ludwig aus: „Nun werden die Menschen erkennen müssen, welche allesbesiegende Macht in unserem heiligen Liebesbunde lebt. Nun zur Tat." Am letzten Tage dieser in Wonnen verschwelgten Woche geleitete der König den Tondichter bis zur Bahnstation Bießenhofen. Bei sinkender Nacht flammte buntes Feuerwerk über dem Alpsee auf, und auf dem Wasser nahte ein Lohengrinkahn, in dem in vollem Waffenschmucke der Ritter Lohengrin stand.

Welch symbolische Erscheinung! Ein weiterer Beweis, daß prophetische Gesichte ihres Erlebens sich der Phantasie der Dichter einprägen. Sogleich fiel mir Klingsor ein, wie er Parsifal mit wollüstigen Beschwörungsformeln zu bannen

56

sucht, um ihn in sein Verhängnis zu verstricken.
Und ich wurde Lohengrin nicht gewahr, der doch
so nahe bei dem angsterfüllten König stand.
Nun aber hat ja Wagner die Handlung seines
Werkes erläutert, und liest man seine Ausführungen nach, so wird die tief tragische Bedeutung dieses außerordentlichen Begebnisses offen-
bar... „Auf dem blauen Spiegel der Wogen
nahte ein Unbekannter von höchster Anmut und
reinster Tugend, der alles hinriß und jedes Herz
durch unwiderstehlichen Zauber gewann; *er war
der erfüllte Wunsch des Sehnsuchtsvollen*, der
über dem Meeresspiegel, in jenem Lande, das er
nicht kennen konnte, das Glück sich träumte. Der
Unbekannte verschwand wieder und zog über die
Meereswogen zurück, sobald nach seinem Wesen
geforscht wurde."
Diese Zeilen würden bereits genügend Licht
auf den sehnsüchtigen Fürsten und den rätselhaf-
ten Frager zu werfen vermögen, der Wagner
stets angesichts seines Schicksals blieb. Allein er
war ein zu beredter Metaphysiker, um es bei
einem so schlichten Gleichnis bewenden zu lassen.
In seinen Schriften findet sich diesbezüglich eine
ausführlichere Stelle. Sie lautet: „Lohengrin
suchte das Weib, das an ihn *glaubte*: das nicht
früge, wer er sei und woher er komme, sondern

ihn liebte, wie er sei, und weil *er so sei,* (wie er ihm erschiene). Er suchte das Weib, dem er sich nicht zu erklären, nicht zu rechtfertigen habe, sondern das ihn unbedingt *liebe*...“ Ihn verlangte „eben *nicht* nach Bewunderung und Anbetung, sondern nach dem einzigen, was ihn aus seiner Einsamkeit erlösen, seine Sehnsucht stillen konnte, – nach *Liebe*, nach *Geliebtsein*, nach *Verstandensein durch die Liebe*... Mit seinem höchsten Sinnen, mit seinem wissendsten Bewußtsein, wollte er nichts anderes werden und sein, als voller, ganzer, warmempfindender und warmempfundener Mensch, also überhaupt *Mensch*, d. h. absoluter Künstler, nicht Gott.“

Deshalb trat Lohengrin aus seinem Dunkel hervor, um ein liebendes Herz zu suchen. Und hinter ihm Wagner. Deshalb verlangte es Elsa nach dem Schwanenritter. Und was Ludwig betraf, er wähnte sich stark genug, den Genius an sich zu fesseln, ehe er wieder in die Abgeschiedenheit entschwand. Allein er kannte die Welt zu wenig, um sie zu meistern. Dies erfordert Gewandtheit, nicht Seelengröße. Das Leichteste war getan: Lieben. Blieb übrig, regieren zu lernen; darauf aber verstand sich der König gar nicht. Herr von Pfistermeister gedachte es ihm gehörig einzutränken.

Die meistgelesenen Zeitungen und Witzblätter
schossen Tag für Tag programmäßig gegen „Lolus" kunstgerecht vergiftete Pfeile ab. Die Bevölkerung, die zunächst ihren Spaß daran hatte,
hierauf staunte, begann zu fürchten, dies Wag-
nerübel könnte zuguterletzt auch noch politische
Mißstände herbeiführen. Man munkelte nämlich,
der Musiker beabsichtige, die Verfassung anzu-
tasten, trete beim König für eine Heeresreform
nach Art der schweizerischen Miliz ein, greife die
ganze, althergebrachte königliche wie bürgerliche
Ordnung der Dinge des konservativen Bayern an.
Die Kritik wurde schärfer. Sie gab zu verstehen,
man habe es mit einem reichlich jugendlichen
König zu tun, der keine Erfahrung besitze und
von den Liebesträuken eines verderblichen Zau-
berers behext sei. Wagner ließ durch Freundes-
hand mit weit mehr Heftigkeit als Geschick in
der Presse entgegnen, was die Lage verschlim-
merte. Der König wurde veranlaßt einzugreifen.
Am 6. Dezember tagte ein Ministerrat bei Herrn
von der Pfordten, und man drohte, unterstützt
von der Königin-Mutter, mit dem Gesamtrück-
tritt des Kabinetts. „Eure Majestät haben zu wäh-
len zwischen der Liebe und dem Glück Ihres
Volkes und der Freundschaft des von allen Guten verachteten Wagner."

Zum erstenmal begriff dieser zwanzigjährige
Junge, der seit achtzehn Monaten die Krone
trug, daß sie bedroht war. Zwischen ihr und der
Liebe blieb ihm die Wahl, zwischen Wirklichkeit und Traum. Allein der Traum, war nicht
gerade er das einzig Wirkliche? Wo begann die
Illusion, wo hörte sie auf? „Sterben — schlafen
... vielleicht auch träumen!" sinnt Hamlet. „Denn
wer ertrüg der Zeiten Spott und Geißel, des
Mächtgen Druck, des Stolzen Mißhandlungen,
verschmähter Liebe Pein, des Rechtes Aufschub,
den Übermut der Ämter... wenn er sich selbst
in Ruhstand setzen könnte mit einer Nadel bloß?"
Und Hamlet schließt mit der so treffenden Bemerkung: „So macht Gewissen Feige aus uns
allen." Auch Ludwig fühlt sich vernichtet, da er
weder die Kraft zum Sterben noch zum Verzicht
aufbrachte. Er schrieb:

„Mein teuerer, innig geliebter Freund! Worte
können den Schmerz nicht schildern..."

Was liegt an dem, was er weiterhin schrieb,
seinen Erklärungen, seiner Rechtfertigung? Wagner hatte von der ersten Zeile an begriffen: man
gab ihn preis. War er für die Menschen denn
nicht von je ein heimatloser Lohengrin gewesen?
Seine Zaubermittel aber, den Ansporn zu seinem
Kunstschaffen, sollten sie ihm wenigstens nicht

rauben; nichts ihm wieder nehmen von dem so
lange geduldig entbehrten Luxus, der Freude seiner Augen und tastenden Hände. Herunter mit
den seidenen Stoffen! Bilder, Lacke, Porzellane
galt es einzupacken! Öde und leer mußte es wieder in diesen Räumen werden, wo der Geist der
Tragödie mit Liebe gehegt worden war!

Am 10. Dezember 1865, in aller Frühe, fuhr
Wagner mit seinem altersschwachen Hunde Pohl
einsam in sein letztes Exil.

V

„STAATSFADAISEN“

WENDEN wir uns zunächst von diesen ergreifenden Tönen ab, die das Innerste aufwühlten, lauschte man länger, und sehen das machtvolle Haupt des kühl wägenden Wächters der preußischen Ordnung über die Karte Deutschlands gebeugt: Bismarck. Seit einigen Jahren erst leitete dieser Junker aus der Mark die Staatsgeschäfte seines Königs mit rauher Faust. Man kannte ihn noch recht wenig. Er galt als herrisch, scharf und sarkastisch, zweifelsohne als äußerst ehrgeizig, vulgär im Sinne starker Naturen, hielt keineswegs mit seiner Meinung zurück, die stets an Unverfrorenheit grenzte. Es wird erwähnt, er habe sich einmal launigerweise dahin geäußert: „Wenn ich nicht mehr Christ wäre, diente ich dem König keine Stunde mehr. Der entschlossene Glaube an ein Leben nach dem Tode, deshalb bin ich Royalist, sonst wäre ich von Natur Republikaner ... Nehmen Sie mir den Zusammenhang mit Gott ... Sie nehmen mir dann meinen König. Denn warum, wenn es nicht göttliches Gebot ist, soll ich mich dann diesen Hohenzollern unterordnen? Es ist eine schwäbische Familie, die nicht besser ist als meine, und die mich dann gar nichts angeht..." Einst kam er mit König Wilhelm nach Bayern, der in Abwesenheit seines Vetters Max mit der Königin-Base speiste. Da Bismarck den damaligen Kronprinzen Ludwig zum Tischnachbarn hatte, fiel ihm auf, daß dieser seine Fragen zögernd beantwortete und erst eigentlich darauf einging, nachdem er mehrmals „hastig sein Champagnerglas" geleert. Das war wohl Schüchternheit. Herr von Bismarck stellte seine Fragen mit „weicher, heller" Stimme und wog die Antworten gebührend ab. Ludwig hinterließ ihm „den Eindruck eines geschäftlich klaren Regenten", der er wohl einmal werden würde. Dem Prinzen selbst mißfiel der preußische Minister nicht. Zu Weiterem ergab sich kein Anlaß.

Erst mit der leidigen schleswig-holsteinischen Angelegenheit trat dann Bismarck erneut auf den Plan. Wiederum wird einer seiner Aussprüche erwähnt: „... Die großen Fragen der Zeiten", habe er erklärt, „werden nicht durch Mehrheitsbeschlüsse gelöst, sondern durch Blut und Eisen." Für einen, der wie Ludwig alles Militärische ver-

abscheute, war hiermit ein recht beunruhigender
Ton angeschlagen. Als gutem Süddeutschen blieben ihm überdies die Preußen ein Greuel; er hielt
an der „Triasidee“ fest, jener Allianz der drei großen Südstaaten: Bayern, Sachsen und Württemberg (unter Einschluß der Kleinstaaten), die das
Gleichgewicht zu dem Säbelrasseln im Norden
verbürgen sollte. Allein Bismarck brachte die
Dinge in Fluß. Für ihn galt es, die Hegemonie des
Südens um jeden Preis zu verhindern, Österreichs
Vormachtstellung zu brechen. Eine Zeitlang erwies sich eine Politik maßvoller Rücksichtnahme
erfolgreich. Die bayerischen Minister zogen ihren
Nutzen daraus und tauschten unter sich und mit
den Nachbarstaaten ihre Meinungen aus, ohne
sich jedoch einigen zu können.

Ludwig zeigte sich scharfblickend während
dieser Krise. „Um gegen Preußen nichts zu unternehmen, was nicht wieder gutzumachen gewesen
wäre“, erläutert Jacques Bainville, „wünschte
Ludwig nicht, daß Bayern sich allzusehr binde.
Pfordten, auf Bayerns Zukunft bedacht, wünschte
es nicht minder. Er berechnete: den Habsburger und
den Hohenzoller mußte man in wechselseitigem
Kampfe sich schwächen lassen, dann würde der
Wittelsbacher als Dritter hinzukommen können,
um sich bei dieser Gelegenheit weitgehenden Ein-

fluß südlich des Mains zu sichern, sich vielleicht
den Vorsitz in einem Süddeutschen Bunde anzu-
maßen." Wußte man immerhin, daß unter den
waltenden Umständen mit dem Beistande Frankreichs nicht zu rechnen war, so unterschätzte man
dafür andererseits Bismarcks Genie. Dieser aber
hatte alles längst kommen sehen und vorbereitet.

Mittlerweile war aus Ludwigs stiller Hoffnung,
er werde Wagner im Frühjahr 1866 bei einer
Aufführung des *Lohengrin* in München wieder-
sehen, infolge der gesamten politischen Lage und
einer Absage des Sängers Niemann nichts geworden, auch Wagner nicht erschienen. Eine Enttäuschung, die seine Sehnsucht nach dem Freunde
derart steigerte, daß Ludwig, nachdem er alles
in vorsichtigster Weise eingeleitet, sich vornahm,
am 22. Mai, dem Geburtstag Wagners, insgeheim
in dessen schweizer Asyl einzutreffen. Am Morgen dieses Tages, er hatte wie üblich den Vortrag des Ministers gehört, bestieg er sein Pferd,
als handle es sich um den gewöhnlichen Spazier-
ritt, und nun ging es in Begleitung des Reitknech-
tes Völk eiligst nach der siebzig Kilometer ent-
fernten Bahnstation Bießenhofen, von wo aus
Lindau mit dem Schnellzug erreicht wurde. Bei
der Überfahrt auf dem Bodensee glaubten die Mit-
reisenden in dem romantisch gekleideten Fahrgast

66

den König zu erkennen und bestürmten seinen
Diener. Aus diesem jedoch war nur herauszubrin-
gen, der Herr in dem weiten Radmantel und großen Schlapphut sei der Graf von Berg.

Die geheimnisvollen Reisenden langten ohne
Zwischenfall in Triebschen bei Luzern an, woselbst Wagner ein Landhaus gemietet hatte. Das
Glück des Wiedersehens war groß. Der Tondichter spielte seine letzten Kompositionen auf dem
Flügel vor. Erneut atmete Ludwig auf und ward
frohen Mutes. Was konnten die Plackereien des
täglichen Lebens im Vergleich mit der Kunst, politische Fragen angesichts der Liebe bedeuten, was
der Krieg, verglichen mit der Architektur? Und
beide vertieften sich in Sempers Pläne des Theaters der Zukunft.

Gleichwohl vernachlässigte der König seine
Pflichten weit weniger, als es den Anschein haben
mag. Am 27. Mai verlas er, nach München heimgekehrt, bei der Eröffnung des Landtags seine
Thronrede, in der erstmals von Deutschland als
„unserem großen Vaterland“ die Rede war. Worte,
für die man ihm späterhin Dank wissen sollte.
Dennoch kam es bei diesem Anlaß zu unlieb-
samen, für Ludwigs Gemüt bedeutsamen Kund-
gebungen, die nicht übergangen werden dürfen.
Das Volk, dies berüchtigte Volk – er hatte bisher

nie eigentlich recht gewußt, ob er es liebe oder
verachte — bereitete ihm einen eisigen Empfang.
Seine geheimgehaltene Reise nach Luzern war bereits Stadtgespräch geworden. Man fragte sich,
ob Wagner den König noch immer behexe, und
ob ein Musikliebhaber dieser Art wohl fähig sein
würde, das Staatsschiff zu steuern, wenn ein Sturm
sich erhob. Auf dem Wege zum feierlichen Got-
tesdienst in der Michaelskirche vernahm Ludwig
ein Murren der Menge, ja selbst Fluchen ward
laut ... In seinem Majestätsbewußtsein empfind-
lich verletzt, suchte er nach einem Sündenbock,
griff ihn ungerechterweise in der Person des Poli-
zeidirektors heraus, den er „mit Beförderung"
ungnädig nach Augsburg verbannte, während er
selber sich auf die Roseninsel zurückzog.

Neben Hohenschwangau, dem Schloß der Rit-
terlegenden, blieb die im Starnberger See gelegene Roseninsel der beliebteste Schlupfwinkel
dieses Königs, der stets zu vergessen und zu be-
reuen hatte. Fünfzehntausend Rosensträucher, die
sich auf diesem Seerosenblatt zusammendrängen,
verwehren mit ihrer Duftfülle gleichsam den Zutritt zu der königlichen Solitüde. Und inmitten
der Blütenpracht liegt eine kleine Villa in italieni-
schem Stil, Possenhofen, dem Schloß der Herzöge
in Bayern, zugewandt. Mitunter hißte Ludwig sein

Banner als Signal, worauf ein anderes antwortete.
Dann stach ein Nachen vom gegenüberliegenden
Ufer in See, und eine der sehr wenigen Besuche-
rinnen, denen es verstattet war, den Schwan in seinem Nest aufzusuchen, legte kurz darauf im dichten Strauchwerk des Eilands an: Ludwigs Base
Elisabeth, die junge Kaiserin von Österreich.

Wie schade, daß kein Sekretär, wie Elisabeth
in späteren Jahren einen finden sollte, die Ge-
spräche der beiden Gefährten aufzuzeichnen vermochte. Allein, vielleicht würde es uns letzten
Endes enttäuschen, den Spielraum unserer Phantasie eingeengt zu sehen. Weit besser, wir wissen
nur, daß zwischen ihnen jenes tiefe und worte-
lose Einverständnis zweier Wesen herrschte, die
dem selben Stamme entsprossen, ihre Jugend in
der selben Landschaft verlebt hatten, ähnliche
Krankheiten in sich trugen, auf ihre überzüchtete
Rasse stolz und voll geistiger Besonderheit waren.
Versichert wird einzig, Ariost sei eines der Themen ihrer Betrachtungen gewesen. Außerdem
weiß man, daß diese geistig so hochstehende Frau
sich in ihren an den Vetter gerichteten Briefen
„Die Taube", der König der Unbeständigkeit sich
in den seinen „Der Adler" nannte. Die Aufschrif-
ten ihrer Sendschreiben lauteten: „Von der Taube
an den Adler", „Der Adler an die Taube." Fol-

gen wir hier jedoch Maurice Barrès Rat und achten das Schweigen, das uns diese einsiedlerischen Geister gebieten. Hoffen wir, niemand möge uns je enthüllen, was sie sich anzuvertrauen hatten, und beziehen wir jenen Ausspruch der Kaiserin, den ich bereits früher zitierte, auf beide, indem wir ihn also abwandeln: „Sie hielten nur ihren eigenen Willen heilig, lebten nur ihren Träumen, und ihre Trauer war ihnen wertvoller als das ganze Leben."

Am 16. Juni 1866 schrieb Fürst Hohenlohe, damals bayerischer Reichsrat, in sein Tagebuch: „Den König sieht jetzt niemand. Er wohnt mit Taxis und dem Reitknecht Völk auf der Roseninsel und läßt Feuerwerke abbrennen." Sechs Tage darauf eröffneten die Preußen die Feindseligkeiten. Innerhalb weniger Wochen schlugen sie die Bayern bei Dernbach und Kissingen, worauf sie in Ober- und Mittelfranken einfielen. Ende Juli hatten sie überall gesiegt, aber erst am 22. August bot Bismarck Bayern den Frieden gegen Abtretung dreier fränkischer Ämter und eine Kriegsentschädigung von 30 Millionen Gulden an. Seine Forderungen schienen der Lage angemessen, und mit einigen Modifikationen unterzeichnete man. Nur Ludwig verbitterte die Schlappe. Er weigerte sich, seine Mutter zu empfangen, weil sie eine preußische Prinzessin war. Das Kabinett wurde gestürzt. Von der Pfordten mußte Hohenlohe, dem neuen Ministerpräsidenten, weichen. Der König selbst machte sich den Umschwung zunutze, indem er auch das Kabinettsekretariat umbildete, und Pfistermeister, dem er Wagners Weggang nicht verzeihen konnte, durch von Neumayr ersetzte, einen feinsinnigen, umsichtigen Herrn, der Gutsbesitzer und gleich ihm großer Rosenliebhaber war.

Dennoch, wie tief fühlte sich Ludwig trotz dieser vernichtenden Rache, die er an den Ministern geübt, in seinem Königstolze verletzt! Die heilige Majestät war befleckt, herabgewürdigt angesichts eines Volkes ohne Kriegsruhm. Ludwig entfloh nach Berg, vergrub sich daselbst, wünschte niemand zu empfangen, ritt mit seinen Lakaien aus und schweifte in seinem Verdruß durch die Wälder, ohne daß ihm ein Lichtblick ward. Zum erstenmal verdichtete sich unabweislich der Gedanke des Abdankens bei ihm. Um sich Luft zu machen, schrieb er Wagner von seinem Vorhaben, dem einzigen Vertrauten seiner geheimsten Absichten. Allein Wagner, der in Triebschen die *Meistersinger* komponierte, wollte davon nichts hören. Und was noch schlimmer war, diesmal schalt er, schulmeisterte und setzte auseinander, das Heil läge im Handeln und dem schrecklichen Wort: regieren. Er, der sich durch nichts entmutigen ließ, komponierte er nicht im Exil und von aller Öffentlichkeit verwünscht in zuversichtlichster Stimmung die heiterste seiner Tonschöpfungen, er, den Bülow „die Inkarnation des deutschen Kunstgeistes, sein unvergänglichstes Denkmal" nannte, „auch wenn die deutsche Sprache, vielleicht auch die Musik, eine ‚tote‘ geworden sein würde". Nun besann Ludwig sich plötzlich anders. Gewiß, Regieren tat not, man mußte sich sehen lassen, die Verleumder zum Schweigen bringen und dem überraschten Volke zeigen, welch neuer Wille den König beseele. Der teure Freund hatte recht. Am 10. November unternahm Ludwig „mit großem Gepränge und großem Gefolge" eine Reise in die vom Krieg heimgesuchten fränkischen Gebiete. Seltsamerweise traf es sich, daß er zu dieser Fahrt von Bayreuth aus aufbrach, jenem Residenzstädtchen, das gleichsam von diesem Augenblick an für sein künftiges Schicksal gezeichnet schien. Zunächst begab er sich alsdann nach Bamberg, besichtigte hierauf die Schlachtfelder bei Kissingen, fuhr bei einem Herbststurm durch das festlich beleuchtete

Aschaffenburg, besuchte Würzburg und Nürnberg, empfing Deputationen, bekam Blumensträuße von jungen Mädchen überreicht, tanzte *Polonaisen* und *Françaisen*. Sogar Truppenschauen hielt er ab und berichtete nach Triebschen, die Beweise von Liebe und Treue seines Volkes machten ihn glücklich.

Wohl mehr als er ahnen mochte, war er selbst schuld, daß das Volk ihm aus tiefstem Herzen zujubelte, denn die faszinierende Erscheinung Ludwigs II. löste Begeisterungsstürme und liebevolle Opferbereitschaft aus. Der Rabbiner von Fürth, den er so respektvoll ansprach, sich weise von ihm belehren ließ, die Soldaten, die er dekorierte, sie alle, die besiegt worden und durch die noch nicht verwundene Niederlage gedemütigt waren, fühlten sich beim Anblick dieses jungen, unbekannten Gottes wie neu gestärkt und erhoben, vom alten Stolze durchdrungen. Mit dem Bewußtsein, wie ein Befreier gefeiert worden zu sein, kehrte Ludwig nach München zurück.

Allein diesem großen Virtuosen des Gefühls wollte das Einmaleins der Politik nicht eingehen. Vermochten ihn auch alle Töne des Herzens zu erreichen, sobald sie aus Ministerherzen kamen, blieben sie ihm verdächtig, denn dabei konnte es sich wahrlich einzig um Ehrgeiz, Liberalismus,

Preußengeist, versteckt feindselige Gesinnung
gegenüber der Heiligkeit der Krone handeln. Und
bei den übrigen Regierungsgeschäften? Um
„Staatsfadaisen".

VI

DIE TURTELTAUBE

AM Abend des 21. Januar 1867 war ganz München auf den Beinen, denn man wollte die zum Hofball in die Residenz Geladenen sehen. Mit sichtlichem Wohlwollen drängte die Polizei die Neugierigen zurück. Befürchtet wurden nicht etwa Attentate, sondern es galt, jenen tollen, verliebten Weibern den Eintritt ins Schloß zu verwehren, denen es immer wieder gelang, sich unbemerkt in die Gänge einzuschleichen. Bei Tag und bei Nacht fand man Frauen, die sich in der Erwartung, König Ludwig zu begegnen, dort versteckt hatten. Manche brachten sogar Blumen und Geschenke mit, und es war doch bekannt, daß Seiner Majestät vor solch unerwünschten Besuchen ganz besonders graute.

So sah man denn Chargen, Minister, Hofdamen der Königin-Mutter und Prinzen vorfahren, den allgemein beliebten und volkstümlichen Herzog Maximilian in Bayern, Schwager Ludwigs I.

75

sowie dessen Familie. Seine älteste Tochter He-
lene hatte sich dem steinreichen Fürsten Maximilian von Thurn und Taxis vermählt, die zweit-
älteste, Elisabeth, war Kaiserin von Österreich,
die dritte, Marie, Königin beider Sizilien geworden; Verbindungen vornehmsten Ranges, die ihre
Mutter, Herzogin Ludovika, weise erwägend, be-
günstigt und zustande gebracht. Die wie etwas
Göttliches aus den Mauern ihrer Tempel hervor-
gegangenen Königinnen schmeichelten dem Volke.
Nun war einzig Prinzessin Sophie als Aschenbrö-
del übriggeblieben, allein sie konnte bei ihrer
anmutigen Schönheit heute sehr wohl Ballköni-
gin werden. So dachte die Menge, dachte wohl
auch der König, der sich ganz ungewöhnlich
eifrig um seine hübsche Base bemühte. Seit
einiger Zeit schon waren sie enger befreundet,
vornehmlich seit Sophie ihre Bewunderung für
Wagners Musik bekundet hatte. Jedoch diese ge-
fühlsmäßige Übereinstimmung, die sie einander
hätte nähern müssen, schien gerade in diesen Tagen beim König einer mißtrauischen Herzensangst zu weichen. Man glaubt fast zu der Annahme berechtigt zu sein, die Begeisterung des
jungen Mädchens habe in seinem Herzen nicht
etwa Argwohn oder Eifersucht, sondern völlige
Mutlosigkeit und Verzagtheit, ja Lebensüberdruß

erzeugt. Hatte er Sophie nicht zwei Tage vor diesem Balle einen recht seltsamen Brief übermitteln lassen, den sie sich vergebens zu deuten suchte. „. . . Schwer kommt es mir an, diese Zeilen an Dich zu richten, aber ich halte es für meine Pflicht, gerade jetzt Dir zu schreiben ... O, habe keinen Groll im Herzen, liebe Sophie, höre meine Bitte, und bewahre mir ein gutes Andenken in Deinem Herzen, entziehe mir Deine Freundschaft nicht, o, sie tut mir wohl. — Du kennst das Wesen meines Geschickes; über meine Sendung schrieb ich Dir einst von Berg aus, Du weißt, daß ich nicht viele Jahre mehr zu leben habe, daß ich diese Erde verlasse, wenn das Entsetzliche eintritt, wenn mein Stern nicht mehr strahlt, wenn Er dahin ist, der treu geliebte Freund; ja dann ist auch meine Zeit aus, denn dann, dann darf ich nicht länger mehr leben... Der Hauptinhalt unseres Verkehrs war stets, Du wirst es mir bezeugen, R. Wagners merkwürdiges ergreifendes Geschick. O, zürne mir nicht, sende mir einige freundliche Zeilen, die mir beweisen, daß Du mir gut bleibst. Bedenke, Dein Freund hat vielleicht nurmehr wenige Jahre zu leben; soll seine karg bemessene Lebenszeit ihm durch den qualvollen Gedanken verbittert werden, daß eines von den wenigen Wesen, die ihn verstanden, denen er teuer war, ihn nunmehr im stillen haßt? O, das verdiene ich nicht, ich darf kühn es sagen. — Lebe wohl, meine liebe Sophie; willst Du es, so schreibe ich nie wieder, lebe glücklich und gedenke mein." Und nun benahm sich dieser merkwürdige Freund ihr gegenüber ausgesucht aufmerksam, was übrigens sogleich allgemein auffiel. Er tanzte mit ihr, lächelte ihr zu, unterhielt sich ausschließlich mit ihr. Jene Abschiedszeilen blieben daher der spröden Schwester der österreichischen „Taube" unerklärlich. Und die Erregung und Unruhe des Königs nahmen noch immer zu. Als der Ball zu Ende ging, kehrte er zwar in seine Gemächer zurück, legte sich jedoch nicht schlafen. Was machte ihm so zu schaffen? Welchen Sieg wollte er über sich selbst davontragen? Sollte dieser charakterlich Schwache gehofft haben, dem Dilemma von Furcht und Begehren durch einen Gewaltstreich gegen sich selbst entrinnen zu können?

Um sechs Uhr morgens ließ er sich seiner Mutter melden und bat sie inständig, sich sofort zu Herzog Maximilian zu begeben, um die Hand seiner Tochter zu erbitten. Diese Angelegenheit war um sieben zu Ludwigs Gunsten entschieden. Gegen neun Uhr sprach Ludwig im herzoglichen Palais vor, woselbst infolge des unerwarteten Besuches der Königin-Mutter und dieser zu so früher Morgenstunde erfolgten Verlobung alles drunter und drüber ging. Um zehn Uhr ward das Ereignis öffentlich bekanntgegeben. Dem sonst so unschlüssigen König konnte es nicht rasch genug gehen. Dennoch empfand er bei aller fieberhaften Eile etwas wie Freude, ein wollüstig wunderliches Gefühl freiwillig-unfreiwilligen Ertrinkens. Nur nicht mehr nachdenken, was bereits geschehen, vielmehr einzig sich ins Kommende stürzen, das Schicksal an der Gurgel packen, Regungen des Instinkts unterdrücken. Ach, daß der Freund nicht zugegen war, ihm in diesem fürchterlichen Glück beizustehen!

Indessen, sie war schön, diese Turteltaube, diese Schwester seiner teuern Taube. Sie gefiel ihm, verstand ihn. Vielleicht vermöchte sie eines Tages sogar seinen Schmerz zu begreifen, vielleicht ... Zuweilen entführte er sie auf kurze Zeit dem Elternhaus, reichte ihr seinen Arm. Er war stolz, in so kurzer Frist so viel Schneid bewiesen zu haben. Der Hochzeitswagen sollte so prunkvoll werden, wie noch nie dergleichen erträumt worden; vergoldetes Schnitzwerk, kostbarste Lackarbeit, das Ganze mit einer feenhaften Gruppe, posaunenblasenden Genien gekrönt, und der Preis: eine Million Gulden. Übrigens entschädigte die Schönheit der aus diesem Anlaß zu schaffenden Dinge für die Beklemmung, die gewisse Gegebenheiten hervorriefen. Zunächst mußte Sophie „Elsa“ genannt werden, denn fortan war er Lohengrin, der wunderbare, gottgesandte Erwählte. Auch kam man überein, die sogenannten, künftig für die Königin bestimmten Hofgartenzimmer der Residenz neu tapezieren, Brokate mit „Lohengrinmuster“ anfertigen zu lassen. Die Arbeiten wurden befohlen; Ludwig überwachte sie selbst, sein Blick belebte sich. Überall galt es, Neues erstehen zu lassen, zu verändern, auf daß alles in Schönheit erstrahle, geschmückt mit Symbolen der Lieblingsmusik. Auch schien es notwendig, die Krone auf Elsas Haupt zu probieren, um sich zu vergewissern, ob sie passe. Eines Abends ließ Ludwig sie aus der Schatzkammer holen und setzte sie der Braut selbst auf die aschblonden Haare. Dabei konnte er sich nicht enthalten zu lachen. Sie aber brach in Tränen aus, nachdem er gegangen, und schluchzte: „Er liebt mich nicht; er spielt nur mit mir!“

Am 17. Februar schrieb er an sie: „Von allen Frauen, welche leben, bist Du mir die teuerste ... der Gott meines Lebens aber ist, wie Du weißt, R. Wagner. —“ Wie stets, so blieb auch jetzt das Theater der einzig wirkliche Trost. Mitunter erschien Ludwig daselbst in Gesellschaft der Braut,

mitunter allein. Eines Abends auf einem Balle,
den Fürst Hohenlohe gab, näherte sich Ludwig
unbemerkt einem seiner Minister, wollte wissen,
wie spät es sei, und ob er, wenn er jetzt aufbreche,
das Hoftheater noch vor Schluß der Vorstellung
erreiche. Welch merkwürdige Frage, die da sein
Chef einem zu Gaste geladenen Minister stellte!
Der also Gefragte, es war Bomhard, errötete,
aber es gelang ihm, verstohlen auf die Uhr zu
sehen ... Hierauf grüßte ihn der König kurz und
verschwand, ohne sich von irgend jemand, ge-
schweige denn von Sophie zu verabschieden.

Die Vermählung wurde auf den 25. August,
den Geburtstag des Königs, festgesetzt. „Die
Hauptsache ist", schrieb er von neuem an Elsa,
„Wir lieben Uns wahrhaft innig und diese Liebe
ist fest in unsern Herzen gewurzelt. —" Dies niederzuschreiben, es oft niederzuschreiben und
nachdrücklich zu bekräftigen, würde ihn ohne
Zweifel schließlich überzeugen, es sei so. Allein
es gelang nicht vollständig. Etwas Zutrauen fehlte
noch; ein ganz klein wenig. Indessen, einige Tage
früher oder später würde sich das geben. Und da
es nachgerade Sommer war, ein Sommer, der so
viele herrliche Nächte, Schloßaufenthalte und
Ausflüge verhieß, blieb es besser, die Hochzeitsfeierlichkeiten auf den Herbst zu verlegen; sagen

wir auf den 12. Oktober. Welche Erleichterung!
Ludwig weilte in Berg, Hohenschwangau, auf der
Roseninsel. Alle vierzehn Tage etwa machte er
in Possenhofen seine Aufwartung, wo die Gesichter länger und länger wurden. Um solch stummen
Vorwürfen nicht wieder zu begegnen, blieb er
hierauf mehrere Wochen überhaupt aus.

Im Grunde war alles bereits nurmehr darauf angelegt, den äußeren Schein zu wahren, wie
dies im gesellschaftlichen Leben so oft der Fall.
Etwas anderes dagegen trieb Ludwig um. Wagner
war im März nach München gekommen. Nach
diesem langen Trennungsjahre fand man sich jedoch beiderseits nicht mehr wie einst zusammen.
Zunächst fühlte sich Ludwig etwas beschämt, daß
er sich früher so schlapp benommen. Außerdem
aber empfand er jetzt als Verlobter dem „Einzigen" gegenüber ein gewisses Unbehagen. Und was
noch schlimmer war: man hatte ihm hinterbracht,
jene Cosima, gegen die er sich instinktiv ableh-
nend verhielt, sei Wagner nach Triebschen nach-
gereist und zwischen beiden bestünden seit langem intime Beziehungen. „Ich kann und will es
nicht glauben, daß Wagners Beziehungen zu Frau
von Bülow die Grenzen der Freundschaft überschreiten. Das wäre furchtbar." Furchtbar: der
Ausdruck konnte zweifelsohne nicht als übertrie-

82

ben gelten, denn er, der König, hatte sich infolge niederträchtiger Presseverleumdungen öffentlich für die Treue dieser Frau verbürgt. Allein furchtbarer noch war es für sein eigenes Fühlen und Denken, für ein Sichzurückfinden auf diesem langen Wege der Liebe, auf dem er überall verraten worden. Was würde ihm denn schließlich bleiben, wenn man ihm selbst den einzigen Glauben, die einzige Begeisterungsmöglichkeit seiner Jugendjahre raubte?

Das Werk würde ihm bleiben; eine letzte Zufluchtstätte für sein Ideal. Ein Werk, mit dem der Geliebte etwas gegeben, was er nicht mehr zurücknehmen, niemand tilgen konnte. Mochte wenigstens dies Werk gedeihen! Ohne Bedenken zu hegen, rief Ludwig Wagner und Bülow zu sich, um gemeinsam mit ihnen Vorbesprechungen bezüglich einer Uraufführung der *Meistersinger* abzuhalten, die im nächsten Jahre veranstaltet werden sollte. So traten denn diese drei Menschen von zweiundzwanzig, siebenunddreißig und vierundfünfzig Jahren, innerlich durch all das geschieden, was ihnen an Schmerz, Kummer und Überdruß geworden, zusammen, auf daß es durch eines jeden Opfer zu einer Tat von bleibender Bedeutung komme. Einzig das Werk war künftig entscheidend. Für dieses Jahr waren Mu-

sterauffführungen des *Lohengrin* und *Tannhäuser* geplant. Die wenigen Wochen gedrängten
Erlebens und der Erfahrungen hierbei brachten
den jüngsten der drei in erstaunlichster Weise
weiter. Durch ein geistiges Bemühen ohnegleichen bewies er, sich im Innersten gewandelt zu
haben. Das Leben sollte für ihn fortan nurmehr
einer undeutlich wahrnehmbaren, entrückten
Theaterkulisse gleichen, angesichts der sich die
Handelnden, die seine Phantasie aus ihrem Nichts
hervorzog, kostümierten und verstellten; die
Wirklichkeit hingegen ward für immer in den
Bereich trügerischen Scheines verwiesen.

Auf Wunsch des Königs ließ Wagner sich für
einige Wochen wieder am Starnberger See nieder.
Ludwig indessen achtete seiner dort kaum. Ein einziges Mal besuchte er ihn bei Nacht und Sturm.
Für die Rolle des Lohengrin berief man auf Wagners Veranlassung den alten Tenor Tichatschek
aus Dresden, für den diese Partie vor nunmehr
zwanzig Jahren „entworfen und ausgeführt‟ worden und der seinerzeit den Tannhäuser kreiert
hatte. Noch immer sollte der „alte Silberklang‟
seiner Stimme Wagner tief ergreifen. Bei der
Hauptprobe ließ Ludwig das bereits besetzte Hoftheater unter einem Vorwand im letzten Augenblick räumen, um den Genuß einer Separatvor-

84

stellung zu haben und all die einfältigen Gesichter nicht sehen zu müssen. Allein Tichatscheks Auftreten verärgerte den König. Wie, glich Lohengrin denn diesem „Ritter von der traurigen Gestalt", diesem gebrechlichen Greis? Eiligst mußte da ein jugendlicher Darsteller berufen werden, auch hatte er selbstverständlich den vorgeschriebenen „blauen Mantel" zu tragen! Nun war es an Wagner, sich über derartige Launen zu ärgern. Er drohte, alles im Stiche zu lassen, abzureisen. „Nun, so reisen Sie zu", entgegnete Ludwig, worauf sich Wagner sogleich nach Triebschen empfahl.

Welch seltsamer Rollentausch! Die wenigen Wochen gekränkter Liebe, der peinlichen Verlobungsangelegenheit hatten aus dem ängstlichen Jünger einen reizbaren Liebhaber und unduldsamen Kritiker gemacht. Obwohl die Verstimmung anläßlich Tichatscheks bald verraucht war, ließ sich Wagner doch erst im Dezember wieder bewegen, zwecks Vorproben für die *Meistersinger* persönlich nach München zu kommen, die dann am 21. Juni 1868 ihre Uraufführung mit beispiellosem Erfolg erlebten. In der Zwischenzeit, Sommer 67, sagte Wagner seine Mitarbeit an einer neu zu gründenden, fortschrittlichen Zeitung, der *Süddeutschen Presse*, zu, die unter Gewährung von Zuschüssen des bayerischen

Staates und des königlichen Freundes demnächst
erscheinen sollte. Bald sandte Wagner seine ersten Beiträge für das Feuilleton ein, eine Folge
von Aufsätzen über *Deutsche Kunst und deutsche
Politik,* vom „deutschen Jüngling" schreibend,
der „zu Hilfe gerufen wurde, um mit den Waffen
in der Hand zu zeigen, welcher Art dieser deutsche Geist sei, der in ihm wiedergeboren."

Abermals begeisterte diese erhebende Lektüre
den König, durch die er in die Welt der Gedanken
eindrang. In hinreißendem und wortreichem
Stil entwickelte hier Wagner eine ganze Geschichte der europäischen Kultur, von der antiken
Weisheit bis zum „französischen Anstande", worauf seine Ausführungen in jener für das „Kunstwerk der Zukunft" bezeichnenden Vereinigung
aller Kunstarten gipfelten, die neue deutsche
Kunst damit verheißend.

*„Ringe, Deutscher, nach römischer Kraft, nach
griechischer Schönheit!
Beides gelang dir; doch nie glückte der gallische
Sprung."*

So hatte Schiller in seinem Distichon das Wesen des deutschen Genius apostrophiert. Ganz
ähnlich Wagner. Und wenn ihn bei der Beurteilung Racines oder Shakespeares sein Mangel an

86

Geschmack auch manchmal dazu verführte, die
Grenzen des Erträglichen zu überschreiten, so
blieb anzuerkennen, mit welchem Geschick er sich
auf einen Freigeist wie Benjamin Constant berief. „Die Franzosen“, heißt es bei diesem, „geben selbst in ihren auf traditioneller oder geschichtlicher Grundlage beruhenden Tragödien
nur eine Handlung oder Leidenschaft; die Deutschen dagegen den Ablauf eines Lebens, ein voll-
ständiges Charakterbild.“ Und als er zu den
Schlußfolgerungen dieser langen Abhandlung ge-
langte, fand Ludwig die seinem Erzieher so
teuern Gedanken einer Umgestaltung des deutschen Theaterbetriebes im Sinne des deutschen
Geistes wiederum ausgesprochen. Es war die Rede
von den Beziehungen des Dichters zum Schauspieler, von denen des künstlerischen Ausnahme-
menschen zur Öffentlichkeit, und es hieß: „Von
dem größten Verhältnisse des Königs zum Volke
sind die ihm gleichen anderen Verhältnisse um-
faßt, weshalb, wenn es der gleichmäßigen Anregung zu gemeinsamer Betätigung gilt, diese vom
Könige ausgehen muß.“

Fürwahr, hier handelte es sich um andere un-
bestreitbare Leitsätze, andere Notwendigkeiten als
bei den „Fadaisen“ der Politik! Daher schrieb er
denn ihrem Verkünder: „...Bei Gott, wer da

nicht entzückt ist, durch den Zauber der Rede,
die Tiefe des darin sich kundgebenden Geistes
nicht überzeugt und bekehrt wird, der verdient
nicht, daß er lebe. Ja, Geliebter, ich schwöre es
Ihnen, ich will beitragen, so viel als nur irgend
in meinen Kräften steht, die unverzeihlichen Fehler der deutschen Fürsten wieder gutzumachen."
Indessen, mitten im Aufblühen seiner neuen Begeisterung besann er sich anders und schrieb keine
leidenschaftlichen Zeilen mehr. Er erfuhr nämlich, ausgeschmückt in den intimsten Einzelheiten, wie es sich in Wirklichkeit mit den Beziehungen Wagners zu Frau von Bülow verhielt. Nun
war kein Zweifel mehr möglich. Der Schmerz,
den ihm dies erneut verursachte, steigerte sich
bis zur Eifersucht, worauf sich seiner eine tiefe
Niedergeschlagenheit bemächtigte.

Zu alledem stand die Vermählung nahe bevor.
Sie ein weiteres Mal hinauszuschieben, an diesen
Gedanken klammerte er sich jetzt. Um inzwischen
Befürchtungen der Bevölkerung zu zerstreuen,
die glaubte, ihm ihren Willen aufzwingen zu kön-
nen, ließ Ludwig eines Tages die fertige, mit
acht eigens dafür eingefahrenen Rappen be-
spannte Hochzeitskarosse, ein Meisterwerk der
Vergolderkunst, probeweise durch die Straßen
Münchens rollen. Und derweil die Menge darob

88

in Begeisterung geriet, entschloß er sich Hals
über Kopf, Bayern zu entrinnen und seine erste
Reise nach Frankreich anzutreten.

Die Weltausstellung in Paris bot einen will-
kommenen Vorwand hierzu. Ende Juli 67 reiste
er unter dem wenig geheimnisvollen Inkognito
eines Grafen von Berg ab. Sein Großvater hielt
sich damals gleichfalls in Paris auf. Er hatte von
jeher Statuen geliebt, mochten sie nun aus Marmor oder Fleisch sein. Ludwig jedoch beschäftigten ausschließlich Schlösser. Napoleon III. empfing ihn, besuchte in seiner Gesellschaft das mit-
telalterlich romantische Schloß von Pierrefonds,
und gab ihm zu Ehren ein Diner in Compiègne,
woselbst sich der Gast „vom Geiste der Jeanne
d'Arc umwittert fühlte." Gleichwohl wurden
Ludwig angesichts des Louvre und der Tuilerien
die weitaus stärksten Eindrücke zuteil.

Vermag uns auch vieles für den jungen Bayernkönig einzunehmen, so bleiben wir wohl sicher
am unempfänglichsten für die Nachahmungswut,
die der Anblick jener anmutigen französischen
Baukunst in seinem Wittelsbacherblut entfachte.
Nicht etwa der Bewunderung wegen, die er ihr
zollte, verdiente er Tadel; allein er hätte wahrlich Besseres tun können, als diese mäßigen Herr-
lichkeiten, die ihre Wirkung auf phantasielose

Gemüter nie zu verfehlen pflegen, in seiner Heimat aufleben zu lassen. Weiß Gott, dieser übersteigerte Spätromantiker war doch phantasiebegabt genug! Damit aber, daß er diese bereits so oft ausgeschlachteten Vorbilder für seine persönlichen Zwecke verwertete, machte er es sich tatsächlich etwas zu leicht. Viel lieber würde man sich bei ihm, dem Wagnerschüler, mit irgendeiner anderen Geschmacksverirrung abgefunden haben. Jedoch, war Ludwig I. auf griechische Bauten erpicht, so war es sein Enkel nun einmal auf Bourbonenpaläste. Ohne Zweifel hat es etwas Ergreifendes an sich, den hochgestellten „deutschen Jüngling“, von dem sein Meister sprach, der Ruhe ihrer baulichen Verhältnisse gegenüber ganz von kindlichem Entzücken erfüllt zu sehen. Nichtsdestoweniger wundert man sich festzustellen, daß gerade die von Mansard und Gabriel höchst weise abgewogenen Proportionen soviel seltenen Begeisterungsschwung, Nebulöses, im strengen Sinne Abweichendes, stark erblich Belastetes und Widerspruchsvolles zeitigen sollten. Man hätte es eher begrüßt, wäre er sich selber in rückhaltloserer Weise treu geblieben, anstatt sich sofort für besiegt zu erklären und gleich dem erstbesten hergelaufenen Amerikaner Ludwig XIV. zu huldigen. Wagner, der in seiner erwähnten Artikel-

serie betonte, man habe künftig keinen Grund,
weder „Nachäffer noch Lückenbüßer“ zu sein,
würde Ludwigs Verhalten zweifelsohne als „wi-
derlich“ empfunden haben. Vornehmlich „Nachäffer“ dünkten ihn würdelos! Allein wie hätte
man ahnen können, welches Ausdrucksbedürfnis,
welch künstlerischer Betätigungsdrang, welch
hierarchischer Sinn bis in architektonische Stil-
fragen hinein der leidenschaftlichen Aufwallung
dieses jungen, gebildeten Menschen gemäß sein
würde, ihm, dem tieferes Kunstverständnis ab-
ging? Jedenfalls setzte von diesem Augenblick
jene Bauwut bei ihm ein, von der alle Mächtigen
dieser Welt früher oder später befallen werden,
und die sich bei König Ludwig innerhalb weniger
Monate zum tollsten Baufieber steigerte. Wagner
hatte aufgehört, dies Gemüt als einziger zu beherrschen. Am Horizont ging die Sonne des großen Königs auf.

Nachdem er heimgekehrt, trunken von französischer Baukunst, drängte sich Ludwig abermals
die lästige Vermählungsfrage auf. Nichts vermag
erfahrungsgemäß mehr auf die Stimmung zu
drücken, als nach glücklich verlebten Reisetagen
wieder im ehemaligen Gefängnis aushalten zu
müssen, in dem uns jedweder Gegenstand noch

an das sehnliche Verlangen gemahnt, diesem Kerker zu entrinnen. Dann schon lieber alles kurz und klein schlagen, als sich derart von den Dingen foppen zu lassen. Für Ludwig handelte es sich zunächst darum, den Tag, an dem das große Opfer gebracht werden sollte, erneut hinauszuschieben. Er ließ daher die Hochzeitsfeierlichkeiten auf den 29. November vertagen und entfloh auf seine Schlösser. Von hier unternahm er Ausflüge mit seinem Flügeladjutanten und Bediensteten. Um den Schein wenigstens noch etwas zu wahren, befahl er ab und zu, die Kalesche mit den sechs Schimmeln um Mitternacht anzuspannen, fuhr durch die Wälder, langte in Possenhofen an, und während man daselbst eiligst im Empfangszimmer die Kerzen für den hohen Gast anzündete, legte er einen Rosenstrauß für die schlummernde Braut auf eine Ecke des Klaviers. Hierauf entfloh er alsbald.

So konnte es nicht länger weitergehen. Der alte Herzog Maximilian verlangte, es möge eine Entscheidung fallen. Ludwig hatte nur die Hand auszustrecken, um zur Feder zu greifen ... Plötzlich entschloß er sich hierzu, schrieb, und am 10. Oktober galt die Verlobung offiziell als gelöst. Von Sophie befreit, von Wagner befreit, sollte er künftig nur noch sein eigener Gefangener sein.

VII

„ICH, DER KÖNIG“

NUNMEHR betreten wir eine neue Welt. Hinter uns ein Volk, eine Hauptstadt, ein Fürstenhaus des alten Deutschland, ein Tondichter, eine Bühne und ein junger, melancholischer König; vor uns das Unbekannte mit all seinem Dunkel, seiner Wirrnis, dem Schlimmsten gar: damit ist die Lage gekennzeichnet. Jetzt werden wir in unwegsames Land dringen, ins Königreich einer langewährenden Illusion. Vergnügungsreisende mag es beim Betreten erheitern, ein ganzes Gebiet voll spielerischer Dinge vorzufinden, die der königliche Träumer hier häufte. Für uns jedoch gilt es, anderes als kostspieligen Tand des Ergötzens darin zu erblicken. Denn die Zeit war gekommen, da Hamlet von Bayern gleich seinem dänischen Vorgänger hätte ausrufen können: „...Es steht in der Tat so übel um meine Gemütslage, daß die Erde, dieser treffliche Bau, mir nur ein kahles Vorgebirge scheint; seht, dieser

herrliche Baldachin, die Luft, dies wackre um-
wölbende Firmament, dies majestätische Dach,
mit goldnem Feuer ausgelegt: kommt es mir doch
nicht anders vor als ein fauler, verpesteter Haufe
von Dünsten. Welch ein Meisterwerk ist der
Mensch! wie edel durch Vernunft! wie unbe-
grenzt an Fähigkeiten! in Gestalt und Bewegung
wie bedeutend und wunderwürdig! im Handeln
wie ähnlich einem Engel! im Begreifen wie ähnlich einem Gott! die Zierde der Welt! ein Vorbild
allem Lebendigen! Und doch, was ist mir diese
Quintessenz von Staub? Ich habe keine Lust am
Manne – und am Weibe auch nicht..."

Jeder Künstler birgt eine Welt in seinem Bu-
sen. Seine Aufgabe bleibt es, sie zu gestalten und
zu deuten. Hamlet, Prinz von Dänemark, erstrebte,
die eigene durch eine Tat heraufzuführen, die
sein Wille ihm gebot, deren Verwirklichung sich
aber stets neue Grübeleien des Geistes entgegen-
stellten. Nie wollte ihn ausgeklügelt, nie gerechtfertigt genug dünken, wie er sich zu handeln entschlossen, und so erging er sich in nutzlosen Er-
wägungen, versank in Untätigkeit. Hamlet, dem
bayerischen König, gelang es keineswegs, weder
von Männern noch Frauen tiefer geliebt zu werden
als jener. Sich Grübeleien überlassend, um seinerseits den ihn zur Tat aufrüttelnden Geist zu er-

94

spähen, fand er nur umherirrende Wahnbilder
auf den Terrassen seines versailler Helsingör.
Allein sie wollten ihm nicht Rede stehen, hatten
ihm nichts zu berichten. Und wir werden erleben,
daß der arme Bayernfürst genötigt war, sich einsam in Monologen zu ergehen.

Im Graswangtale, einer verlassenen Gebirgs-
gegend, in der sein Vater sich ein bescheidenes Jagd-
haus hatte erbauen lassen, sollte die erste Dichtung seiner Tetralogie erstehen; einer Tetralogie
in Stein, von Ewigkeitswert gleich jener andern,
und sie sollte ein Ausdruck der vier seinen Herr-
schergeist leitenden Gedanken werden: der Macht,
des Traumes, des Ruhmes und der Einsamkeit.
Da hatte er denn ein großes, ihm vorschwebendes
Projekt, um sein innerstes Erleben versinnbildlichen zu können; ein künstlerisches Vollbringen
vor sich, dem Wagners zu vergleichen! die an
Symbolen ebenso reiche Gestaltung einer Sage
wie die des Nibelungen zu bewältigen; einen
Anlaß zu Träumen von gleichem Werte. Und weil
Ludwig mehr und mehr empfand, die Jahre
seines Lebens möchten gezählt sein, so machte er
sich alsbald ans Werk. Weder Mühe noch Geld
durften gespart werden, denn vor allem kam es
darauf an, rasch alles auszuführen.

Sofort wurde eine Studienkommission nach Versailles beordert, nach Petit-Trianon, um die Baupläne im ganzen wie einzelnen an Ort und Stelle festzulegen, sowie Unterlagen für die Ausschmückung des Schlosses zu beschaffen. Im selben Jahre noch, 1868, ward im Graswangtale das Baugelände für Linderhof vermessen, abgesteckt und mit den Erdarbeiten begonnen. Ein ganzes Heer von Maurern, Zimmerleuten, Gärtnern und Handwerkern regte sich hier alsbald. Ludwig erschien persönlich, um alles wie ein Bauherr zu überwachen, dem es eilt. Und natürlich hielt er sich nicht an den ursprünglichen Plan, verlangte Änderungen bezüglich der einzelnen Raumverhältnisse, ließ größere Terrassen anlegen, erweiterte die Ausblicke. Handelte es sich etwa nicht um „Macht“? Oberbaudirektor von Dollmann tat sein Bestes, damit Schloß Linderhof eines so ehrgeizigen Strebens würdig werde. Er war ein gefügiger und williger Geist und hatte bereits mit Erfolg eine Kirche in gotischem Stile geschaffen; ebensogut mußte es ihm gelingen, das Marmorpalais der französischen Könige nachzubilden. Und in der Tat, es war ein neues Trianon, was da zwischen den Farnkräutern des bayerischen Waldes emporwuchs, allerdings ein herrlicheres des Jahres 1868. Nichts fehlte darin: we-

der Gobelinzimmer, das Lila-Kabinett, das Rosa-
Kabinett, noch die „Salle de Conseil", ein riesen-
großes Schlafzimmer mit schwerer Vergoldung
und Putten an allen Ecken und Enden, eine
Entführung der Europa, ein Spiegelsaal in
Blau. Allüberall in verschwenderischer Fülle
Elfenbein, afrikanischer Marmor, Kamine aus im
Ural gewonnenen Lapislazulistücken, eingelegte
Möbel aus Rosenholz, Meißner Porzellane, Schreib-
geräte und Tafelaufsätze aus Malachit, Teppiche
aus Straußfedern; die Wände bedeckt mit Por-
träts in Medaillonform, Persönlichkeiten vom
Hofe Ludwigs XV. darstellend. Eine Büste Marie-Antoinettes beherrscht den Park. Und über
dem Giebel der Hauptfassade des Schlosses trägt
Atlas die Weltkugel, sie mit den Armen haltend,
im Nacken.

Nennt man Linderhof eine für unsern Gaumen
etwas zu reich und üppig geratene Königstorte, so
bleibt zu bedenken, daß Ludwig keine Sehenswürdigkeiten im Hinblick auf spätere Cook'sche
Reiserundfahrten schuf. Er instrumentierte vielmehr seine erste Symphonie, überließ sich nach
Herzenslust dem Komponieren, wobei sich ihm
eine derartige Fülle von Themen aufdrängte, daß
er nicht zögerte, seine Partitur zu überladen. So
ließ er, den Gedanken der Grotte des Venusberges

ausspinnend, im Bergesinnern beim Schlosse einen Höhlensee anlegen, auf dessen künstlichen Wellen sich ein Lohengrin-Kahn schaukelte. Entsprach dies nicht einem einstigen, frühen Wunsche, der ihm zuerst gewordenen Offenbarung? Wahrlich, er mußte es gar so weit treiben, daß er hier selbst erschien, angetan wie jener Ritter aus „fernem Land". Während seine Lakaien hinter den imitierten Tropfsteinfelsen bengalisches Feuer inszenierten, ward das Märchen Wirklichkeit: Lohengrin, in silbernem Helm und Schuppenpanzer, näherte sich, im Schwanennachen stehend, dem Ufer, eine bräutliche Weise undeutlich vor sich hinsummend.

Die Bezeichnung „Linderhof" barg nichts Reizvolles für den König. Deshalb ersann er eines Tages eine andere: Meicost-Ettal. Ihre Bedeutung ließ nur unbestimmte Vermutungen zu. Ettal zwar blieb zu erklären, so hieß ein benachbartes Kloster. Meicost aber vermochte kein Mensch zu entziffern. Der König jedoch schien über seine Entdeckung geradezu entzückt. Vertrauten gab er gelegentlich Aufschluß: waren die Menschen so dumm, diese einleuchtende Symbolik nicht zu begreifen? Meicost-Ettal war ganz einfach ein Anagramm; Ludwig nahm einen Bleistift zur Hand und enthüllte den Verblendeten dies so geschickt verborgene Geheimnis: stellte man die Buchstaben um, dann hieß es *l'état c'est moi* („Der Staat bin ich"). – Meicost-Ettal stellt in dem großen Ausstattungsstück nur das erste Bild dar, über dem der Vorhang gefallen; das große Ausstattungsstück des Geistes, der Geister; das einzig naturwahre Theater auf Erden, eine Hofhaltung, in ein winterlich verschneites Hochtal Bayerns verlegt. Das Pomphafteste aus der Vergangenheit des Abendlandes stand Ludwig künftighin zu Gebot.

Befehl erging, einen seiner Prunkschlitten anzuspannen. Ein Kurier ward schleunigst von München nach Meicost-Ettal entsandt, auf daß ein leckeres Mahl bereitet, Champagner kaltgestellt werde. Zum Teufel noch einmal mit den Staatsfadaisen! Mochten die Minister spazieren gehn! Wichtig dagegen war, daß der Schnee im neuangelegten Park von Linderhof von den Bäumen geschüttelt und gänzlich entfernt werde; kein Stäubchen durfte liegenbleiben! Ein Vorreiter mit Dreispitz und in historisch französischer Tracht, dann der mit sechs Pferden bespannte Schlitten, so ging es nun in gestrecktem Galopp unter Schellengeklingel durch die Landschaft, und Ludwig, der zurückgelehnt hinter den als Vergrößerungsgläsern geschliffenen Scheiben seines vergoldeten

Käfigs saß, eilte seinem so oft und gern besuchten
Trianon entgegen. Seine Majestät speiste am
Abend in Gesellschaft des Sonnenkönigs und
Marie-Antoinettes.

Überlassen wir es dem Flügeladjutanten und
den Bediensteten, die Köpfe darüber zu schütteln,
daß ihr Herr und Gebieter beim Soupieren zwei
unbenützten Gedecken gegenübersaß und den
Pokal zu Ehren seiner unsichtbaren Gäste erhob.
Sie waren damals noch nicht die Vertrauten des
Königs. Hingegen hatte er gerade im Jahre 1869
ein Tagebuch allerpersönlichster Aufzeichnungen
begonnen. Wir werden gleich sehen, was er hin-
einschrieb. Jede Zeile dieser fürchterlichen Ge-
dankenlese gewährt uns einen tiefen Blick in seine
Seele, sein unergründliches Innenleben. Und wenn
oft auch das, was hier schriftlich niedergelegt
wurde, nicht mehr Gestalt und Farbe verrät als
Tangstücke, die auf schäumender Meeresober-
fläche dahintreiben, so klären uns gleichwohl
diese der Tiefe durch Ebbe und Flut entrissenen
Stücke doch etwas über die unterseeische Flora
auf. Zu kommentieren ist nicht viel, denn dies
einzigartige Tagebuchheft liefert die Themen samt
Variationen und wandelt sie im übrigen recht wenig ab. Sie tauchen auf und leiten stets bald wie-

der in die zwei oder drei Hauptmotive über. Daher möchte ich dem Leser nur einen Ausschnitt in zeitlicher Folge vermitteln. Ach, wie rasch sind die Menschen des Geheimnisvollen entkleidet! Es wäre besser, man schriebe ihnen noch Rätselvolles zu, anstatt Schleier zu lüften. Allein im vorliegenden Falle verbleibt neben dem Licht, das durch diese Bruchstücke mitunter auf ihren Urheber zu fallen scheint, noch immer genügend an Dunkel, um bei der Lektüre zu nachdenklichem Verweilen anzuregen.

Hier folgt, was der König den ersten Seiten seines Bekenntnisbuches anvertraute:

„Au nom du Père, du Fils et du

Saint Esprit!

Ich liege im Zeichen des Kreuzes (Erlösungs-
tag unsres Herrn) im Zeichen der Sonne
(Nec pluribus impar!) u. des Mondes
(Orient! Wiedergeburt durch Oberons Wunder-
Horn. –) Verflucht sei ich u. meine Ideale,
wenn ich noch fallen sollte. Gott sei Dank,
es ist nicht mehr möglich, denn es schützt mich
Gottes heiliger Wille, des Königs erhabenes
Wort! – nur psychische Liebe allein ist gestattet,
die sinnliche dagegen verflucht. Ich rufe feierlich Anathema über sie aus: ,Du nahst als
Gottgesandte, ich folg' aus holder Fern, so fährst
du in die Lande, wo ewig strahlt dein Stern –'

Adoration à Dieu et la sainte
religion! Obéissance absolue au Roy
et à sa volonté sacrée. –

Fahrten im Rococo-Schlitten, in (Martin, Ranke)

gelesen. —

Wonne, Jubel nicht zu nennen,

... (unleserlich) und mir meine Ruh.

Teurer ewig reich ich Dir, meine Hand, neu

zu entbrennen, stets nach Dir, gestatt' es mir.

... (hier sind einige Initialen: L, W und

Worte zwischen den Text gemalt)

Keine heftige Bewegung, nicht zu viel Wasser, Ruhe,

Schonung, geschworen im Namen LW, wenn

Erhörung

meines Flehens, Erfüllung meines Sehnens mir

wonnig erblüht. — Amen! —

Am 3. Dec. Abends W. kennen gelernt, der Arme am

5. beim Nachhause gehen sich sehr verletzt, —

Segen über

Ihn! — Kleinere Fahrten (Histoire populairé

de France!) Luitprand! — Am 11. vergebliche Fahrt

nach dem Linderhofe, 1/24 Morgens zurück. Montag

1 Uhr mit R. Fahrt über Pfronden, Tannheimer,

Kofel

(Vatout, Versailles, Delobel!)"

— — — — —

„– Vortrag; (Service-Skizzen
über das Leben des großen Königs!). 8 Uhr
Mondenglanz.
Fahrt Reutte (Kunstreiter), Plansee, die schönen
Schlitten
... (unleserlich) bei magischem Mondenschein,
durch den
düstern, schneebedeckten Tannenwald! 12 Uhr im
geliebten Linderhofe, wo Tmeicos – Ettal's
Wunder-Pracht sich wonnig entfalten soll! --

De par le Roy.

Vom Thronhimmel des Königlichen Bettes
auf immer hinweg verlegt, nach jenem
weichen Polster eines orientalischen Traum Ortes,
doch nun auch hier nicht wieder, überhaupt
keinenfalls vor dem 10. Febr. dann immer seltener,
immer, immer seltener – – – Hier gilt kein
,car tel est notre bon plaisir' – sondern es ist
jetzt ist es strenge einzuhaltendes Gesetz u.
,tout justice émane du Roy. --
Si veut le Roy, veut la loi. --
Une foi, une loi, un Roy.'   Louis. --

Gegeben am 11. Jan. 70. – 4 volle Monate
vor seinem wonnigen Tage –
Wie Du mich schirmst in meiner Noth,
So halt in Treu ich Dein Gebot. --

104

De par le Roy.

Nicht mehr im Januar, nicht im Februar,
überhaupt ist das Ganze so viel als nur irgend
möglich abzugewöhnen; Mit Gottes u. Königs
Kraft! — Die Unmöglichkeit wirklichen Falles
ist somit ausgesprochen. — Geschworen, so wahr
Gottes heiliger Wille nicht mich schütze u. des

Königs

erhabenes Wort. —

Ludwig

Nachtrag.

D. p. l. R.

Keine nutzlosen, kalten Waschungen mehr,

Schluß seit XIV. 3. — Weihwasser.

Alles Schlechte erlöscht durch den Königs Willen.

Die neuen Höhen sind im Geiste erstiegen.

Schonung geboten, bei schwerer Strafe u. zu

folgenden Gewissens-Bissen. —

Ich, der König."

Irrenärzte, Seelenforscher, Mediziner, Sitten-
apostel und Kritiker mögen aus diesen bedauerns-
würdigen Tagebuchblättern recht vernichtende
Schlüsse ziehen. Es sei ihnen überlassen. Gibt
doch der Mensch zweierlei nicht zu: seinen Grö-
ßenwahn und eigene Sexualverirrungen. Allein
ich frage, wer unter uns sollte noch nie gewähnt
haben, bedeutender zu sein als er ist? Und wenn
wir frank und frei bekennen würden, vermöchte
wohl ein einziger zu sagen: „Dergleichen Entschlüsse hatte ich niemals zu fassen?" Körper
wie Geist in der Gewalt zu haben, gelingt nicht
nur keineswegs ohne mitunter höchst lächerliche
Kämpfe, sie wollen vielmehr stets von neuem be-
standen sein. Und handelt es sich bei König Ludwig nicht trotzdem einzig um Schwäche, da er
zehn Jahre später auf den letzten Seiten des selben
Tagebuches vermerken sollte: „Au sens, haine
mortelle! plus de baisers..." — — — „Souvenez-
vous Sire, souvenez-vous, souvenez vous, désormais jamais! désormais jamais! desormais jamais!!!...."

VIII

EIN KÖNIG OHNE VATERLAND UND OHNE LIEBE

WÄHREND Fragen von „Sein oder Nichtsein" einen Menschen auf diese Weise im Innersten bewegten, entrollten sich draußen lebenswichtige der Nation. Ein weiteres Mal sollte Ludwig sich selbst entrissen, gewaltsam dem großen bayerischen Volksganzen verschmolzen und wegen der „Fadaisen" der Politik in seinem steinernen Werk unterbrochen werden.

Hohenlohe hatte demissioniert. Er war das Opfer der „Patriotenpartei" und der Klerikalen geworden, die ihm vorwarfen, er suche insgeheim die Wiederannäherung an Preußen zu betreiben; deshalb hatte er seinen Posten dem Grafen von Bray-Steinburg abtreten müssen. Dieser traf aus Wien ein, wo er bayerischer Gesandter gewesen. Man nahm an, er sei der Politik Bismarcks wenig sympathisch gesinnt und bereit, die lästigen Bande zu lockern, die Bayern seit 1866 allzu eng mit

Preußen verknüpften. Man täuschte sich. Denn
als wegen der spanischen Erbfolge Meinungsver-
schiedenheiten mit Frankreich entstanden, wirkte
Graf Bray dahin, daß Bayern die eingegangenen
Verträge loyal erfülle. Er erläuterte, man müsse
der Ehrenhaftigkeit halber wie auch im eigenen
Interesse so handeln und habe für die bayerischen
Souveränitätsrechte nichts zu befürchten. Mit viel
Geschick wußte er das, was zu Hohenlohes Zeiten
so großen Anstoß erregt hatte, einzufädeln und
durchzuführen, sodaß es nicht nur annehmbar
sondern sogar wünschenswert erschien. Er folgerte:
stehe man gegen Frankreich zu Preußen, dann
verpflichte es im Falle eines Sieges sich Bayern
stark. Werde es aber besiegt, was konnte es Bayern schon kosten? Höchstens einen Abschnitt der
Pfalz, denn Frankreich würde dann mehr denn
je die Unabhängigkeit der süddeutschen Einzelstaaten begünstigen müssen. Blieb jedoch Bayern
neutral und Preußen trotzdem siegreich, so würde
dies wohl das Ende des Königreichs der Wittelsbacher zu bedeuten haben, das künftig nur noch
das Schicksal Hannovers zu gewärtigen hätte.

Das Volk billigte diese Logik und schlug sich
auf Preußens Seite. Der gewandte Graf Bray
hegte nurmehr an der Haltung eines einzigen
Mannes im Staate Zweifel: an der des Königs.

Auch Bismarck erging es so. Daher trumpfte dieser denn, wie es seine Gewohnheit, im Spiele plötzlich auf, um die Karten des Gegners und die der Partner kennenzulernen. Er versicherte sich der Beihilfe Sachsens, Württembergs, des Großherzogtums Baden, sandte die „Emser Depesche“, und wenn diese treffliche, alles erwägende „Vorhand“ noch etwas wirklich beunruhigte, so war es eine einzige Farbe: das Blauweiß des königlichen Poeten der bayerischen Wälder.

Am 15. Juli 1870 kehrte der König um acht Uhr abends mit seinem Stallmeister Hornig von einem Ausfluge ins Gebirge nach Schloß Berg zurück. Eine dringende Meldung des Ministeriums lag vor, ein Abgesandter werde mit einem „wichtigen Schreiben“ frühmorgens eintreffen. Es handelte sich darum, zu wissen, was Seine Majestät zu tun gedenke, ob der König den Ernst der Stunde zu würdigen wisse, einem Kriege hold oder abhold sei. Nun, Seine Majestät wünschte vor allen Dingen, daß man ihn in Frieden lasse und drohte, sogleich wieder in die Berge auszurücken. Indessen, sein Kabinettchef, Herr von Eisenhart, war anwesend, ließ nicht nach, bat und wurde zur Berichterstattung auf elf Uhr nachts beschieden.

Er erschien daher zur festgesetzten Zeit, übermittelte die letzten Nachrichten und drang in den

König, sich ohne Aufschub zu entscheiden, denn die Zukunft seines Volkes und des Staates hänge davon ab; in der Hauptstadt habe die Erregung ihren Höhepunkt erreicht.

Ludwig ging nervös auf und ab. Seit vielen Tagen schon hatte er diesen peinlichen Augenblick kommen sehen. Wenn sich doch alles hinausschieben, umgehen ließe! Allein, jetzt war er da, unausweichlich. Nun stand Eisenhart hier und wartete aufsässig.

Sah Eisenhart denn nicht, daß es sich keineswegs einzig um nationale Fragen handelte, sondern um wichtige persönliche? Außer dem Geschick des Königreichs stand das des Hauses Wittelsbach auf dem Spiele. Der Einsatz: Jahrhunderte geschickten Handelns, glücklicher Zufälle und politischen Scharfblickes. Verglichen mit der Verantwortung des Königs, die er durch seine Entscheidungen auf sich lud, waren Fragen, die deutsche Wünsche und Ministerpflichten, ja selbst philosophische Spekulationen betrafen, leicht zu lösen. Die Allgemeinheit riskierte nur die Größe des Reiches, wenn sie Gefolgschaft leistete, und wenn sie ihre Narrenkappe nicht bekam, dann fachte dies höchstens den neuen Germanendünkel an. Allein der König? Er gefährdete nicht nur seine Krone, sondern auch die Unabhängigkeit seines Volkes, und ihm bangte davor, seine Vasallenschaft zu unterzeichnen. Was würde überdies aus seiner eigenen Würde? Aus seiner Macht? Ein Sieg Preußens, gewissermaßen ein Sieg Verbündeter, würde ein demokratischer Sieg sein und für die höchste, aristokratischste aller politischen Ideen ein Schlag ins Gesicht: für Meicost-Ettal, Ludwig XIV. und jene höchste Kultur der Erlesenen. Ein künftig starkes Reich, wer konnte wissen, ob es nicht eines Tages den Ruin der Monarchien des Geistes heraufbeschwören würde? Ludwig II. fühlte sich in dieser Stunde weit mehr der Verbündete des versailler Ludwig denn der des berliner Wilhelm. Was Eisenhart betraf, diesen tapfer Gesinnungstüchtigen mit seinem Knebelbart und den treublickenden Augen, so war es gut, daß er stundenlang stehen blieb, dabei von einem Bein aufs andere tanzte, während Seine Majestät alles reiflich erwog.

„Ist denn kein Mittel, keine Möglichkeit vorhanden, den Krieg zu vermeiden?“

„Ich glaube nicht, Majestät.“

„Ja, der *casus foederis* ist gegeben. Doch will ich, ehe ich eine Entscheidung fasse, noch Berchems Ankunft abwarten; sofort nach dessen Eintreffen darf man mich wecken. Lesen Sie das

Schreiben Brays, welches Berchem mitbringt, und
berichten Sie mir den Inhalt. Das ist mein Wille.
Gute Nacht.“

Ludwigs Besprechung mit Eisenhart hatte bis
einhalb vier Uhr morgens gedauert. Um sechs Uhr
sprach Berchem vor und brachte ein Schreiben mit,
in dem das Kabinett inständig bat, Seine Majestät
möge sich im Sinne einer umgehenden Interven-
tion gemäß dem Allianzvertrag entscheiden. Man
habe schon zu lange gezögert, erläuterte Berchem
die Stimmung in München, und der Kriegsminister
erklärt: „Wenn ich bis morgen nicht die Mobil-
machungsordre habe, so lehne ich alle Verantwortung ab,“ so sehr schäume die Erregung in
ganz Bayern über.

Herr von Eisenhart ließ sich nun melden und
wurde in das Schlafzimmer geführt, wo er den
König im Himmelbett mit den blauen französischen Vorhängen liegend fand.

„Nun, was bringen Sie?“ fragte er und richtete sich in seinen Kissen auf.

Eisenhart las Brays Schreiben vor, hinzufü-
gend:

„Rasche Hilfe ist doppelte Hilfe, Majestät.“

Eine Pause entstand. Dann sagte der König:
„Bis dat, qui cito dat.“

Und sogleich faßte er eigenhändig, in französischer Sprache (wie wunderlich kokett!), folgende Depesche für Minister Bray ab: „J'ordonne la mobilisation; informez-en le ministère de la guerre."

Auch im Landtag wurde nach langer nächtlicher Sitzung der Neutralitätsantrag mit 89 gegen 58 Stimmen verworfen. Das Unvermeidliche und das Schlimmste waren am Entscheidungstag zugleich eingetreten. Ludwig empfand es in tiefster Seele als Skandal. Allein, war er schon dem Volkswillen und Ministerium gegenüber ohnmächtig, dann mochte ihm wenigstens erspart bleiben, in seinem Schmerz die allgemeine Freude öffentlich teilen zu müssen. Indessen auch dieser Kelch sollte nicht an ihm vorübergehen. Denn in jenen kritischen Tagen verlangte man in München nach seiner Anwesenheit, und Ludwig fand keinen stichhaltigen Grund, eine diesbezügliche Bitte abzuschlagen. „Das tue ich nicht", entgegnete er zwar zunächst, fuhr aber gleichwohl hin, zeigte sich an einem Fenster der Residenz der jubelnden Menge und gab ein weiteres Mal vor — in Wahrheit war es ihm nie gelungen — in seinen Gefühlen mit denen der Masse des Volkes eins zu sein. Am Abend dieses 17. Juli wohnte er in der Königsloge einer Aufführung der *Walküre* bei und sann über die auffallend glänzende Wiedervergel-

tung nach, die all dies derbe Volk nun an ihm
übte, das er noch vor kurzem aus dem Kunsttem-
pel verwiesen, um darin als einziger Zuschauer
seinen Träumen genießerisch nachzuhängen, über
alle diese Menschen, die ihn jetzt lärmend und
patriotischer Begeisterung voll wieder betreten
hatten, bereits von künftigen Siegen trunken.
Wie wenig bedeutete doch die Kunst und jegliche
Form der Schönheit, sobald die Wogen stolzen
Hasses über ihr zusammenschlugen, die „Staatsfadaisen“ und das Wettbewerbsgebaren der Ge-
schäftsleute, die Beziehungen des Geistes und Ver-
stehens mit einem Schlage illusorisch machten,
Momente, geeignet, die Menschen über Zeit und
Grenzpfähle hinaus miteinander zu verbinden!
Was für Banausen und Schafsköpfe waren diese
Durchschnittsmenschen! Welch bittrer Hohn alle
Politik! Und was für einen weltanschaulichen
Wert konnte wohl eine Wirklichkeit haben, die
immer wieder auf Torheit baute? „Was würdest
du tun, wenn alle Welt nein sagte, wo du ja
sagst?“ hatte der Narr Philipps II. hohnlächelnd
seinem Gebieter eingeworfen. Und was trüge
heute sich zu, wenn er, der König, nein sagen
würde, da alle Welt ja sagte? Ludwig XIV. war
zur Jagd aufgebrochen, als der Mob an den Git-
tern von Versailles brüllte, johlte, seine „Abdan-

kung" und „die Eingeweide der Königin" forderte. Auch er würde aufbrechen, um im Schatten der herrlichen Bäume seiner Wälder zu weilen, wo sich in Gesellschaft seiner Lakaien so
reizvolle nächtliche Fahrten unternehmen ließen.
Mochte die Bevölkerung doch die Kehrreime ihrer
Kriegslieder in allen Brauereien Münchens wei-
tergröhlen.

Nun aber bekam Ludwig den ersten Vorge-
schmack der Vasallenschaft: dem Kronprinzen
Friedrich von Preußen wurde der Oberbefehl
über die dritte Armee übertragen, die aus zwei
bayerischen Korps bestand. Ihn galt es am Bahn-
hof abzuholen, mit ihm im offenen Wagen durch
die festlich beflaggte Stadt zu fahren, an der
Seite dieses unsympathischen, bärtigen Menschen
zu sitzen, dieses Hunding, des geborenen Feindes
aller einsamen Siegmunde und Siegfriede. Er
mußte im Schloß empfangen, ihm zu Ehren ein
offizielles Bankett veranstaltet werden; Dinge,
die Ludwig über alles verhaßt waren. Am Abend
fand im Hoftheater eine Galavorstellung statt.
Wallensteins Lager von Schiller wurde gegeben. Die beiden fürstlichen Häupter erschienen gemeinsam und wurden mit „ungeheuerem
Beifallsturm" empfangen. Allein all dies Getue,

die ordenbesäten Uniformen vermochten nicht
darüber hinwegzutäuschen, wie man im Innersten empfand. Und wenngleich der Jubel der
Besiegten von 66 Friedrich überraschte und ihm
schmeichelte, so fiel ihm daneben doch auf, daß
sein bayerischer „Vetter" die kriegerische Begeisterung seiner Untertanen keineswegs teilte. Als
der künftige Kaiser Friedrich im Begriffe war,
wieder zu seiner Armee zu reisen, die bereits den
Marsch nach Frankreich angetreten, ließ ihm
Ludwig einen Brief übermitteln. Friedrich las
ihn, ohne sich weiter über seinen Inhalt zu wundern. Er fand die erwarteten Wünsche für seinen
Waffenruhm darin ausgesprochen, allerdings
auch seltsame Vorbehalte: „...Ich glaube unter
diesen Verhältnissen die sichere Hoffnung hegen
zu dürfen, da Dein Vater, der König, die Bun-
destreue und energische Haltung des größten der
süddeutschen Staaten dadurch zu würdigen die
Güte haben wird, daß Bayern sowohl beim Frie-
densschluß, als auch nach diesem seine Stellung
als selbständiger Staat — gestützt auf seine lang-
jährige Geschichte, einnehme. Ich glaube von der
erleuchteten Einsicht Deines erhabenen Vaters,
des von mir so verehrten Königs, annehmen zu
dürfen, daß es auch sein Wille ist, daß Bayerns
staatliche Integrität — gegenüber der Deutschna-

tionalen Richtung — aus jenem Kampfe unversehrt hervorgehe und fortan erhalten bleibe..."

Sollte der große, bleiche Poet gar einen weniger getrübten Blick und mehr praktischen Sinn gehabt haben als glaubhaft schien? König Wilhelm verzog das Gesicht, verärgert über diese Zeilen, und Bismarck knurrte. Beide beunruhigten sich jedoch unnötigerweise, denn nachdem er den Gewaltanforderungen dieser Tage genügt, war es Ludwig einzig darum zu tun, auszurücken. Er begab sich wieder nach Berg, Meicost-Ettal, an Orte, wo er im wahrsten Sinne des Wortes über ein Königreich nach seinem Geschmack herrschte, wo er keine Soldaten, Beamte und Minister sehen mußte. Hier war die Luft rein, man fühlte sich frei und war froh gestimmt. Hier gab es keinen Krieg und keine Preußen mehr. Als daher einige Tage später Herr von Eisenhart in dem Augenblick, da Ludwig ausfahren wollte, begeistert mit einem Telegramm herbeistürzte und rief:

„Ein Telegramm von höchster Wichtigkeit über eine große, und wie es scheint, siegreiche Schlacht. Der Schluß mit der Entscheidung steht noch aus. Majestät müssen mit der Ausfahrt noch etwas warten", da erwiderte Ludwig:

„Ein König *muß* niemals etwas."

Und sogleich fuhr er ab. Er blieb sogar eine Stunde länger aus als sonst, unbekümmert um Siege. Und als späterhin die Ereignisse von Sedan und die Kapitulation der französischen Armee bekannt wurden, beantwortete Ludwig II. die Anfrage eines seiner Minister wegen Beflaggung der Staatsgebäude Münchens mit folgendem Befehl: „Da es kein deutsches Kaisertum, keine deutsche Republik, keinen deutschen Bund bis jetzt gibt, die sogenannten deutschen Farben mithin Farben eines geographischen Begriffes in Wahrheit sind, so will Ich, daß nur bayerische, oder wenn es besser ist, gar keine Fahnen auf den Regierungsgebäuden ausgesteckt werden." „Ich glaube sicher, daß es morgen regnen wird. Alles ist schwarz überzogen, der Wind saust, ich komme also nicht, vielleicht aber, wenn wirklich einmal Frieden ist..." Und seine Vorhersage erfüllte sich tatsächlich: es regnete. Ludwig erschien nicht in seiner siegestrunkenen Residenz.

Und drüben in Frankreich berieten sich die deutschen Fürsten, umgeben von den Feldlagern der siegreichen Truppen. Mitten unter ihnen König Wilhelm und der Kronprinz von Preußen; im Halbkreis um sie versammelt: Prinz Friedrich Karl, Prinz Luitpold von Bayern, der Großherzog von Sachsen-Weimar, der Herzog von Sachsen-

Coburg, die Erbgroßherzöge von Mecklenburg-Schwerin und Mecklenburg-Strelitz, Prinz Wilhelm von Württemberg, der Erbprinz von Hohenzollern, Herzog Friedrich zu Schleswig-Holstein; ein wenig dahinter: Graf Bismarck, General von Moltke, Kriegsminister von Roon. Zusammengekommen, um die Ankunft eines Offiziers mit Käppi und roten Hosen abzuwarten, der ihnen die Nachricht überbrachte, der besiegte Kaiser ergebe sich, erfüllte sie alle ein Gedanke: der des neuen deutschen Kaiserreiches. Ja, dieser Gedanke dämmerte jetzt all diesen deutschen Stämmen in Waffen nach drei Jahrhunderten der Bruderkriege auf. Nun aber stand es einem einzigen zu, diesen Gedanken Tat werden zu lassen und die ehrwürdig feierliche Handlung der Päpste zu vollziehen, die einst das Haupt des „heiligen römischen Reiches deutscher Nation" gekrönt hatten. Dieser einzige mußte notwendigerweise der zweitmächtigste Fürst, der Herrscher des nach Preußen größten deutschen Einzelstaates sein. Und der Zufall wollte es, daß dies gerade der junge Waldgott Bayerns war, der Schwanenritter, er, dessen neurasthenischer Gesang den Manen der prunkliebenden Monarchen des einstigen Frankreich galt! Ohne Zweifel würde es keinesfalls leicht sein, den Gebieter im Reiche der Wolken und Töne, diesen letzten Wittelsbacher zu bewegen, für ihn derart Demütigendes zu veranlassen, ihn, dem im Vergleich mit der Würde seines überzeugten Gottesgnadentumes Staat, Kaiserreich und Deutschland bedeutungslos erschienen.

Nichtsdestoweniger verfolgte Bismarck monatelang hartnäckig sein Ziel. Zunächst sandte er Staatsminister von Delbrück zu Vorbesprechungen nach München. Ludwig empfing ihn freundlich auf Schloß Berg, unterhielt sich eine Stunde über alles mögliche mit ihm, wich der Hauptsache aus und kam ausführlich auf das unlängst aufgestellte Dogma der Unfehlbarkeit des Papstes zu sprechen, wobei er sich als vorzüglicher Kenner des Kirchenrechts erwies. Delbrück benutzte eine Gelegenheit, dem Gespräch eine andere Wendung zu geben, und versuchte, Seine Majestät zu einem Besuch Versailles', des Schlosses des Sonnenkönigs, der Spiegelgalerie, der Wasserkünste und so vieler anderer wundervoller Sehenswürdigkeiten anzuregen! Die patriotischen Gefühle beim Anblick der wehenden Siegesfahnen würden den historischen und künstlerischen Reiz dieser Stätte noch steigern ...

Versailles unter preußischer Flagge? Da half kein Lächeln Delbrücks mehr. Der König gab zu verstehen, die Audienz sei beendet.

Anschließend ward Baron Mittnacht, der württembergische Justizminister, empfangen.

„Aber nicht wahr", rief Ludwig ihm bereits entgegen, „in den Norddeutschen Bund treten wir nicht ein!"

„Majestät, es handelt sich jetzt um Herstellung eines gesamtdeutschen Bundes. Auch Württemberg ist zu dem Anschluß bereit, allerdings nur unter gewissen Vorbehalten im Sinne größerer Selbständigkeit, als sie die norddeutsche Bundesverfassung den Einzelstaaten gewährt."

Ludwig schwieg einen Augenblick, blieb die Antwort schuldig; hierauf stellte er Betrachtungen über die Unfehlbarkeitsfrage an.

Diese Angelegenheit beschäftigte ihn unermüdlich; hierin unterstützte er seinen ehemaligen Religionslehrer Döllinger, den deutschen „Gegenpapst".

Die beiden Abgesandten, die er unverrichteter Dinge wieder ziehen ließ, wurden gleichwohl vom diensttuenden Flügeladjutanten zu einem Essen in die Orangerie geladen, „mit der Empfehlung, wegen der kühlen Temperatur auch den Überzieher mitzubringen." Sie „speisten zu dreien", nachdem ihnen mitgeteilt worden, „der König werde an der Orangerie vorbeireiten und sie grüßen." So kam es auch. Seine Majestät ritten vor-

über und grüßten die beiden Ungetreuen, die sich
hinter der Glaswand von ihren Sitzen erhoben
hatten, „huldvoll“ von weitem.

„Meine Herren, seid willkommen zu Helsingör ... allein ... ich bin nur toll bei Nord-
nordwest; wenn der Wind südlich ist, kann ich
einen Falken von einem Gimpel unterscheiden.“

Am 5. Oktober wurde das deutsche Hauptquar-
tier von Ferrières nach Versailles verlegt. Die
Minister Württembergs, Hessens und Badens be-
gaben sich am 19. dahin. Am 20. trafen die bayerischen Minister daselbst mit ihnen zusammen.
Allein Bismarck wich den bayerischen Sonder-
wünschen aus und hielt sich nicht an früher ge-
machte Zusagen. Dies erzürnte Ludwig, und er
verlangte die umgehende Heimkehr seines Bru-
ders vom Kriegsschauplatz. Hierbei übersah er
jedoch, daß Prinz Otto, den bereits die selbe
Art geistiger Erkrankung befallen, an der die äl-
tere Linie seines Hauses dahinsiechte, unter all
den siegreichen Herrschern nur die Rolle eines
recht harmlosen Statisten spielte. Nachdem Ludwig kurz zuvor an Eisenhart geschrieben: „Ich
sehe ihn als den König an; nur an einem einzigen
dünnen Faden hängt noch die Sache, dann wird
es heißen: ‚Le Roi Louis II est mort, vive le roi

Othon!"' kam es bei Ottos Ankunft zu heftigen Äußerungen Ludwigs bezüglich seiner geplanten Abdankung. Aber dem armen Otto fiel es nicht schwer, sich zu verantworten, denn auch er haßte als unschlüssiger Schwächling das künftige Kaiserreich aus tiefstem Herzensgrund.

Bismarck blieb weiterhin halsstarrig. Er ließ König Ludwig nach Fontainebleau einladen und bekam eine Absage. Psychologisch rüde, sobald es sich um Menschen und nicht um „Staatsfadaisen" handelte, bei denen sein Verfahren gerechtfertigt war, lud er ihn hierauf nach Trianon ein, bekam aber wiederum eine Absage. Der flatternde Schmetterling entging dem Zugriff der eisernen Faust des künftigen Kanzlers. Nun entschloß dieser sich plötzlich, die Frage in anderer Weise zu lösen. Graf Bray, der ohnehin Lästige, schlug vor, seinem Gebieter die Krone eines „möglichen" elsässischen Königreichs anzubieten, und gab sogar zu verstehen, die Kaiserwürde „solle zwischen dem Hause Hohenzollern und Wittelsbach abwechseln." Nun aber war es nicht mehr an der Zeit, müßig zu feilschen; es mußte gehandelt werden. Wenn der König von Bayern nicht kommen wollte, so würde man ihm schreiben. Bismarck ließ einen Tisch abräumen, an dem gerade gespeist worden, und setzte den *Kaiser-*

brief auf; jenen Brief, durch den Ludwig II. dem
König von Preußen die deutsche Kaiserkrone an-
bieten sollte. Dann schrieb er ihn mit mehreren
Änderungen ins reine und übergab das Schreiben dem Grafen Holnstein, der sogleich abreiste,
um es seinem Herrn zu überbringen.

Vier Tage darauf traf Holnstein in Hohenschwangau ein. Ludwig weigerte sich zunächst,
diesen Abtrünnigen zu empfangen. Überdies lag
er mit rasenden Zahnschmerzen zu Bett. Schließlich entschloß er sich dennoch dazu, las den Brief
zweimal sorgfältig durch, worauf er sich Feder
und Tinte reichen ließ. Holnstein begriff nicht
gleich, was vor sich ging, glaubte aber dann feststellen zu können, daß Seine Majestät ganz einfach Bismarcks Brief wörtlich abschreibe. Und
das war es auch, womit er den König beschäftigt sah, der möglichst rasch unterzeichnen, diese
Schmach auf schnellstem Wege erledigen wollte.
Damit er indessen die Verantwortung nicht allein
übernehme, mußte sein Kabinettchef, Herr von
Eisenhart, den Wortlaut dieser Abdankung ein-
sehen, ihn gutheißen und das Weitere veranlassen. Natürlich entschlüpfte nun Herrn von
Eisenhart — und mit ihm ganz Deutschland — ein
Seufzer der Erleichterung.

Wer würde es für möglich halten, daß außer

Ludwig II. der einzige Deutsche, den das große
Ereignis von Versailles mit einer Herzensangst
erfüllte, die bis zu „Weinen und Schluchzen“
ging, der greise König Wilhelm war? Er liebte
sein Königreich und seine Preußen, es gelüstete
ihn jedoch nicht nach dem Purpur, den ihm sein
unerbittlicher Diener aufdrängte. Er bangte vor
diesem feierlichen Akt zurück. Als ehrbar recht-
schaffener Greis mit christlicher Gesinnung
wünschte er sich keinen Ruhm, der lauter unbekannte Gefahren barg. Er würde es vorgezogen
haben, als einfacher Preußenkönig und nicht als
Haupt eines „Scheinkaisertums“, als eine Art
„Präsident“ der Vereinigung deutscher Stämme
zu sterben. Und es fiel ihm schwer, die Estrade im
Spiegelsaale zu betreten, um als Kaiser seine An-
sprache an die versammelten deutschen Fürsten
zu halten. Unter diesen stand unauffällig irgendwo Prinz Otto von Bayern. „Ach Ludwig,“ schrieb
er darauf seinem Bruder, „ich kann Dir gar nicht
beschreiben, wie unendlich weh und schmerzlich
es mir während jener Zeremonie zumute war,
wie sich jede Faser in meinem Innern sträubte
und empörte gegen all das, was ich mit ansah …
Alles so kalt, so stolz, so glänzend, so prunkend
und großtuerisch und herzlos und leer … Mir
war's so eng und schal in diesem Saale, erst drau-

ßen in der Luft atmete ich wieder auf.“ Der Kelch indessen mußte bis zur Neige geleert werden, und die Hefe zu kosten, stand noch bevor.

Alle deutschen Städte rüsteten sich zum feierlichen Einzug der Truppen, und an der Spitze der bayerischen kehrte der bärtige Friedrich über München heim. „Sehr störend und unangenehm“, schrieb Ludwig in sein Tagebuch. Aber ach, wie den Siegesfeiern entgehen? Am 16. Juli 71 hörte man ihn, während er sein Pferd bestieg, um sich zur Truppenschau zu begeben, murmeln: „Heute tue ich meinen ersten Vasallenritt.“ Überall erscholl Kanonendonner, die Glocken läuteten festlich. Dann sah man Prinz Luitpold vorbeireiten, General von der Tann, eine ungeheure Suite mit Helmbüschen; hierauf den deutschen Kronprinzen, dem alle begeistert zujubelten. Unbeweglich, wie zur Bildsäule erstarrt, verharrte Ludwig salutierend auf seinem Rappen und sah sie vorüberziehen.

Allein, nachdem er am selben Abend noch eine Rundfahrt mit dem kaiserlichen Prinzen, der Königin-Mutter und seinem Bruder durch das festlich beleuchtete München unternommen, weigerte er sich, an dem noch bevorstehenden großen Ehrenmahl teilzunehmen. Bei Hofe und in der Stadt mißbilligte man dies lebhaft, empfand

es geradezu als Skandal. Der König werde beim
Fest nicht zugegen sein, er gehe in Trauerklei-
dern, hieß es! Munkelte man nicht, er habe Versailles für entweiht erklärt, seit die Deutschen
dort eingezogen?

Allein, was pflegt man von einem zu sagen, der
weder geräuschvolle Feste, noch Fahnen, Wein
und Vergnügungen liebt? Man nennt ihn einen
Narren oder ein Ungeheuer. Jedenfalls aber hält
man ihn für anormal. Dahin entschieden sich wenigstens jene nächtlichen Zecher, die am 18. Juli
1871, nach reichlichem Biergenuß, zu früher Morgenstunde heimkehrten und in geschlossenem
Hofwagen ihren vaterlandslosen, lieblosen König
in seine Berge entfliehen sahen.

IX

DER MEISTER UND DIE JÜNGER

WENN Richard Wagner von seinem Hause in Triebschen bei Luzern in nord-östlicher Richtung Ausschau hielt, dann mußte er des jungen, „gnadenreichen“ Königs gedenken, über den er einst geäußert, er, Wagner, glaube, er würde „seinem Tode unmittelbar nachsterben“ müssen. Und trotz allem, was seither zwischen sie getreten, beschlich ihn ein Gefühl der Liebe und Dankbarkeit für den, den er seinen Parzival zu nennen pflegte. War auch die erste Glut bei beiden erloschen, so konnte der Tondichter nun doch wenigstens, materieller Sorge enthoben, behaglich friedlich in der Schweiz leben und sich seiner machtvoll drängenden Künstlerinspiration überlassen. Wandte Wagner den Blick nach Nordwesten, Basel zu, so sah er jetzt einen neuen Stern an seinem Himmel aufsteigen; ein junger deutscher Universitätslehrer war es, der gleichfalls sein Jünger geworden und in dem er mit teil-

nahmsvollem Staunen, ja fast erschreckt, mit
einem Male einen ihm ebenbürtigen Genius erkannte. Von der Veröffentlichung seines ersten
Werkes an bekundete in der Tat dieser Sechsund-
zwanzigjährige eine Hellsicht, Tiefe und unver-
gleichliche Kühnheit des Gedankens, daneben
aber auch etwas von jener Verworrenheit, welche
die Trunkenheit eines Forschers oder Gelehrten
kennzeichnet, dem es gelungen ist, in ein Gebiet
zu dringen, das vor ihm niemand zu erschließen
vermochte.

Zwischen Ludwig II. von Bayern und Friedrich Nietzsche lassen sich gewisse übereinstim-
mende Momente aufzeigen. Der eine 1845, der andere 1844 geboren, waren sie beide der Einsamkeit zugetan, persönlich zartfühlend und zurück-
haltend und hatten in jungen Jahren einzig den
gedrungenen kleinen Sachsen mit seinem Dante-
haupt leidenschaftlich geliebt, dessen Lebensweg
niemand zu kreuzen vermochte, ohne nachhaltig
betroffen zu werden. Die Begeisterung, die Liebe
war es gewesen, mit der sie sich Wagners miß-
trauisches Herz erobert. Der eine hatte ihm mit
allem Glanze gehuldigt und ihm die Mittel zur
„Bildung einer unvorhandenen Welt" verschafft,
wie Wagner es nannte, einer Welt, die er in sich
trug, mithin also die Möglichkeit, seine künstleri-

130

schen Absichten in die Tat umzusetzen. Der andere war einige Jahre später mit dem gewitterhaften Aufflammen seiner Gedanken am Horizont des Geistes sichtbar geworden und bereit, sich des Blitzstrahles zu bedienen, um aufzuwühlen und in die Luft zu sprengen, was sich den Lehren der neuen Offenbarung nicht fügen würde. Beide waren sie stolze und gefährliche Naturen, wie alle einsamen Menschen. Beide haßten sie das wahrhaft Wirkliche und gebärdeten sich als Feinde der Wahrheit. (Nietzsche indessen sollte der Wahrheit erst später offen den Krieg erklären.) — „Meine Philosophie (ist) umgedrehter Platonismus: je weiter ab vom wahrhaft Seienden, um so reiner, schöner, besser ist es. Das Leben im Scheine ist das Ziel", schrieb er 1871. „Einzige Möglichkeit des Lebens: in der Kunst", lautet eine andere Aufzeichnung aus jener Zeit. — „Das Leben ist nur möglich durch künstlerische *Wahnbilder*." Könnte man nicht annehmen, dies seien von Nietzsche verfaßte Wahlsprüche für die Kioske und Hütten von Meicost-Ettal? Ist es nicht seltsam, drei so grundverschiedene Geister wie Wagner, Nietzsche und Ludwig II. eine Zeitlang das nämliche Banner entrollen zu sehen? Und wir, die wir heute bereits wissen, wie alles sich löste, wir staunen schon, wenn wir innewerden,

wie es möglich war, daß die beiden jüngeren sich
derart über sich selber zu täuschen vermochten.
Nietzsche wertete die Intelligenz, die Erkenntnis
höher denn jeglichen Taumel. An dem Tage, da
er von Wagner abfiel, dünkte ihn, Wagner habe
das einzig unter Menschen Hochzuhaltende verraten: die Sache des Geistes. Ludwig II. hingegen
schätzte Gefühle und Empfindungen höher ein
als Gedanken. Als er sich nach dem *Tristan* von
seinem Meister abwandte, schien ihm, Wagner
habe sein Ideal verleugnet, das folgerichtig zu
Entsagung oder Tod führen, Isolde, nicht Cosima
hätte heißen müssen. Dem Gärtchen des Wirklichen für immer entrissen und in den fruchtba-
ren Humus des Scheines, des Symbolischen ver-
pflanzt, hatte sich Ludwig hier in erschreckendem
Maße ausgewachsen und war keineswegs bestrebt,
im neuen Boden des Kaiserreichs Wurzel zu
fassen, sondern vielmehr im altehrwürdigen Be-
reiche der Legende, der Geschichte oder des Epos.
Die täglich zu erfüllenden Pflichten, die beharr-
lich wiederkehrende Fron im Dienste der
Öffentlichkeit, das verabscheuenswürdige Ge-
schwätz der Beamten, all dies hatte er schließlich
durch passiven Widerstand von seiner Tages-
ordnung abgesetzt. Selbst Wagner spielte allmählich nurmehr die Rolle einer Erinnerung. Was

tats! An den Geliebtesten unter den Lebenden gab es etwas stets zu bemängeln, wodurch es einem zum Bewußtsein kam, daß sie eben lebende, gebrechliche Menschen waren, mit andern Worten, enttäuschten. Jedoch die Toten und die noch Ungeborenen? Alle diejenigen endlich, die ihr tausendfach und unaufhörlich neu heraufzubeschwörendes Erscheinen einzig unserer Einbildungskraft verdankten? Dies waren die „Wahnbilder“, die dem seine Untertanen aus Fleisch und Blut verachtenden König einzig noch etwas Interesse abgewinnen konnten. Sie waren es, diese „künstlerischen Wahnbilder“, von deren Vorhandensein, laut Nietzsche, alle Lebensmöglichkeit und Erträglichkeit des Lebens abhing.

Wohl zu beachten bleibt, daß dieser Herrscher, wie übrigens zwei Drittel aller Menschen, kaum fähig war, sich kraft eigener Willensanspannung auf die Weltanschauung eines Philosophen zu konzentrieren. Die Deutung des Lebens, der Nietzsche allenthalben mit soviel klarer und strenger Selbstzucht nachhing, dies Erkennenwollen bei eifrigstem Bemühen, es von aller Schlacke und wesenlosem Beiwerk zu reinigen, um dadurch ein edleres Wollen zu fördern, beunruhigten unsern Bayernkönig nicht. Und ohne Zweifel blieb er sich hierbei gleich Nietzsche nur selber treu. Da der Alltag mit seinen Forderungen, die Regierungsgeschäfte, die Politik und das gesellschaftliche Leben so wenig für ihn bedeuteten, würde es folglich nicht Zeitverschwendung gewesen sein, verstehen zu wollen, wie dies Räderwerk ineinandergriff? Welcher beschäftigte Mensch (und Ludwig gab vor, es zu sein) öffnet das Gehäuse seiner Uhr, um festzustellen, wie ihre einzelnen Teile arbeiten? Man läßt es dabei bewenden, daß sie richtig geht. Philosophische Fragen lösten bei Ludwig II. einen künstlerischen Begeisterungsschwung aus, das heißt, endeten mit dem Bau eines Schlosses. Bei Nietzsche bewirkten sie ein eingehendes Studium der Antike und die Entdeckung, „daß die Fortentwickelung der Kunst an die Duplizität des *Apollinischen* und des *Dionysischen* gebunden" sei. Und wie Ludwig II. in seinem Meicost-Ettal den metaphysischen Gedanken der Macht zu verkörpern trachtete, so blieb Nietzsche bestrebt, den dionysischen Schwung seiner Seele, den ihr die Musik Wagners verliehen, in seine *Geburt der Tragödie* zu bannen. „Denn genau das ist Musik und nichts sonst!" schrieb er an seinen Freund Erwin Rohde. „Und genau das meine ich mit dem Wort ‚Musik‘, wenn ich das Dionysische schildere, und nichts sonst!"

Nichts gewährt einen anregenderen Anblick, als

134

Wagner mit seinen beiden Jüngern, dem Auser-
wählten seines Herzens und dem seines Geistes,
in nähere Berührung kommen zu sehen, mit diesen Erkorenen, die ihn beide vor der Morgendäm-
merung seines Ruhmes verleugnen sollten. Da
aber der Hahn krähte, sollte nicht er der Schmerzensmann mehr sein, sondern einen von ihnen
sollte bereits der Pfeil der Wahrheit, den andern
jener der Liebe durchbohrt haben. Allein Wagner
hatte die prophetischen Worte gesprochen: „Das
Schicksal kann mich nicht unterkriegen, aber es
vergreift sich an meinen Getreuen. Sobald sich
ein Mann, ein wirklicher Mann, der für sich allein
eine unberechenbare Kraft darstellt, mir rück-
haltlos hingibt, so bin ich sicher, daß es sich seiner bemächtigt.“ Und siehe da, Nietzsche opferte
alle Begeisterung, deren er als Mensch fähig war,
jener Erkenntnis, die für ihn einer weit schöneren
und reineren Aufgabe gleichkam; so wie Ludwig II., nachdem er die Erinnerung an ein einzig-
artiges Gefühl aus seinem Herzen verwiesen, seine
ureigensten „Wahnbilder“ einer „nicht vorhandenen Welt“ in der Umgebung der Seen seiner
Berge zum Himmel aufwachsen ließ.

Allein zu dem Zeitpunkt, den wir nunmehr erreicht haben, war solch ein Ausgang der Dinge
noch keineswegs abzusehen. Nietzsche zählte da-

mals vielmehr in Triebschen zur Familie. Hier
verbrachte er seine Sonntage, begeisterte sich
durch persönlichen Umgang mit dem, den er später einmal „eine kluge Klapperschlange" nennen
sollte, der ihm gegenwärtig aber den Ausspruch
abnötigte: „Schopenhauer und Goethe, Äschylus
und Pindar leben noch...", und zwar in der Person Richard Wagners. Nietzsche würde sogar bei
Wagners Hochzeit mit Cosima, deren Scheidung
von Bülow endlich ausgesprochen war, Trauzeuge
gewesen sein, wäre aus dem jungen Philosophen
nicht inzwischen im Kriege von 1870 ein vom Mitge-
fühl heimgesuchter Krankenpfleger geworden.
Als er dann krank und niedergeschmettert von
den Schlachtfeldern zurückkehrte, als er von der
Kommune und dem Brande der Tuilerien vernahm, fühlte er sich zunächst über „das Verbrechen eines Kampfes gegen die Kultur...völlig
vernichtet..." Er versank in Pessimismus, durch-
dachte noch einmal alle die Anschauungen, die
ihm vordem als fast unverrückbar gegolten hatten, und begann, sein geistiges Gewissen prüfend,
jene leidenschaftlich kritische Arbeit, die ihn dereinst zwingen sollte, seinen Speer gegen den Meister zu schleudern. Mittlerweile jedoch blieb ihm
niemand teurer auf der Welt als Wagner und Cosima. Durch diese beiden Menschen ward er sich

136

seines Eigenwertes voll bewußt, begriff, was ihn
über sie hinauswachsen ließ; die Irrtümer ihrer
Gedankengänge und seine prophetische Mission
offenbarten sich ihm, ein zu verkündender, neuer
Lebensglaube. Die tiefe Besorgnis, die ihn von
nun an im Innersten ergriff, rührte daher, daß er
den alten, geliebten Gladiator unter seinen Schlä-
gen wanken sah. Darüber hinaus aber wurde ihm
eine Musik verdächtig, deren Schöpfer er noch
immer für den bedeutendsten Musiker hielt.
Jetzt begann ihm das Geheimnis aller Musik,
mithin das Tiefste aller Philosophie aufzugehen.
Und dieses Geheimnis war sogar für die Welt
bedeutungsvoller als Wagners Musik. Niemand
hat tiefer als Nietzsche den Ausspruch Leonardo
da Vincis bewahrheitet: „Je eindringlicher die
Erkenntnis, desto untrüglicher die Liebe.“
Als er Wagner im Januar 1872 das erste Exemplar seiner *Geburt der Tragödie* übersandte, konnte
Nietzsche ihm in aller Aufrichtigkeit schreiben:
„... Auf jeder Seite werden Sie finden, daß ich
Ihnen nur zu danken suche für alles das, was Sie
mir gegeben haben: und nur der Zweifel beschleicht
mich, ob ich immer recht empfangen habe, was
Sie mir gaben ...“ Und Wagner, der in dem
Buche seines jugendlichen Jüngers die zusammen-
fassende wissenschaftliche Rechtfertigung seiner

eigenen ästhetischen Anschauungen zu finden glaubte, ließ ihm durch Cosima erwidern: „... Schöneres als Ihr Buch habe ich noch nichts gelesen! ... über zwei Welten, von denen wir die eine nicht sehen, weil sie zu fern, die andere nicht erkennen, weil sie uns zu nahe ist — haben Sie den hellsten Schein geworfen ..." Und in seiner Begeisterung ließ Wagner sogar ein Exemplar an König Ludwig gelangen.

Diese beiden Welten, das Apollinische und das Dionysische, die „des Traumes und des Rausches", des Mutterschoßes der Musik, und jene ihres übertragenen, formulierten Ausdruckes, das war Nietzsches abstrakte Welt und Ludwigs II. monumentale Walhalla. Dem einen haben die beschwingten Gedanken genügt, durch die er in der Stille der oberengadiner Landschaft und unter Pinien im Süden weiterfand, um die Moral der Besten, die den Geist der Menschen beherrschen, umzuwerten. Dem andern haben die Wagnerträume nur zu einem heute bereits sinnlosen Ideal einer theatralischen, beschränkten Vision verholfen. Allein, ist es so erstaunlich, daß die beiden Telemache der neuen Odyssee die gleiche Fahrt mit ihrem Meister unternahmen und dennoch jeder das Vorüberziehende mit andern Augen sah und daß jeden hierbei ein anderer

138

Wunsch beseelte? Von dem Augenblick an, da
Nietzsche die Theorie der aus dem Geiste der Musik geborenen antiken Tragödie zu beschäftigen
begann, da konnte er, im Sinne Rohdes die Empfindung hegen, man höre ihn in Wagners Schriften „soufflieren“. Und König Ludwig, nachdem
er sich einmal dazu entschlossen hatte, die Dich-
tungen in Stein und Zement nachzubilden, deren
Sagengehalt ihm der „einzig geliebte Freund“
nahegebracht, befreite sich seinerseits aus Wagners Vormundschaft, um den Gesang so anzustim-
men, wie seine eigene Wesensart es ihm eingab.

Erneut blieb Wagner einsam; aber auch Nietzsche, und Ludwig desgleichen. Als der Meister
anfing, über die Verwirklichung des mystischen
Delphi der modernen tragischen Kultur nachzu-
sinnen, da war weder mehr der Philosoph noch
der Monarch sein Schüler. Im Gegenteil, nun war
Wagner es, der ihrer bedurfte. Und als er um
diese Zeit den letzten Akt der *Götterdämmerung*
schuf, begab er sich nie an die Arbeit, ohne zuvor
von neuem ein paar Stellen aus der *Geburt der
Tragödie* gelesen zu haben. Und damit er sein
Unternehmen Tat werden lassen konnte, mußte er
sich sodann an Ludwig wenden, um ein weiteres
Mal von ihm die hierzu unerläßliche finanzielle
Unterstützung zu erbitten.

Jedoch der, über den er einige Jahre früher
geäußert: „Das ist ein König! mit diesem Menschen könnte man die ganze Welt umkehren!"
wünschte heute nach eigenem Gutdünken zu be-
stimmen, was ihm Freude bereite. Nachdem
Wagner ihn erweckt, würde er nun beweisen,
wessen er fähig sei und ordnete daher, entgegen
dem Willen des Meisters, an, daß *Rheingold* ur-
aufgeführt werde. Es würde sich ja zeigen, daß
es zwar in des Künstlers Macht liege, Werke zu
schaffen, aber einzig in der des Königs, sie aufzu-
führen. Gleichwohl begingen Intendant von Perfall bei der Inszenierung, wie auch die Künstler
beim Einstudieren derartige Fehler, die Rollen
waren so mittelmäßig besetzt, und das Werk
selbst wurde so völlig unverstanden vorbereitet,
daß der junge Dirigent Hans Richter jede Verantwortung ablehnte und seine Entlassung ein-
reichte, der Darsteller des Wotan, Franz Betz,
kurz entschlossen nach Berlin verschwand, und
Wagner, der sogar persönlich erschien, sich mit
aller Gewalt einer für sein Werk so nachteiligen
Aufführung widersetzte. Allein der König über-
ging alle diese Bedenken, glaubte ein „Nachgeben
als Schwäche gedeutet zu sehen" und befahl die
Vorstellung. Sie war ein Hohn und verlief höchst
mittelmäßig. Einzig der König empfand keine

Enttäuschung, denn, ohne daß er es einsah, blieb er
der einzige Zuschauer, für den diese Darbietung
nurmehr symbolischen Wert besaß. Die Welt seiner eigenen Gedanken und Pläne hatte sich ihm
jetzt erschlossen. Was Zwerge und Riesen auf
den Brettern, welche die Welt nur bedeuten
konnten, ungeschickt wiedergaben, das war er im
Begriffe, real zu erschaffen. Er würde Walhall
himmelhoch über dem Nibelheim dieser Miß-
geburten von Menschen erbauen. Und derweil
diese sich um Kulissenzauber aus Pappe stritten,
würde er seinen Traum auf einer Felsenhöhe in
unvergänglichen Steinquadern verwirklichen.

Der Schwanstein erhebt sich als bewaldeter
Felsen und beherrscht das Gebiet jener Fürsten-
sitze, auf denen Ludwig seine Kindheit verlebte.
Von Hohenschwangau liegt er etwa eine halbe
Stunde Weges entfernt. Es nimmt wunder, daß
kein Raubritter des Mittelalters seinen Adlerhorst
hierher gebaut hat. Nichtsdestoweniger erschien
eine so stolze und kühne Stätte für einen Bau zur
Verkörperung der Macht geeignet. Allein der König überlegte, daß sein zweites Werk, nach Meicost-Ettal, dem Symbol des Stolzes, dem Traum
geweiht zu werden verdiene. Neuschwanstein

mußte als Tannhäusers, Lohengrins Ritterburg
erstehen, als ein Monsalvat, in dem sich das kostbare Blut des Beherrschers der Welt der Träume
würde bewahren lassen.

Wie sollte man hier nicht wiederum Nietzsches
gedenken, der etwa zehn Jahre später im Ober-
engadin die „Grundkonzeption" zu dem Schlosse
seines Geistes entwarf. „Ich ging an jenem Tage
am See von Silvaplana durch die Wälder;
bei einem mächtigen pyramidal aufgetürmten
Block unweit Surlej machte ich halt. Da kam
mir dieser Gedanke" (zu *Zarathustra*) . . . „6000
Fuß jenseits von Mensch und Zeit." Hier auf dem
Schwanstein war der König gleichfalls sechstau-
send Fuß jenseits von Mensch und Zeit. Welch
günstiger Unterbau, um sich von ihm so hoch
zu erheben, wie sein Gefühlsüberschwang ihn em-
portragen wollte, wohinan sein Geist jedoch nicht
zu reichen vermochte!

Einige Zeit über erstieg Ludwig täglich diese
felsige Höhe und sah die Wolken vorüberjagen.
Es drängte ihn, sein Vorhaben auszuführen. Er
besprach sich alsbald mit seinen Baumeistern, seinen Dekorateuren, mit Malern seiner Akademie,
und sogleich bekam er aus einem Dutzend verschiedener Ateliers Aufrißzeichnungen und
Aquarelle. Die des Hoftheatermalers Christian

Jank gefielen ihm am besten, und so gab er diesem im Laufe der Zeit drei Architekten bei; zunächst von Riedl, dann von Dollmann, den schließlich Hofmann ablöste. Sofort begonnen, zogen sich die infolge der schwierigen Materialbeschaffung nach diesem auf allen Seiten senkrecht abfallenden Baugrund langwierigen Arbeiten über Jahre hin. Nichts jedoch vermochte dem König weder Zurückhaltung aufzuerlegen noch den Mut zu nehmen. Wie in Linderhof, so kam es auch hier vor allem darauf an, daß der Bau rasch fortschreite. Mochten die Architekten dabei fast verzweifeln, die Unternehmer unzulänglich, die Handwerker schlecht ausgesucht sein und die Qualität dieser „Imitation" wahrhaft bedauernswert. Das Wesentliche blieb, rasch voranzukommen, damit Seine Majestät an Weihnachten 1871 zum erstenmal im Schlafzimmer von Neuschwanstein schlafen konnte. Kabinettsrat Leinfelder mußte den Baumeister, die Herren Professoren und Maler auf königlichen Befehl scharf antreiben, damit alles „bis zu diesem Tag… an den Wänden" sei. Desto schlimmer, wenn die Türme noch nicht ausgebaut, die Malereien noch naß waren, die Küchen- und Wirtschaftsräume noch nicht eingerichtet sein konnten. Daher sah man denn schon unter dem noch mit Gipsarbeiten be-

schäftigten Heer der Maurer einen ganzen Stab
Künstler und Kunsthandwerker tätig. Vermittels
Sandstein und Zement in großen Bütten fabri-
zierte man romanischen Baustil und Gotik. Und
bald wuchs die Burg herauf, der machtvolle Tor-
bau, erstand das Ritterhaus, Stockwerk um Stockwerk bis hinauf zu den Königsgemächern, dem
Thronsaal, dem Festsaal mit der Sängerlaube, den
Zinnen, den Dachreitern und Wetterfahnen. Hier
und dort ein Erker, eine Laterne, ein Standbild,
und der Hauptfassade eingegliedert ein Turm, ein
weiterer, 65 Meter hoher Treppenturm; endlich
als Beigabe ein ganzer Wald von Türmchen und
Spitzen. Welch herrliches nürnberger Spielzeug!
Es war so ausgefallen, wie Ludwig einst eines erträumt, als er in Gegenwart seines Großvaters mit
Bauklötzen gespielt, während dieser ihm mit Ken-
nermiene zugeschaut hatte. Allein hier war nun
alles wirklich und wahrhaftig vorhanden, solid
gebaut und in ungeheueren Ausmaßen. Da war
alles keineswegs mehr wie auf dem Theater des
guten Richard Wagner, wo die Bühnenarbeiter
die Burg der Riesen als gemalten Prospekt mit
Seilen aufknüpften! Und welch unvergleichliches
Bilderbuch stellten diese Riesensäle dar, in denen
sich eine Heldenschar von Minnesängern, Liebenden und Kriegsvolk hätte versammeln können.

144

Die Wartburg der Vettern von Weimar wirkte
vergleichsweise nur wie ein kindlicher Versuch.

Hoch oben im vierten Stocke erzählen sieben
Wandgemälde die Sigurdsage. Im Arbeitszimmer
ist die Tannhäusers in acht Bildern dargestellt. Im
Wohnzimmer hat der Maler Hauschild in zehn
Gemälden die von Lohengrin behandelt. Im
Speisezimmer ist der Sängerkrieg am Hofe des
Landgrafen Hermann von Thüringen geschildert.
Im Festsaal endlich haben drei münchner Künst-
ler an den Wänden die Parzivalsage verherrlicht.
Daß all dies sich als trostlos mittelmäßige Arbeit
erwies, kam dem König nicht zum Bewußtsein.
Schönheit zu schaffen, daran lag ihm nicht. Vielmehr handelte es sich für ihn, kurz gesagt, dar-
um, überhaupt zu schaffen. Auf das *Wie* kam es
dabei weit weniger an als auf das *Was*. Und das
Was beherrschte der einzige Gedanke: verwirklichen, den Traum möglichst anschaulich und
greifbar zu gestalten, Wirkung hervorzubringen.
Allein nicht die musikalische Stimmung wurde
bewertet, sondern die Note. Ludwig wollte der
maßgebende Regisseur des Dramas sein. Deshalb
war es angebracht, sich nicht in Einzelheiten der
Dinge zu verlieren, sondern sie einfach zu wollen.
Daß sie schön ausfielen, kam in zweiter Linie.
Hauptsächlich und vor allem wichtig blieb, daß

sie erst einmal da waren und man sie betasten, befühlen konnte und daß sie glanzvoll erstrahlten.

Das Arbeitskabinett wurde in Grün und Gold gehalten. Das Ankleidezimmer in blassem Violett; das Schlafzimmer in Lapislazuliblau und Gold; das Speisezimmer in Weinrot und Gold. Vornehmlich in seinem Schlafzimmer durfte nichts kahl und unausgeschmückt bleiben, denn stets wollte dieser Schlummerlose die Stätte seines Lagers ehrfürchtig prunkvoll gestaltet haben. Da ihn in den zunächst gelegenen Räumen das relativ Nüchterne romanischen Stiles abkühlend umfing, bedurfte er der Fülle des stilisierten Gerankes der Gotik, um sich zur Nachtzeit anzuregen. Schnitzwerk, Schmiedearbeit, Webereien, Kronleuchter, all dies blüht förmlich auf und schießt in die Höhe; alles nimmt hier gleichsam anbetende Haltung ein. In der Mitte des Raumes wächst als Stütze der Decke eine mit reicher Schnitzerei verzierte Eichensäule auf. Die Vertäfelung ist nach Art der Rückwand eines Chorgestühls gearbeitet. Das Bett gleicht einer gotischen Kapelle, jede Sitzgelegenheit einem Bischofsessel. Auf die Wände dieser Kathedrale im Flammenstil sind Bilder aus der Tristansage gemalt.

Eine Türe führt aus dem mystischen Schlaf-

146

gemach dieses in seinen Ichkult vernarrten Einsamen in ein kleines, seinem Schutzpatron, dem heiligen Ludwig, geweihtes „Oratorium". Hier pflegte der König auf den goldgestickten, dunkelvioletten Kissen eines einfachen Betschemels niederzuknien, um zu den drei Lilien zu beten. Allein wie weit war er davon entfernt, gleich jenem sagen zu können: „Ich ziehe es vor, daß der Überfluß der großen Ausgaben, die ich mache, zu Almosen der Liebe Gottes verwendet werde, anstatt dem Pomp oder eitlem Glanz dieser Welt zugute zu kommen." Nichts als eitler Glanz sollte Ludwig am Herzen liegen; jedoch Glanz bleibt schließlich Glanz, und niemand vermöchte ihn heute besser zu verkörpern, als dies einem König gelang, der den Künstlern, Dichtern und Wolken gebot. Deshalb mußte der Thronsaal zwei Stockwerke hoch sein, ein gestirnter Himmel sich über ihm wölben, und der Charakter dieses riesigen Raumes die Beziehungen zum Altarhaften versinnbildlichen. Dieser Thronsaal ist eine dem Stellvertreter Gottes auf Erden geweihte Kirche; dieser aber nicht etwa der Papst, sondern der König. Dazu stimmt auch, daß Ludwig an eine Tropfsteinhöhle mit künstlichem Wasserfall, die dicht neben seinem Arbeitszimmer lag, ein kleines Eden in Gestalt eines „glasumdeckten Gärtchens

in den freien Raum hinausbauen" ließ „wie ein
Schwalbennest", eine Huldigung gleichsam der
Materie an den Geist, ein Stück Meicost-Ettal
hoch oben auf Neuschwanstein. Hier blühten
Orangen und Jasmin, „südliches Schlingkraut"
wuchs, und „Paradiesvögel flogen frei durch die
duftberauschenden Büsche".

So sah dieses Schwanenschloß aus, in dem der
König abends die 549 Wachskerzen des Sänger-
saales anzünden ließ. Dann stellte er sich in wir-
kungsvoller Entfernung auf die Marienbrücke
und genoß in der Winternacht das Schauspiel, all
die Fensteröffnungen wie erstrahlende Luken
eines geisterhaften Schiffes durch die Nebel
steuern zu sehen; eines Schiffes ohne Passagiere,
denn an Bord waren einzig seine Bediensteten.

X

TAGEBUCHBLÄTTER

„. . . Am 21. dem Todes-Tage des
reinen, u. erhabenen König Ludwig XVI.
symbolisch-allegorisch letzte Sünde, durch jenen
Sühnungstod u. jene Catastrophe vom 15. d. M.
geheiligt, gereinigt von allem Schlamm, ein
reines Gefäß v. Richards Liebe u. Freundschaft. — In den Fluten wird der Ring geweiht
geheiligt, verleiht dem Träger Riesenstärke,
Entsagungskraft. —
(. . . . = Kuß heilig u. rein ein . . . . . . einziges Mal.

Ich, der König.

d. 21. Jan. 1872. —

Vivat Rex et Richardus in aeternum —
Pereat malum in aeternum. —
3. Febr. — Hände kein einziges Mal mehr
hinab, bei schwerer Strafe!   Y. E. R. —

Im Jan. Richard hier dreimal bei mir, . . .!

. . . . . . gesungen, Residenztheater (Dekoration

Louis XIV)

am 31. Hofball, Ritt mit R. in Nymphenburg,

(Amalienburg.) Am 28. Lohengrin! –

Doch bei dem Ringe selbst und mein Gedenken,

De Par le Roy.

Bei unserer Freundschaft sei es geschworen, auf gar

keinen Fall mehr vor 3ten Juni . . . .

Ludwig   Richard.

Am 6ten März 1872.

Gerade 2 Monate bevor

es 5 Jahre sind, daß wir uns an jenem seligen

6ten Maitag 1867 kennen lernten, um uns nie mehr

zu trennen, und nie von einander zu lassen bis

zum Tode. Geschrieben in der indischen Hütte. –

Am 7. Probe (Revanche v. Birch-Pfeiffer)
Abends Vorstellung. — Am 9. Probe „Esther"
Herrliches Drama! — Am 10. acht Jahre
König! Todestag d. Vaters, am 12 „Esther".
4. März Chriemhildens Rache (Hebbel) 14. M.
„Brunhilde" (Geibel.) am 16ten Rheingold: und
Walküre
(Jean Bart, Marquise de Brinvilliers gel.)
am 18. D. P. L. R. Schluß. Hände nie nie
mehr. — Es ist dieß mein Königlicher Wille. —
Amen!
YO. EL. REY."

— — — — — —

„De Par le Roy.

Il est ordonné sous peine de désobeissance
de ne jamais plus toucher au Roy, et de-
fendu à la nature d'agir trop souvent.
Donné dans notre résidence royale à M.
le 22 avril (quinze jours avant le 6. Mai cette
journée si importante
pour toute ma vie)
l'an de grace 1872 de notre règne le neuvieme
Louis. —"

— — — — — —

„De Par le Roy.

Au nom du Roy Louis XIV et du Roy
Louis XV. Il est ordonné que dans la nuit
du quatorzième au quinzième octobre
1872 on s'ait touché pour la derniere fois aux —
chl — dans les noms de ces Roys si
puisants et augustes est la garan-
tie de la force pour vaincre a jamais
Donné à Hohenschwangau le 15 october
de l'an du grace 1872 de notre règne
le neuvième. —

Louis"

Eine einzige Bemerkung: der hier erwähnte
Richard ist nicht Wagner, sondern der Stallmeister Hornig.

Die französischen Tagebuchstellen lauten: „Im Namen des
Königs. Es ist befohlen bei Strafe des Ungehorsams, den
König nie wieder anzurühren, und der Natur verboten, sich zu
oft zu regen. Gegeben in unserer königlichen Residenz zu M.
am 22. April (vierzehn Tage vor dem 6. Mai, diesem für mein
ganzes Leben so bedeutungsvollen Tage) des Jahres der Gnade
1872, des neunten unserer Regierung. Louis." — „Im Namen
des Königs. Im Namen des Königs Ludwig XIV. und des
Königs Ludwig XV. Es ist befohlen, daß man sich in der Nacht
vom 14. auf 15. Oktober 1872 zum letzten Mal (an?) ... berührt hat. In den Namen dieser so mächtigen und erlauchten
Könige liegt die Gewähr der Kraft, für immer zu siegen. Gegeben zu Hohenschwangau, am 15. Oktober des Jahres der Gnade
1872, des neunten unserer Regierung. Louis"   Anm. d. Ü.

XI

GRUNDSTEIN UND SCHLUSSSTEIN

MÜNCHEN hat Wagner schrecklich verraten. Man entsinne sich des Tages, da er an Ludwig geschrieben: „Diese Tränen himmlischester Rührung sende ich Ihnen, um Ihnen zu sagen, daß nun die Wunder der Poesie wie eine göttliche Wirklichkeit in mein armes, liebebedürftiges Leben getreten sind." Damals schien es, als würden der König, dessen Hauptstadt und Volk dem Verschmachtenden die geistigen wie materiellen Möglichkeiten bieten, deren er bedurfte. Allein was war aus dieser Zuversicht, dieser Hoffnung geworden, das Unwahrscheinliche, dessen trügerischer Besitz das Glück bedeutete, Tat werden zu sehen? Zu welch geistigem Verkennen hatte sich eine Liebe gewandelt, deren Auftakt einst wie die Einleitung zu einer neuen „Eroica" geklungen, mit dem Unterschied nur, daß hierbei der Trauermarsch durch einen Huldigungsmarsch ersetzt werden würde? München als Sitz der neuen

Kunstbewegung, das hatte der Tondichter erträumt, und nun jagte man ihn als unerwünscht
davon. Mit Sempers Hilfe war das Modell eines
Wagner-Theaters geschaffen worden, dessen Ausmaße und Schmuck dem jungen Monarchen nie
groß und prunkvoll genug sein konnten. Zum Bau
jedoch war es nie gekommen. Jetzt schüttelte
Wagner den aufgewirbelten Staub von seinen Fü-
ßen und entschwand in ein neues Exil, er, der
geschrieben: „Meine Sache ist: Revolution zu
machen, wohin ich komme!" Immerhin blieb er
versichert, sein Werk werde sich bald durchsetzen,
wenngleich gerade der seinen Flor zerpflückt und
ihn sich wie einzelne Rosen für heitere Morgen
ins Knopfloch gesteckt, der ihn am meisten geliebt hatte.

Indessen schrieb Wagner trotz dieser Enttäuschungen aus seinem *Asyl* in Triebschen: „Ich
muß wünschen, es zu einem hohen Alter zu bringen, da meine Lebenspflichten sich unendlich ge-
steigert haben ... Die *Götterdämmerung* ist begonnen; nach einiger Ruhe und Sammlung soll
dann *Parzival* folgen, während manches andere
in mir sich hoffnungsvoll für ferneres Schaffen
gestaltet." Dieser äußerlich kleine, geistig so
fruchtbare und beharrliche Mensch hatte jedenfalls im Laufe dieser verschiedenen Krisen er-

154

kannt, daß es sich für ihn zunächst darum handeln mußte, seine monumentale Trilogie samt
Vorspiel, wie geplant, zu vollenden; ferner, daß
weder ein König, noch eine Residenz, noch ein
genialer Geist an seinem Werke mitarbeiten konnten. Er mußte es vielmehr in völliger Unabhängigkeit allein erschaffen, selbst der Schöpfer der
Welt sein, die er ersonnen. Ein einziger hatte ihn
bislang verstanden, wie er verstanden zu werden
forderte: sein alter Freund Liszt, denn der war
Künstler. Allein ein ernstes Zerwürfnis trennte
beide, seit die Tochter des großen Virtuosen Hans
von Bülow verlassen hatte, um Wagner zu ehe-
lichen. Liszt, der seit einigen Jahren in Rom
weilte, woselbst er ein ganz Gott und der Kirchen-
musik geweihtes Leben führte, konnte es Wagner nicht leichten Herzens verzeihen, daß dieser
Cosima zum Protestantismus bekehrt und sie Bülow genommen hatte. Das alles wußte Wagner.
Und überdies, was vermochte dieser verarmte,
der Welt entsagende Liszt noch zu geben, das
Wagner von ihm nicht bereits empfangen? Nein,
allein mußte er sein Werk krönen, sich sein
Mekka gründen. Mußte allein das friedliche, vor-
nehme, wenig Handel treibende und geographisch
so günstig gelegene Städtchen entdecken, das ihm
zur Ausführung seines Vorhabens geeignet er-

schien. Nun aber war dies ein Ort, der ihm im
Geiste stets wieder vorschwebte, denn er hatte ihn
einst mit zweiundzwanzig Jahren auf der Durch-
reise berührt, und er war ihm besonders seiner
glücklichen Lage wegen gut in Erinnerung geblieben: Bayreuth. Er schlug im Konversationslexi-
kon nach und fand daselbst dies Städtchen Ober-
frankens als einstige Residenz der Markgrafen
von Ansbach-Bayreuth verzeichnet, mit Schloß
und Eremitage, „prachtvollem altem Opernhaus
aus der Rokokozeit..." Dies mußte die geeig-
netste Stätte sein, erwog Wagner. Ein stiller, ver-
träumter Ort mit gemäßigter Pracht aus vergangenen Tagen, in landschaftlich schöner Umgebung, mit Wäldern, zugleich auch im Königreich
Bayern gelegen; bei dieser Wahl blieb er sich
selber treu und überdies seinem argwöhnischen
Schirmherrn.

Am 17. April 1871 reiste er zum zweiten-
mal in seinem Leben nach Bayreuth. Wie erhofft, traf er alles an. Sogleich begab er sich
zu dem prachtvollen, in gutem Stile des XVIII.
Jahrhunderts erbauten Schloß. Der Verwalter
öffnete, führte ihn durch die Räume, von Salon
zu Salon, allüberall bevölkert mit kleinen, gleichsam erstarrten Gestalten und in die Wände einge-
fügtem Schmuck. Da waren Chinesen in Schar-

156

lachgewändern, Pagoden, Mandarinen, Porzellan-
schmetterlinge, Winden in Holzschnitzerei, Vögel
und Insekten, im Fluge gemalt, an den Zimmer-
decken zu sehen, Palmen in Eichenholzskulptur;
dies alles hatte vor etwas mehr als einem nun
entschlummerten Jahrhundert dem Ergötzen der
Markgräfin Wilhelmine gedient, der Freundin
Voltaires. Unser alter Zauberer jubelte auf. Ihn
hatte entschieden das Schicksal ausersehen, all
diese Trugbilder zu neuem Leben zu erwecken.
Er ließ sich den Park zeigen und merkte sich,
daß ein angrenzendes, schönes, „längliches Wie-
senterrain“ mit Bäumen sich vorzüglich zum Bau-
platz für sein künftiges Wohnhaus eignen würde.
Und zufolge einem der ihm eigenen Willensim-
pulse begann nun Wagner bereits sein Leben zum
zehnten Male neu.

Hier also am Rande des Parkes würde sein Haus
stehen. Dort drüben, auf jenem das Städtchen
beherrschenden Hügel, sein Festspielhaus. Und
auf den Eisenbahnlinien, die fächerartig nach
Nürnberg, Bamberg, Koburg und Würzburg ausliefen, würde sein Publikum von allen Enden der
Welt herbeieilen. Welche Lust, sich so stark wie
ein Zwanzigjähriger zu fühlen, dabei solch einen
Riesenschädel zu haben, um sein Werk zu vollenden, und Stöße von Manuskripten in den Schub-

laden bei Luzern zu wissen! Ob zwanzig oder achtundfünfzig Jahre, das blieb sich gleich, wenn man den Ruhm nahen sah, der Liebe gewiß war und so viele schmerzliche Erfahrungen hinter sich hatte. Doch nein, achtundfünfzig Jahre, das wollte mehr besagen, denn nun war man nicht mehr so töricht, Illusionen nachzujagen, sondern etwas anderes erfüllte einen – wenn auch manchmal ein wenig verhärtet und welk – ein ernster Glaube. Welcher Bundesgenosse war er in Wagners Leben! Verhöhnt und zwanzigmal verabschiedet, hatte er sich doch stets auf irgendeine Weise, just im entscheidenden Augenblick der Verzweiflung wieder eingestellt. Auch heute war er noch immer da mit seinem schönen, ermüdeten Antlitz, während der Tondichter eine Tournee durch die größten Städte Deutschlands antrat, um sein Projekt zu erläutern und ihm Anhänger zu werben.

Es ging darum, 300000 Taler zusammenzubringen. Die Summe sollte in tausend Patronatscheinen zu je dreihundert Talern untergebracht werden. Ohne Zweifel würde der König hiervon ein ansehnliches Teil zeichnen. Daran dachte aber der König keineswegs. Ganz im Gegenteil schrieb er in diesem selben April: „Der Wagnersche Plan mißfällt mir sehr; die Aufführung des ganzen

158

Nibelungenzyklus nächstes Jahr in Bayreuth zu
bewerkstelligen, ist glatterdings unmöglich, das
gebe ich Ihnen schriftlich." Nichtsdestoweniger,
als reue ihn dies alsbald, zeichnete er 75000 Mark.
Und Wagners Wille, so machtvoll, daß alles vor
ihm zurückwich, ja der selbst ihm feindliche Ge-
schicke bezwang, erreichte es, daß weitere Sub-
skribenten sich einfanden, außerdem Jünger in
mehreren Städten „Wagner-Vereine" gründeten.
Sogar die Stadtväter von Bayreuth, begeistert von
Wagners Projekt, das ihrer Stadt nur zu neuer
Blüte gereichen konnte, boten ihm das Grund-
stück für sein Festspielhaus unentgeltlich an.

Kurz, im Frühling 1872 begann, nach einer
siebenjährigen, arbeitsreichen Zeit der Sammlung
in Triebschen, die „bayreuther Ära", und man
verließ das stille Landhaus für immer. Der Meister war bereits vor acht Tagen aufgebrochen,
als Cosima und der ihnen befreundete junge
Nietzsche noch „wie unter lauter Trümmern" hier
herum gingen. „Die Rührung lag überall in der
Luft, in den Wolken, der Hund fraß nicht, die
Dienerfamilie war, wenn man mit ihr redete, in
beständigem Schluchzen. Wir packten die Manu-
skripte, Briefe und Bücher zusammen — ach, es
war so trostlos!" schrieb kurz darauf Nietzsche. Die
Zukunft, wahrlich, sie ließ sich nicht freudvoll an.

Mittlerweile rückte der für die Grundsteinlegung des Festspielhauses festgesetzte Tag, der 22. Mai 1872, heran. Es war zugleich Wagners neunundfünfzigster Geburtstag. Vom Pfingstsonntag, den 19., an begann von allen Seiten der Zustrom der Geladenen und Neugierigen. Trotz des Eifers, mit dem er erfolgte, war der Tondichter gedrückter Stimmung, denn schien auch das Schicksal ihm hold, so rächte es sich dafür an seinen Freunden und hielt ihm drei Menschen fern, mit denen ihn stärkste Bande verknüpften: weder Liszt war anwesend, der heilige Johannes der Täufer, der das Nahen des Meisters verkündet, noch Bülow, der heilige Petrus seiner Gemeinde, noch Ludwig, Wagners geliebter Jünger. Und trotz der begeisterten Menge, die das alte Opernhaus füllte, in dem Wagner die Proben zur Neunten Symphonie leitete, spürte man etwas wie Verlassenheit, irgendein Enttäuschtsein dieses dennoch standhaften Gemüts heraus. Bevor der große Freudejubel des Chores der Neunten einsetzte, vernahm man, einem dumpfen Echo dieser Klage vergleichbar, Wagners Zuruf an den Ersten Hornisten: „Keine Gefühlsnuance! kein Affekt! wie hinter einem Schleier muß das klingen."

Am 22. waren die Wetteraussichten keineswegs günstig: es regnete. Und es goß, als die Menge

auf dem Hügel der Akropolis Wagners den
Schöpfer einer neuen Epoche der Musik erwartete. Umgeben von seinen Getreuen, entstieg dieser dem Wagen und betrat den vollständig auf-
geweichten Lehmboden. Nachdem der Grundstein
versenkt und vermauert, ergriff Wagner den
Hammer und sprach während der drei Schläge
die Worte: „Sei gesegnet mein Stein, stehe lang
und halte fest!" Eine dem Stein eingefügte Blech-
kapsel enthielt, als handschriftliche Urkunde, des
Magiers Beschwörungsformel:

> „Hier schließ ich ein Geheimnis ein,
> da ruh es viele hundert Jahr:
> so lange es verwahrt der Stein,
> macht es der Welt sich offenbar."

Ferner war ihr die am frühen Morgen eingetrof-
fene Depesche König Ludwigs beigegeben worden: „Aus tiefstem Grunde der Seele spreche ich
Ihnen, teuerster Freund, zu dem ganz Deutschland so bedeutungsvollen Tage meinen wärmsten
und aufrichtigsten Glückwunsch aus. Heil und
Segen zu dem großen Unternehmen im nächsten
Jahre! Ich bin heute mehr denn je im Geiste mit
Ihnen vereint. Kochel, den 22. Mai 1872, Ludwig." Nach beendigter Feier war der Meister
blaß und erschöpft. Dann, berichtet Nietzsche,

„...fuhr Wagner mit einigen von uns zur Stadt
zurück; er schwieg und sah dabei mit einem
Blicke lange in sich hinein, der mit einem Worte
nicht zu bezeichnen wäre. Er begann an diesem
Tage sein sechzigstes Lebensjahr: alles Bisherige
war die Vorbereitung auf diesen Moment. Man
weiß, daß Menschen im Augenblick einer außerordentlichen Gefahr oder überhaupt in einer
wichtigen Entscheidung ihres Lebens durch ein
unendlich beschleunigtes inneres Schauen alles
Erlebte zusammendrängen und mit seltener
Schärfe das Nächste wie das Fernste wieder erkennen. Was mag Alexander der Große in jenem
Augenblick gesehen haben, als er Asien und Europa aus einem Mischkrug trinken ließ? Was aber
Wagner an jenem Tage innerlich schaute — wie
er wurde, was er ist, was er sein wird — das können wir, seine Nächsten, bis zu einem Grade nach-
schauen: und erst von diesem wagnerischen Blick
aus werden wir seine große Tat selber verstehen
können—*um mit diesem Verständnis ihre Frucht-
barkeit zu verbürgen.*“

König Ludwig also war nicht Zeuge dieser
Stunden fieberhafter Begeisterung. Und wäre er
es gewesen, so würde ihm ohne Zweifel nicht zum

Bewußtsein gekommen sein, daß der auf dem Hügel gelegte Grundstein zugleich eine Morgen- und Abendröte bedeute: die Krönung eines Werkes nämlich, dessen Aufblühen notwendig künftiges Vergehen schon in sich berge, gleichzeitig (dieses durch jenes bedingt) das Erstehen eines neuen Gedankens kündend. Allein wie würde Ludwig solches begriffen haben, da selbst Nietzsche es nur bis zu gewissem Grade vorauszuahnen vermocht? Denn erst nach Jahren sollte er ausrufen: „Mein größtes Erlebnis war eine *Genesung*. Wagner gehört bloß zu meinen Krankheiten", und auch Debussy einst in diesem Sinne bekennen: „Ich bin in Bayreuth gewesen und habe beim Anhören des *Parsifal* pflichtschuldigst Tränen vergossen. Bei meiner Rückkehr aber lernte ich *Boris Godunow* kennen und war kuriert."

Nein, der König wußte von nichts; weder daß seine Depesche, die er dem „Einzigen" gesandt, mit Wagners „Geheimnis" in den Stein eingeschlossen worden, noch daß der Tondichter am Abend des 22. Mai sich vor den zahlreich Geladenen erhob, ihm den schuldigen Tribut zu entrichten. „Dem Landesfürsten für alle Wohltaten zu danken", begann Wagner nach einleitenden Worten, „ist die Pflicht aller derer, die unter seiner Regierung eines aufblühenden Wohlstan-

des sich erfreuen, — für mich aber ist er noch
mehr, noch unendlich viel mehr als er jedem einzelnen in diesem Lande ist. Das, was er mir ist,
geht über mein Dasein weit hinaus; das, was er
in mir und mit mir gefördert, stellt eine Zukunft
dar, die uns in weiten Kreisen betrifft, die weit
über das hinausgeht, was man unter bürgerlichem
und staatlichem Leben versteht: eine hohe geistige Kultur, *ein Ansatz zu dem höchsten, was
einer Nation bestimmt ist,* — das drückt sich in
dem wundervollen Verhältnis aus, von dem ich
hier rede. Als es mir endlich erlaubt wurde,
nach Deutschland zurückzukehren, als man dann
in Deutschland nicht gewußt, was man mit mir
anfangen sollte, und als namentlich die offiziellen
Kunstinstitute gar nicht wußten, was sie mit mir
anfangen sollten, hat die großherzige Stimme, die
in mein Innerstes drang, mich zu sich gerufen
und hat gesagt: ‚Ich will dafür sorgen, daß du,
künstlerischer Mensch, den ich liebe, dessen Gedanken ich ausgeführt wissen will, fortan von
allen Lebenssorgen frei sein sollst.‘ Auf diese mir
zuteil gewordene Großmut gründet sich die Fähigkeit, Ihnen solche Wunder vorzuführen...
Meine Herren, *das* verdanke ich *diesem König!*
Wenn ich jetzt den... Toast ausbringe, so begreifen Sie... daß ich aus dem tiefsten Grunde

164

des Herzens rufe: Bayerns herrlicher König lebe
hoch!"

Indessen flossen trotz all dieser Begeisterung,
all dieser Projekte und ihres Niederschlags in der
Presse dem bayreuther Unternehmen nur unzu-
reichende Mittel zu. Nichts Entscheidendes geschah in der Angelegenheit von außen. Trotz
alledem kam man vorwärts, und während die
Mauern des Festspielhauses langsam emporwuchsen, gedieh auch der Bau der Villa Wahnfried.
,,Hier, wo mein Wähnen Frieden fand...", so
beginnt erläuternd der unter dem Gibelfeld ange-
brachte Sinnspruch echt wagnerscher Prägung.
Das Gebäude selbst, kubisch in römischem Stile
erbaut, umfaßte ,,eine geräumige Halle, welche
die Höhe des ganzen Hauses hatte", einen dem
Schloßpark der Markgrafen zu gelegenen, geräu-
migen Saal sowie eine stattliche Reihe weiterer
Zimmer. Alles in allem verkörperte es, was seinem Erbauer und Eigentümer bei seinem ersten
Besuch in Bayreuth vorgeschwebt. Und ein weiteres Mal, als man den König anging, finanziell
beizusteuern, schlug er es zunächst ab, um sich
sodann doch anders zu besinnen und Geld zu sen-
den. Allein Wagner blieb beunruhigt. Er unternahm Konzertreisen, besprach sich, schrieb, gab
Flugschriften heraus; jedoch all das brachte die

Dinge kaum in Fluß, und nennenswerte Beträge gingen nicht ein.

Im Spätsommer des folgenden Jahres versuchte er, vielleicht durch persönliches Vorsprechen in München etwas zu erreichen, denn auf die Dauer berührte ihn des Königs Schweigen seltsam. Bald sollte er erfahren, was seinen Wünschen hindernd im Wege stand. Zunächst waren es die enormen Ausgaben, die Seiner Majestät der Bau der neuen Schlösser verursachte. Dann aber die beharrliche Fehde einstiger Feinde, stets bemüht, Wagner in Ludwigs Gedanken in den Hintergrund zu drängen. Mehrfach besuchte er den Kabinettsekretär des Königs, Rat Düfflipp, der ihn zuvorkommend empfing, und bat ihn um Rat. Düfflipp aber erklärte alles mit den neuen Schrullen seines Herrn. Durch ihn erfuhr Wagner, daß der König seine Gemächer fast nicht mehr verlasse, vor Abend nicht aufstehe, und zu einer Stunde zu Mittag speise, da andere Menschen ihr Abendbrot verzehrten. Fast niemand werde mehr vorgelassen, und der König verkehre einzig mit dem Stallmeister Hornig. Gleichwohl versprach Düfflipp, sein möglichstes zu versuchen, um die Zusicherung der Garantiesumme zu erlangen, die Wagner nachsuchte.

Mit dieser ungewissen Zusage und leeren Ta-

schen mußte Wagner nach Bayreuth zurückkehren. Allein bald darauf begann er des Rätsels
Lösung zu ahnen: aus persönlichen, brieflich
nicht mitteilbaren Gründen bestand „eine Verstimmung des Königs" gegen ihn. Wagner war
baß erstaunt und suchte den Grund zu erfahren.
Jedoch es schien fast unmöglich, die Wahrheit
herauszubekommen. Düfflipp hatte Seiner Majestät schwören müssen, Wagner gegenüber zu
schweigen. Schließlich aber fand die List einen
Ausweg: der Kabinettsekretär würde sich einem
gemeinsamen Bekannten anvertrauen, der seinerseits kein Schweigen gelobt. Und so erfuhr er
denn sein Verbrechen. Es war dies gewesen: im
vergangenen Sommer hatte man Wagner die in
lateinischer Sprache verfaßte Hymne *Macte Imperator* des deutschen „Dichters" Felix Dahn mit
der Bitte übersandt, eine Komposition dazu zu
schaffen. Wagner, damals mit der Vollendung
der *Götterdämmerung* beschäftigt, hatte dies Verlangen im Drange der Arbeit unberücksichtigt gelassen. Nun aber erwies sich, daß Dahn ein Günstling des Königs war, und dieser rächte sich jetzt,
da er sich durch Wagners gleichgültiges Verhalten verletzt gefühlt. Eine kindliche Rache fürwahr! Oder es handelte sich vielleicht nur darum,
dem Ungetreuen zu beweisen, der „deus ex ma-

china“ residiere nichtsdestoweniger in München,
selbst wenn der Theaterbau in Bayreuth auch
ohne ihn fortschreite.

Zunächst tief niedergeschlagen infolge solch
beunruhigenden Mißverständnisses, entschloß sich
Wagner trotzdem, an den König zu schreiben.
Er wollte feststellen, was von seiner Macht über
diesen Unerreichbaren übriggeblieben, und teilte
ihm mit, ohne erneute Zuwendungen müsse der
bayreuther Plan scheitern. Und alsbald empfing
er die Antwort, datiert Hohenschwangau, den
25. Januar 74: „Nein, nein und wieder nein! So
soll es nicht enden! Es muß da geholfen werden!“
Erleichtert konnte Wagner nun aufatmen! Diese
Nachricht klang fast wie der begeisterte Ton von
einst. Und kurz nach diesem Versprechen eröffnete die königliche Kabinettskasse der bayreuther
Verwaltung einen Kredit von 100000 Talern.
Wohlverstanden, diese Summe war als Vorschuß
für Anschaffungen, als Darlehen, nicht etwa als
geschenkt zu betrachten. Solange der Betrag nicht
wieder getilgt wurde, blieben „die bezeichneten
Anschaffungen ‚Eigentum des königlichen Hof-
sekretariates‘“. Allein, was wollte dies schließlich
besagen? Wenn man arm ist, muß man Kapital
stets zu den Bedingungen aufnehmen, die sich
darbieten. Im Augenblick stand es so, daß mit

168

diesem Gelde die unterbrochenen Arbeiten sogleich fortgeführt werden konnten. Jedoch das Unternehmen erlitt durch allerhand schwerwiegende Umstände weiterhin Verzögerungen, viel Ungewisses war noch zu klären, die Schwierigkeiten der Verwirklichung eines so umfassenden Projektes derart groß, daß es zweier Jahre angespanntester Arbeit bedurfte, um zum Ziele zu gelangen.

Ludwig selbst glaubte, wiederum festen Fuß im Land der Riesen gefaßt zu haben. Seine Leidenschaft von früher ergriff ihn erneut. Er wollte seinerseits an diesem Heldenturnier teilnehmen. Briefe und Telegramme trafen daher unausgesetzt in Wahnfried ein. Die Künstler, die Dekorationen, Beleuchtungs- und Maschineriefragen, alles interessierte ihn. Allein, als von neuem das Geld auszugehen drohte, zog er sich ins Dunkel zurück, hüllte sich in Schweigen. Indessen gelang es, ihm noch einmal Unterstützungsgelder abzunötigen, und so war schließlich Ende Juli 1876 alles bereit für „das große Wunder der deutschen Kunst", wie Liszt es nannte. Die Einwohnerschaft Bayreuths hatte blauweiß geflaggt, der Stationsvorstand die Bahnsteige und den Königssalon geschmückt; das Städtchen war in Feststimmung.

In der Nacht vom 5. zum 6. August, gegen ein Uhr morgens, hielt ein Zug, der nur aus zwei Waggons bestand, auf offener Strecke in der Nähe eines Bahnwärterhauses. Eine hochgewachsene, etwas massige Gestalt in Zivil und Filzhut entstieg ihm. Es war der König. Im Dunkel erhellte ein Beamter mit seiner Laterne die Züge eines anderen, in einen hellen Überzieher Gehüllten, das machtvolle, ergraute Haupt entblößt: Wagner. Wortlos drückten sich beide die Hände und stiegen in einen bereitstehenden Hofwagen. Acht Jahre lang hatten sie sich nicht gesehen. Nur zu verständlich, daß es schwer hielt, die ersten Worte zu finden. In der Dunkelheit entschwand nun der Wagen mit dem einstigen „Parzival“ und seinem „Vielgeliebten“ der Eremitage zu, woselbst sich beide in jene Salons zurückzogen, in denen die kleine Markgräfin vor einem Säkulum ihre freimaurerischen Zirkel für Damen der Gesellschaft abgehalten. Und in diesem Sanssouci mit seiner Tuffsteingrotte, voll bunter Steine, Perlen und Muscheln, mit seinen Bassins und Fontänen verharrten beide schweren Herzens auf das erlösende Wort. Aber Mißverständnisse von acht Jahren waren in zweistündigem Gespräch nicht zu beseitigen. Und wenn auch Wagner gegen einhalb vier Uhr morgens in gehobenerer Stimmung

170

heimkehrte, so hatte diese Begegnung im Grunde doch bei keinem der beiden Beruhigung ausgelöst. Der Weg, den jeder in diesen Jahren einsam zurückgelegt, bedingte eine zu große wechselseitige Entfernung, um sie durch eine nächtliche Unterhaltung zu überbrücken. Sie hatten sich zwar wiedergefunden, aber erkannten sich nicht mehr; hatten sich zwar gesprochen, ohne sich indessen zu verstehen. Hält zwei Menschen ein Gefühl der Liebe nicht mehr zusammen, dann vermag kein Wollen und kein Bedauern es je wieder aufleben zu lassen.

Dennoch jagten berittene Boten vom folgenden Tag an, wie einst in den schönen Zeiten am Starnberger See, zwischen der Eremitage und Wahnfried hin und her. Allein jetzt war nicht mehr Leidenschaft Trumpf, sondern Theater. Vor der Generalprobe zu *Rheingold,* dem Vorspiel der Trilogie, sammelte sich der Monarch. Und obwohl Wagner glaubte, hoffen zu dürfen, Ludwig werde ihn in Wahnfried besuchen, so konnte sich der König aus Scheu vor Menschenansammlungen doch dazu nicht entschließen. Um sieben Uhr abends langte er dagegen plötzlich vor dem Festspielhaus an. Sein Wagen hatte einen fast unbekannten Waldweg gewählt, derweil sich die Menge noch immer in den Straßen drängte, um

ihn vorbeifahren zu sehen. Wie absonderlich er
doch war, dieser König, stellte man fest. Dies
Gebaren jedoch ernüchterte seine Untertanen
keineswegs, vielmehr zog es sie an. Man liebte
ihn nur desto mehr, weil er sich gar nicht wie
andere Könige benahm, sich kaum je sehen ließ,
so menschenscheu und so schön war.

Sobald er die Fürstenloge betreten hatte, in
der einzig Wagner die ganze Vorstellung über an
seiner Seite weilen sollte, wünschte er, daß man
die Lampen im Zuschauerraum lösche, der übrigens fast leer und ohnehin düster war. Die Wie-
dergabe des Stückes in Gegenwart der beiden
Dichter kam bei dieser Generalprobe einer vollendeten Aufführung gleich. Der König war so befriedigt, daß er sich am Schlusse der Vorstellung
von Wagner überreden ließ, durch die Stadt nach
der Eremitage zurückzufahren. Immerhin, nur in
geschlossenem Wagen; darauf bestand er. Außerhalb des Theaters überraschte es ihn, zu sehen,
wie dicht gedrängt das Volk seiner harrte. „Sind
denn hier nicht alle ganz preußisch gesinnt“, erkundigte er sich. Unter endlosen Hochrufen fuhr
hierauf der königliche Wagen ab und berührte,
überall vom Jubel der Menge begrüßt, fast alle
Hauptstraßen des festlich illuminierten Bayreuth.
Der König entzog sich nach Möglichkeit den

Blicken, und einzig die Unentwegten, die neben
dem Gefährt herliefen, vermochten hinter den
Scheiben sein blasses, ernstes Antlitz deutlicher
zu sehen.

Am andern Tag füllte man auf seinen Wunsch
und Wagners Rat den Zuschauerraum, der bes-
seren Akustik wegen, bei der Generalprobe zur
Walküre mit Publikum. Desgleichen am nächsten Tag bei *Siegfried*. Während der *Götterdämmerung*, an der Stelle, da Siegfried seinen letzten
Gesang anstimmt: „Brünnhilde — heilige Braut —
wach auf! öffne dein Auge!..." neigte sich Ludwig Wagner zu und flüsterte die geheimnisvollen
Worte: „Das hat Schnorr schon gesungen, ehe
Sie es noch komponiert hatten." Irrte er sich in
den Daten? Denn Schnorr von Carolsfeld, der
berühmte, einzigartige Tristan, war in der Tat
gestorben, bevor die *Götterdämmerung* komponiert worden. Und doch irrte Ludwig nicht. Er
entsann sich vielmehr, wie Wagner späterhin begriff, daß gerade dies die letzten Worte des ster-
benden Sängers gewesen, die dieser aus der Dichtung kannte. Und der König, dem die Toten ge-
genwärtiger waren als die Lebenden, vermochte
ihre Stimmen wiederzuerkennen, sie allenthalben
herauszuhören.

Eine Stunde später, nachdem der Vorhang ge-

fallen, stieg er wieder in seinen Extrazug, um
in seine Berge zurückzukehren.

Ein anderer verließ Bayreuth fast zur selben
Zeit: Nietzsche. Er war einige Tage früher angekommen, die schrecklichen Hundstage griffen
seine Nerven an, und schon begann ihn diese
ganze bayreuther Atmosphäre zu beunruhigen.
Bald brachte ihn alles innerlich auf: Wagners jo-
viale Zuversicht, seine Ansprachen an die Künstler, seine Siegesgewißheit, seine Wichtigtuerei,
all der sinnlose Rummel in diesem Städtchen.
„Fast habe ich's *bereut*“, schrieb Nietzsche an
seine Schwester. Dann: „Ich sehne mich weg, es
ist zu unsinnig, wenn ich bleibe. Mir graut vor
jedem dieser langen Kunstabende; und doch
bleibe ich nicht weg... Ich habe es ganz satt...
irgendwo, nur nicht hier, wo es mir nichts als
Qual ist“, wollte er sein. Er reiste daher in einen
benachbarten Kurort, nach Klingenbrunn. Allein
dort hielt er es nicht aus ohne Wagnermusik und
erschien zum ersten Zyklus des *Ringes des Nibelungen* wieder. Inzwischen war es hier weit
schlimmer geworden, gleichsam amtlich offiziell.
Man huldigte dem greisen Kaiser Wilhelm mit
militärischem Tamtam. Das also war es, worauf
es hinauslief mit der Musik, die er so sehr geliebt, mit der Wiedergeburt der antiken Tragödie

aus ihrem Geiste? Dieser Jahrmarktschwindel?
Dieses Katzbuckeln vor Fürstlichkeiten? Diese
Saufgelage schwitzenden Volkes, die den Siegesfeiern vor fünf Jahren glichen? Sein alter, ehr-
fürchtiger Glaube an den Meister ward wankend.
Wie auch dies Publikum sein mochte, auf welch
geistige Qualitäten konnte es bei der Beurteilung
des Werkes pochen? Freilich, unter dieser un-
kultivierten und luxuriös aufgeputzten Menge sah
man mitunter auch erlesene Vertreter jenes „idea-
len Zuschauers“ und „unzeitgemäßen Menschen“,
für die dies Werk geschaffen worden. Im Grunde
aber, war diese Masse nicht Abschaum, mit einem
üblen Beigeschmack der Verwesung? Erfüllt von
längst gehegter Angst, stellte Nietzsche sich solche
Fragen. Und noch weit schmerzlicher wandelte
ihn der Gedanke an, vielleicht nicht nur dies
Werk, für das er sich eingesetzt und gelebt, verleugnen zu müssen, sondern auch Wagner und
Cosima zu verlieren.

Am letzten Abend dieses ersten Aufführungszyklus erschien der Tondichter angesichts einer
derart dionysisch trunkenen Menge, wie sie selbst
Nietzsche bestimmt sich nicht vorgestellt, vor dem
Vorhang, um den berüchtigten Ausspruch zu tun:
„...Was ich Ihnen noch zu sagen hätte, ließe
sich in ein paar Worte, in ein *Axiom* zusammen-

fassen. Sie haben jetzt gesehen, was wir *können;*
nun ist es an Ihnen, zu *wollen. Und wenn Sie
wollen, so haben wir eine Kunst.*" Auf dem sich
anschließenden Bankett erläuterte er diese Worte,
formulierte sie noch schlimmer: „Er habe nicht
sagen wollen, daß wir bisher keine Kunst gehabt.
Aber eine nationale Kunst, wie sie Italiener und
Franzosen besitzen, mochte sie zeitweise auch bei
ihnen eine Abschwächung erfahren oder in Deka-
dence geraten, habe den Deutschen bisher ge-
fehlt." Das war gerade das Gegenteil von dem,
was Nietzsche sich gedacht und erhofft. Hatte
die deutsche Musik im XVIII. Jahrhundert nicht
dauernd Prächtiges hervorgebracht? Es konnte
sich wahrlich nur darum handeln, dem in tausend
Arme zerteilten Strom ein würdiges Bett zu schaffen, nicht aber, ihn in den wagnerschen „Sumpf"
abzuleiten. Nach Nietzsches Meinung mußte man
ein „guter Europäer" und nicht ein guter Deutscher werden. Wie war es nur möglich, daß
zwei so rechtschaffene Geister sich in solchem
Grade verkennen konnten? Mit peinlichen Empfindungen sah Nietzsche jetzt auf seine erst
vor fünf Wochen erschienene vierte „Unzeitge-
mäße Betrachtung" zurück; ihn dünkte, es sei
ebenso viele Jahre her, daß er die Schrift: *Richard Wagner in Bayreuth* veröffentlicht hatte.

176

Von diesen bayreuther Tagen an sollte der
Dichterphilosoph bewußt eigene Wege gehen.
Wagner war der Mensch gewesen, den er am meisten geliebt; er war es auch, der ihn am grau-
samsten enttäuscht hatte. Die Enttäuschung wog
diese trügerische Liebe auf. Nachdem solcher-
weise das Gleichgewicht als wiederhergestellt
gelten konnte, fühlte sich Nietzsche für alle Zukunft frei. Im Laufe dieses selben Sommers hatte
er sich bereits für seine basler Vorlesungen bezüglich Sokrates notiert: „Das wahre Wissen
müßte sich auf das Bleibende beziehen... Gibt
es ein solches Wissen? Kratylus leugnet es: nun
dann gibt es auch kein wahres Sein der Dinge
oder es ist völlig unwahrnehmbar und geht uns
nichts an. Dann wären wir verurteilt, in einer
ganz nichtigen, sich selbst immer widersprechen-
den Welt zu leben, im Scheine und Dunkel. *Sokrates* stellt fest, daß die meisten Menschen eben
darin nur leben, die größten und berühmtesten
voran: sie stecken in der Illusion: ihre Größe
ist nichts wert, weil sie auf der Illusion beruht,
nicht auf dem Wissen.“

Ein zweites Mal hielt in der Nacht vom 26. zum
27. August jener Zug mit den beiden Waggons
an jenem Bahnwärterhaus, und Ludwig entstieg

ihm. Er kehrte inkognito nach Bayreuth zurück,
um dem dritten und letzten Aufführungszyklus
beizuwohnen. Allein diesmal entging er den Ova-
tionen noch weniger und mußte sich an einem
der Abende, auf ein ausgebrachtes, donnerndes
Hoch hin, zum Dank in seiner Fürstenloge
mehrfach verneigen. Das war viel verlangt, aber
Wagner zuliebe ließ es sich nicht umgehen.
Schließlich, nachdem der Vorhang über dem
brennenden Walhall gefallen, entfloh er, die
Fackel- und Lampionträger verwünschend, die
sich höchst ärgerlicherweise hatten einfallen lassen, von der Eremitage bis zu seinem Extrazuge
Spalier zu bilden.

Auch Wagner war nunmehr völlig erschöpft.
Nachdem das Gewühl der Festspiele vorüber, die
letzten mitwirkenden Künstler endlich Bayreuth
verlassen hatten, brach er nach Italien auf. Sein
Lebenswerk war vollendet, einzig *Parsifal*, diese
mystische Knospe, noch nicht erblüht. Aber an
diesem Werke arbeitete er bereits mit etwas bitterer Freude. Vielleicht bedurfte jedoch Wagners
fieberndes Temperament einer Quälerei, die ihn
ständig in Schach hielt.

Bald ward ihm in Sorrent eine fatale Nachricht: trotz des Andranges der Festspielgäste hatte
sich ein Defizit von rund 120000 Mark ergeben.

178

Alles mußte also von vorn begonnen werden, und da man es bei diesem Defizit nicht belassen konnte, war er entschlossen, sofort von vorn zu beginnen. Und schon schrieb dieser Unbezwingliche an König Ludwig ... Allein Seiner Majestät stand der Sinn nach ganz anderen Dingen als den Werken des alten Freundes. Er hatte deren eigene zu vollenden. Und sie waren kostspielig; viel kostspieliger, hundertmal kostspieliger als die jenes Troubadours. Ludwig erwog gerade, Herrenchiemsee zu erbauen, jenes Schloß, das den „Ruhm" versinnbildlichen sollte. Sein Versailles. Und als sein Kabinettsekretär, entsetzt über diese neuen Ausgaben, die er nicht verantworten konnte, die Hände über dem Kopf zusammenschlug und sich erkundigte, weshalb dieses neue Schloß erstehen müsse, gleich den übrigen bestimmt, Phantome zu beherbergen, da entgegnete sein Gebieter: „Car tel est notre bon plaisir."

XII

„SCHWINDEL, ALLES SCHWINDEL!“

WER viel geliebt hat, wünscht sich ein Haus, nicht größer als ein Herz. Um himmlische Erinnerungen vor der Welt zu verschließen, die zugleich farbiger sind als alle Reiseanpreisungen auf Bahnhöfen, dazu bedürfte es einer Hütte in Taschenformat, damit nichts je ihr entschlüpfe; oder eines Hausbootes mit drei Verließen, verankert an Wassern im Walde. Allein alles darin müßte unser Innenleben spiegeln, von uns zeugen, uns an entschwundene Freuden gemahnen. Da einzig der Tod den Fortbestand einer großen Liebe bedroht, würde es ihr enges Grab werden, das wir mit Rosen schmückten. Überlassen wir den bedauernswerten Fürsten die hallenden Räume ihrer Paläste. Neiden wir ihnen nicht Säle, in denen sie Geister heraufbeschwören, deren Herzen nie lebenswarm geschlagen. Machen wir weder ihnen noch denen, die sie nachäffen, ihre Ahnengalerien streitig, ihren Marmor, ihre ver-

goldeten Sessel, ihre Gobelins und die drei Stile
der Ludwige von Versailles. Liebende, die von
erlebten Wundern, unauslöschlichen Erlebnissen,
erfüllt sind, die immerfort sich nach Zärtlichkeit
sehnen, begnügen sich mit dem notwendigsten
Raume, um sich, Körper an Körper geschmiegt,
betten zu können. Auge in Auge, weiter begehren
sie nimmer zu schauen. Lippen, im Kusse vereint,
wiegen jedwede Musik, ein schöner Leib alle Bau-
künste auf.

Ludwigs II. Schlösser blieben liebeleer. Im all-
gemeinen frönen nur Gealterte der Baulust, um
darin Ersatz für die erkalteten Sinne ihrer Jahre
zu finden. Ludwig XIV. freilich ist hiervon aus-
zunehmen, als Ausnahme aber, welche die Regel
bestätigt. Allein, würde man behaupten wollen,
er habe Versailles zu seinem Privatvergnügen erbaut und nicht etwa, um die La Vallière staunen
zu lassen und die Montespan zu verführen? Herrenchiemsee kann zu seiner Rechtfertigung nicht
einmal mit einem so geringfügigen Vorwand auf-
warten. Als kostspieliges Baudenkmal hochmütigen Stolzes, voll bayerisch naiver Einfälle, be-
friedigte diese phantastische „Kopie“ nur Ludwigs II. den Sinnen abgewandte Leidenschaften.
Er beabsichtigte damit weder das Herz eines Mannes oder einer Frau zu gewinnen, noch es darin

zu behüten. Dies Schloß war vielmehr ganz einfach ein Geschenk, das er sich selbst darbrachte; vielleicht der Ausdruck eines Machtbewußtseins, von dem er sich einzig noch zu überzeugen vermochte, indem er derartige Milliardärpaläste aus dem Boden stampfte. Allein, kann schon eine Landschaft sich ebensowenig erfolgreich gegen dergleichen empören, wie ein Baum sich zu wehren vermag, den man über den Wurzeln absägt, so stößt doch die Natur insgeheim Verwünschungen gegen ihre Vergewaltiger aus. Der große Chiemsee und seine verunstaltete Insel, auf der in klatschendem Weiß angesichts einer düster ernsten Alpenlandschaft ein Simili-Versailles emporwuchs, erheben eine zum Himmel schreiende Anklage gegen den Wahnsinn dieses Bauherrn, der vernünftiger Einsicht ermangelte. Ihm war einzig darum zu tun, seinen Ruhm, der immer unmännlichere Formen annahm, zunehmend markerschütternder zu instrumentieren. Wer nicht selbst schöpferisch ist, ahmt nach. Wer nicht zu lieben vermag, quält. Ludwig II. eröffnete mit Herrenchiemsee die trügerischeste, attrappenhafteste Ära seiner Herrlichkeit, wie er sich gleichzeitig ein Reich qualvoller, geheimster Wonnen erschloß.

Eine hundertdrei Meter lange Schloßfassade

mit dreiundzwanzig großen Bogenfenstern; ein
Treppenhaus: fünfunddreißig Meter lang und
dreizehn Meter breit; ein Prunkschlafgemach:
vierzehn auf zwölfeinhalb Meter; eine große Spiegelgalerie: über siebzig Meter lang, bei einer
Breite von zehneinhalb Metern, das waren die
Ausmaße, die er seinen Architekten vorschrieb.
Gold und Marmor überall in verschwenderischer
Fülle, alles in üppigster Weise ausgemalt. Wie
in Versailles sind hier die vier Elemente versinn-
bildlicht, die vier Jahreszeiten, die vier Erdteile;
finden sich Büsten, die Condé, Turenne, Vauban
und Villars darstellen. Außerdem: der „Krieg mit
Macht und Kraft", „Rechtspflege, Kunst und Wissenschaft", der „Ackerbau", „Handel und Ge-
werbe", „Weisheit und Gerechtigkeit im Schutz
des Friedens", wie in einem Ausstellungsgebäude.
Überall bourbonische Lilien. Die Spiegelgalerie
hat siebzehn Fenster, ihnen gegenüber ist die
gleiche Zahl zehn Meter hoher Spiegel angebracht, in denen sich rund zweitausendzweihun-
dert Kerzen von vierundvierzig Kandelabern und
dreiunddreißig Kronleuchtern spiegeln. Der
Prunksaal enthält das Äußerste an möglichem
Pomp. Ein Paradebett beherrscht alles. Durch
eine kostbar geschnitzte, reichvergoldete Balu-
strade vom übrigen Raum abgetrennt, führen

184

Stufen zu ihm hinauf. Hier schlief der König
indessen nicht. Bedeckt ist das Bett mit einer
Stickerei, an der eine Meisterin und zwanzig Ar-
beiterinnen sieben Jahre lang alle Kunst aufboten.
Das Gold erstrahlt herrlich, gleich der Sonne des
Sonnenkönigs und gleißt doch auch wie der ver-
fluchte Niblungenhort. Es blendet den Beschauer
bis hinüber in den Beratungssaal, in dem selbst
nicht einmal unbedeutende bürgerliche Minister
je zu einer Besprechung tagen sollten. Die einzigen Gäste des Königs in Herrenchiemsee blieben die Damen Montpensier, La Vallière, Montespan, Fontanges und die Maintenon. Hin und wieder ein paar Künstler: Corneille, Racine, Molière
und Lafontaine; Voltaire und Beaumarchais, Fa-
vart, Greuze, Boucher, Delille... „Das ist mir
die liebste Gesellschaft“, äußerte Ludwig, „sie
kommt und verschwindet, wann ich will.“ Man
hatte in die Spiegelgalerie sogar echte Orangenbäume gestellt, die der Große von Versailles so
sehr geliebt. Eines Tages wollte Ludwig II. im
Vorübergehen eine der Früchte brechen. Als er
jedoch inne ward, daß sie ein Draht statt eines
natürlichen Stieles mit dem Zweige verband, er-
faßte ihn eine ungeheuere Wut; er schleuderte
die Orange in einen der Spiegel. „Schwindel, alles
Schwindel!“ rief er aus. Alles in seiner Umgebung

sollte wirklich und wahrhaftig da sein, greifbar
vorhanden. Nannte man sich indessen Ludovicus
Rex, dann konnte man doch wahrlich nur Trugbilder und schönen Schein erwarten. Mißtrauisch
geworden, zertrümmerte er mit seinem Regenschirm eine Marmorgruppe im Treppenhaus, die
sich als elender Gipsschwindel entpuppte. Erneut
raste er vor Zorn. Um sich für solchen Schimpf
zu rächen, vermehrte er die Ausgaben der Hof-
kasse, indem er im Treppenhause Tausende von
Tulpen, Rosen, Lilien und Jasmin aufstellen ließ.
Auch seinen „Salon de l'oeil de boeuf" und ein
Reiterstandbild mußte er haben. Der Bildhauer
Perron wurde berufen und das Pferd wieder herbeigeschafft, mit dem der junge König einst in
den Wald geritten. Es stellte sich heraus, daß es
sein Gnadenbrot im Hoftheater hatte, wo man es
im „Ring" als Brünnhildes Streitroß Grane ver-
wandte. Es war ein braves und verständiges Tier,
beim Publikum sehr beliebt und mit Freuden bereit, Modell zu stehen. Sobald man es ins Bild-
haueratelier gebracht hatte, setzte es als gewissen-
hafter Statist, der im Dienste Wagners viel gelernt, die Vorderhufe auf den bereitstehenden
Steinblock und rührte sich nicht von der Stelle,
gleich als sollte es photographiert werden. War
Grane ein vorzüglich geeignetes Modell zu nen-

nen, so benahm sich dagegen Pegasus abscheulich.
Seine Flügel wollten und wollten nicht halten,
und schließlich mußte darauf verzichtet werden,
sie anzubringen. Welche Vorbedeutung! Allein
was tats! Pegasus war hier nur schmückende Beigabe, ähnlich wie in Meicost-Ettal Atlas mit der
Weltkugel, oder in Neuschwanstein die Ritter.
Schloß Herrenchiemsee steht im Zeichen des
Pfauen. Im Vestibül ist eine große Vase mit einer
Gruppe dieser Tiere zu sehen, ganz in emaillierter
Bronze und Silber gearbeitet, die in Paris bestellt
wurde. Der Pfau ist das letzte Symbol der königlichen Einsamkeit und des einzig mit den blau
und grün schillernden Augen der Selbstgefällig-
keit verbrämten Ruhmes.

Ludwig entzückten diese metallenen Gäste. Sie
genügten ihm. Weshalb bedurfte man der Lebenden mit ihren farblosen und lächerlichen Klei-
dern, wenn man für wenig Geld solche Schmeich-
ler in prunkendem Gewande haben konnte? Das
Herdentier Mensch wurde Ludwig stets verhaßter.
Er empfing nicht einmal mehr seine Minister und
erledigte die Staatsgeschäfte schriftlich. Ständig
lebte er zurückgezogen in seinen geliebten Bergen
und bevorzugte auch hier möglichst hoch- und
abgelegene Berghäuser, die er sich hatte bauen
lassen. „Elend und betrübt, oft im höchsten Grade

melancholisch, bin ich einzig und allein in der
unseligen Stadt! Ich kann nicht leben in dem
Hauch der Grüfte, mein Atem ist die Freiheit!"
Selten verließ er die Berggegenden, und nur etwa,
um nach seinen baulichen Unternehmungen zu
sehen, ließ dann die Arbeiter anspornen, drängte
die Geometer und wollte gleich Ludwig XIV. wissen, woran man seit seinem letzten Erscheinen
gearbeitet, worauf er sich wieder mit dem er-
preßten Versprechen entfernte, alles werde bis zu
einem gewissen Tage „fix und fertig" sein. Welche
Hetzarbeit für so kurze Stunden der Befriedigung,
denn Ludwig II. hielt sich in Herrenchiemsee nie
länger als zehn Tage im Jahre auf. Im Grunde
zog er seine älteren Herrschersitze, Berg und
Hohenschwangau, vor.

Musik und Theater liebte er noch immer, er-
trug aber kein Publikum mehr im Zuschauerraum. Die Operngläser der Neugierigen brachten
ihn im höchsten Grade auf. Man umgab zwar die
Königsloge mit seidenen Vorhängen, allein sie erwiesen sich als ungenügender Schutz, weshalb er
befahl, ein- bis zweimal im Monat Vorstellungen
für ihn allein einzulegen. So wurden denn im
Laufe dieser Jahre für den einsamen Zuschauer,
den äußerst empfindlichen, anspruchsvollen

188

Kunstrichter, der vom Hintergrunde seiner mit
rotem Samt ausgeschlagenen Loge aus die ihm
dargebotenen Genüsse mit ernster Miene abwog,
eine Reihe von Stücken aufgeführt. Nur Werke
dreier verschiedener Gattungen interessierten ihn:
Wagners Tondramen, Werke von Schiller und
große historische Ausstattungsstücke, die von
mittelmäßigen, aber schlauen Stückeschreibern
verfertigt worden waren; in ihnen spielten vornehmlich Ereignisse und Persönlichkeiten aus der
Geschichte Frankreichs eine Rolle. Ludwig XIV.,
Ludwig XV., die Pompadour, Marie-Antoinette,
Kaiserin Josefine, das waren die Gestalten, die
einige benötigte und auf ihren Vorteil bedachte
Reimschmiede für die Bühne zurechtstutzten und
gewiß sein konnten, aufgeführt und von diesem
wunderlichen Beifallspender beklatscht zu werden. Denn das, was Ludwig von derartigen Auf-
führungen erwartete, war keineswegs ihr Gedankengehalt, ja nicht einmal auf zugkräftige Handlungen kam es ihn an — Wagner hatte ihn für alle
Zeiten damit übersättigt — sondern auf historische
Wahrheit, das stilgerechte Wiederauflebenlassen
einer Zeit und ihrer Umwelt. Er wollte seine Vorbilder leibhaftig vor Augen *sehen*, sie sprechen
hören, sie gewissermaßen bei sich empfangen.
Wenn er auch oft Vorstellungen von *Lohengrin,*

Tannhäuser, Aïda (mit dem „Siegfriedidyll“ als Vorspiel!), *Wilhelm Tell, Maria Stuart, Die Jungfrau von Orleans* befahl, so blieben seine Lieblingsstücke dennoch Arbeiten von Schneegans und Karl von Heigel. Einige hießen: *Die Gräfin Du Barry, Graf von Saint-Germain, Ein Minister unter Ludwig dem Fünfzehnten, Das Alter eines großen Königs, Ein Ball unter Ludwig dem Fünfzehnten, Die Erzählungen der Königin von Navarra, Die Jugend Ludwigs des Vierzehnten, Die Herzogin von Chateauroux, Racines Esther in Saint Cyr, Der Herzog von Burgund, Kardinal Alberoni oder Ehrgeiz und Königstreue.* Wie man sieht, eine erlesene Gesellschaft.

Dieser *Esther in Saint Cyr* schenkte Seine Majestät ganz besondere Aufmerksamkeit. Vorwurf und Gestalten dieses Stückes genossen vor allem seine Gunst. Auch hatte Heigel sein möglichstes getan und die jungen Damen des berühmten Instituts auf einer Szenerie bei Lampion- und Fackelschein im Garten auf und ab gehen lassen, während der Sonnenkönig und dessen Gäste, Königin Anna von England und der jugendliche Prinz von Wales, im Vordergrund auf vergoldeten Sesseln zu erblicken waren. Diese Anordnung wirkte vorzüglich. Ludwig XIV. war im Profil in vorderster Reihe sichtbar, dann nach Rang und

Würde sämtliche Höflinge verteilt, ganz als ob
der Herzog von Saint-Simon persönlich hierfür
gesorgt haben würde. So sah es wenigstens aus.
Ludwig II. schien von allem befriedigt und ließ
Possart wiederholt seine volle Anerkennung über
die Darstellung des Louvois aussprechen. Nichtsdestoweniger benachrichtigte er Possart am
Schlusse der Vorstellung durch einen Ordonnanz-
offizier, er möge sich noch nicht zur Ruhe legen,
da Seine Majestät ihm sogleich beweisen wolle,
er habe den Vorgang falsch inszeniert. Und tatsächlich erschien um Mitternacht ein Bote mit
einem umfangreichen französischen Werk in Pos-
sarts Wohnung, in dem der König auf einige Seiten verwies. Klar ergab sich, daß die Aufführung
Racines nicht im Park gespielt hatte, sondern in
der großen Eingangshalle des Instituts; ferner,
daß Ludwig XIV. rechts von dem kleinen Prinzen von Wales und links von der englischen Königin gesessen hatte; die Dauphine und der Herzog
von Orleans hatten sich rechts an Königin Anna
angereiht; die nicht beschäftigten jungen Damen
von St. Cyr endlich waren mit ihren Lehrerinnen
seitlich rechts und links aufgestellt gewesen, wo-
hingegen die Hofgesellschaft eine Gruppe hinter
den Fürstlichkeiten gebildet hatte. Alles mußte
daher nochmals neu einstudiert werden, um die-

sen schwierig umzugruppierenden, den König
aber wesentlich dünkenden Bühnenvorgang historisch wahrheitsgetreu darzustellen. Ludwig verlangte eine neue Dekoration und wollte das Stück
am übernächsten Abend mit diesen Änderungen
aufgeführt sehen. Possart warf sogleich ein, die
geforderte Anordnung der Mitwirkenden würde
Seiner Majestät nurmehr gestatten, Ludwig XIV.
und die Königin von England von hinten zu erblicken. Allein bereits um drei Uhr morgens traf
der Bescheid ein, es sei dem Monarchen vollkommen gleichgültig, ob die Gesichter dieser erlauchten Personen von ihm gesehen würden oder
nicht, es komme vielmehr einzig auf historische
Treue an.

Wie vieler Hände Arbeit, wieviel Geld und
Sorgfalt wurde der Verwirklichung so schwer
zu befriedigender künstlerischer Absichten ge-
opfert! Denn es handelte sich keineswegs mehr
um ersichtliche, sinnfällige Kunst. Was Ludwig II. jetzt an seinen Liebhabereien entzückte,
war eine Schönheit, die einzig er den Dingen lieh,
die nur für ihn Wertgeltung hatte. War dies nicht
sein Recht? Und wer verbürgt uns, er habe sich
geirrt? Sollte unser Geschmack etwa der berufene
Richter sein? Mag er es immerhin. Aber ist er un-
fehlbar? Der Gedanke, einen Film dichterisch ge-

stalten zu wollen, hätte uns vor zwanzig Jahren nur Lächeln entlockt. Heute dagegen ist bereits sinnliche Anschauung geworden, was man einst nur unsinnlich mit Worten zu erreichen für möglich hielt. Man hört einem Dichter nicht mehr zu, man sieht ihm zu. Er setzt seine Gedanken in Bewegung, Gebärde, Bildausdruck um, und wir erhaschen auf der Leinwand des Lebens geheimes Spiel, das, was sich einst unseren Blicken entzog.

So auch König Ludwig. Er liebte das Phantastische, das Überladene; Porzellane, die keinem materiellen Zweck zu dienen vermochten, deren abstruse Formen seiner Einbildungskraft jedoch ungeahnte Möglichkeiten der Anregung vermittelten. Er ließ sich einen derart mit Ziselierungen übersäten Federhalter arbeiten, daß es lästig war, ihn längere Zeit zu gebrauchen. Desto besser: dann unterblieb eben künftig das Schreiben. Schlichtes Genießen war unmöglich geworden: „Nur ungern senkte sich der Schlaf auf seine Augen in dem mit Schmuck beladenen Bett, unsanft lag der Körper auf den zollhohen Reliefstickereien des Kanapees." Köstlich! Er hatte eine Vorliebe für Stand- und Taschenuhren jeder Art, bestellte sich Dutzende, in Onyx, Email, Lapislazuli, mit Edelsteinen und bildlichen Darstellungen

geschmückte. Sie dienten ihm als gebieterischer
Vorwand, sein zahlloses Personal zu einer Pünkt-
lichkeit anzuhalten, deren Komik nur er genoß.
Er liebte Bildhauerarbeiten, ließ überall welche
aufstellen, wandte sich aber nach flüchtiger Besichtigung alsbald von ihnen ab, um sie nicht
mehr erblicken zu müssen. Aber zwischen Berg
und Ammerland gab es für König Ludwig einen
„heiligen Baum“, vor dem er sich jedesmal mit
entblößtem Haupte tief verbeugte. Er schätzte
Spiegel, Schnitzereien aus Jade und Elfenbein,
kostbar eingelegte Schildpattarbeiten und vertrieb
sich die Zeit damit, sie zu betrachten. Er bewunderte keineswegs ihre Schönheit, vielmehr das
Vollendete, was Handarbeit geleistet. Bei diesen
Gegenständen kam er dem wahren Wesen der
Dinge als dem Gegenteil jenes „Schwindels“ auf
den Grund. Er belauschte, besah und betastete
eine Welt, die keine Sonne der Vernunft mehr
erhellte, sondern trügender Mondesglanz. Indessen, vielleicht bedingt gerade das, was man Wahnsinn nennt, jene andere Färbung des Lichtes, jenen Abglanz des Taggestirns.

Konnte man von einem solchen Menschen erwarten, er bevölkere seine mit erlesenen Dingen
angefüllten Beratungssäle mit Abgeordneten und

Ministern? Die „Staatsfadaisen" widersprachen
derartigem Goldprunk; mochte doch der Teufel
holen, was die Kabinettsekretäre und Verwal-
tungschefs Unwichtiges vorzubringen hatten.
Diese Herren pflegte Ludwig in seinen Bergen,
auf einer Wiese in der Nähe eines Jagdhauses zu
empfangen. An einem frischen, heiteren Früh-
lingsmorgen ergingen dann plötzlich Befehle in
jene Höhen, ein Tisch ward dort ins Freie gestellt,
mit irgendeinem zufällig vorhandenen Tischtuch
bedeckt, Strohstühle herbeigeschafft. Bald vernahm man Pferdegetrappel, und der König erschien mit einer Gefolgschaft von Kutschern und
Reitknechten. Man stieg ab. Der König schritt
allein vor, setzte sich in seinem Reisekostüm an
den Tisch, auf dem Kopfe eine schottische Mütze
mit Bändern. Die Lakaien lagerten sich derweil
im Hintergrund, hielten die Meute am Koppel.
Hierauf trat der Kabinettchef in schwarzem Frack
und weißer Binde heran, den Chapeau claque
unter dem Arm und die Mappe in der Hand. Er
berichtete laut über die Eingänge. Seine Majestät besprach alles kurz und mit strenger Miene,
billigte oder verwarf die Anträge und versah
schließlich das Nötigste mit seinem großen,
schöngeschriebenen Namenszug. All dies war in
wenigen Minuten erledigt. Dann verneigte sich

der Beamte und begab sich nach München zurück.

Nun unterhielt sich der König mit seinem Förster, erkundigte sich über Dinge, die den Wald betrafen, über den Winter, wenn alles zu zwei Dritteln verschneit war, über den kleinen Hausstand hier in der Einsamkeit, und er untersagte noch einmal jeglichen Abschuß von Wild. Der Gedanke an den Tod war ihm an diesen Zufluchtsstätten der Alpen verhaßt. Mochten die Menschen dort unten im Tiefland sich zugrunde richten und wie die Fliegen krepieren, das war ihre Angelegenheit. Allein hier oben auf diesen Höhen, wo nur einige Ziegenhirten mit ihren Herden umherschweiften, mußten Arbeit, Haß und Tod der unberührten Natur ans Herz greifen und sie mit Grauen erfüllen. Wie doch alles, so hoch hier oben, wieder keusch ward! Diese Lakaien, warf Ludwig sich jetzt vor, welch schöne, stolze und gesunde Kinder fertigten sie doch mitunter mit einem zu scharfen Reitpeitschenhieb ab! Standen diese Geschöpfe seinem Herzen nicht nahe? Er vergewisserte sich, daß der Wagen mit dem Kabinettchef auf der sich abwärtsschlängelnden Straße auf Nimmerwiedersehen verschwunden war. Nun stieg ein Gefühl unbezwinglicher Freude in ihm auf. Er rief Stallmeister Hornig herbei – den man in der Residenz den Kanzler nannte – duzte ihn vor allen, verlangte, gleichfalls geduzt zu werden, und ordnete an, daß sogleich hier im Grase Ringstechen und Blindekuh gespielt werde. Er wollte haben, daß man trinke, und alsbald tauchten Flaschen auf. Daß man fröhlich sei, und die Gesichter erhellten sich. Unter diesen einfachen Menschen ward auch er natürlich. Demut beschlich ihn angesichts dieser zufällig vergönnten Morgenweihe mit ihrem frischen Erdgeruch, denn gewöhnlich pflegte er erst mit Sonnenuntergang aufzustehen. Er lachte, scherzte und spielte mit diesen verschüchterten rauhen Burschen, klopfte ihnen auf die Schulter, streichelte ihre zu sanftem Kosen untauglichen Hände. Plötzlich jedoch hielt er inne, wischte sich den perlenden Schweiß von der Stirn. „Ich, der König!" war es möglich? . . .

Nachdem seine Haltung wieder königlicher Würde entsprach, erschrak er vor sich selbst, seine Züge veränderten sich, er bestieg sein Pferd, gefolgt von der noch trunkenen Schar. Und augenblicks war die verdutzte Kavalkade hinter den Zweigen verschwunden.

Schwer ins Gewicht fiel bei alledem Ludwigs schwankes *Ich*. Die meisten Menschen haben ihr

Ich mit sich selbst in Einklang gebracht, kennen
die verborgenen Untiefen ihres Herzens und verstehen es, sich mehr oder weniger fest zu zügeln,
so daß der Gaul nicht mit ihnen durchgeht. Lassen sie sich aber einmal die Zügel schießen, so
sind sie sich doch bewußt, daß die Rennbahn
Hindernisse und Schranken hat, vor denen auf
der Stelle getreten werden muß. Für Ludwig gab
es dergleichen nicht. Er tummelte sein Pferd am
Rande eines Abgrunds entlang, der ins Boden-
lose abfiel. Nachdem alle Hindernisse umgelegt
waren, hielt nichts ihn vor einem Sprunge ins
Ungewisse zurück. Soviel Freiheit beschnitt ihm
die Flügel. Im Augenblick jeden Aufbruches hielt
er inne. Denn wohin aufbrechen und wozu eigentlich? Man bedurfte eines Willens oder Gefühls,
um dem flüchtigsten Wunsche Richtung zu geben, etwas wenigstens, um ihn schmackhaft zu
machen. Wonach jedoch sollte es einen gelüsten,
wenn man nach nichts hungerte? Ach, daß die
Menschen ihr Glück nicht in vollen Zügen zu genießen wußten: Eifersucht, Schmerz und Leidenschaft empfinden zu können, unkompliziert zu
sein und sich von ihren Hoffnungen beschwin-
gen zu lassen!

Ludwig vermochte nicht mehr zu lieben und
zu leiden. Die Leidensfähigkeit war bei ihm mit

der Wurzel ausgerodet, selbst für Freundschaften
aller fruchtbare Boden erschöpft, als ob dieses
Ausroden mit Stumpf und Stiel sich auf die dürf-
tigsten Keime erstreckt hätte. Ohne Bedauern
hatte Ludwig den Prinzen Paul von Thurn und
Taxis aufgegeben, der eine so schöne Stimme
hatte und unlängst noch sein Schwanenritter gewesen war, jetzt aber unter falschem Namen zurückgezogen und unter seinem Stande verheiratet
in der Schweiz lebte, wo es ihm finanziell immer
schlechter erging. Ludwig hatte Baron Hirschberg
wieder ziehen lassen, mit dem es sich doch ganze
Nächte hindurch so trefflich hatte plaudern lassen.
Der Sänger Nachbaur gefiel ihm kurze Zeit über
ausnehmend. Er schrieb ihm etliche Briefe, in denen
Begeisterung aus vergangenen Zeiten undeutlich
nachklang. Hierauf vernachlässigte und vergaß
er ihn. Nun kamen verschiedene Frauen an die
Reihe. Die Schauspielerin Lila von Bulyowsky
zum Beispiel, die am Hoftheater die Maria Stuart
und die Julia spielte. Während ein oder zwei
Spielzeiten überhäufte Ludwig sie mit Geschen-
ken, Blumen und schrieb ihr einen ganzen Stoß
jener schwärmerischen Briefe, die ihm gleichsam
als Ventil dienten, um sich in gewissen Zeitab-
ständen vom Überdruck seines Innern zu befreien.
Schreiben genügte hierzu vollauf. Er unterzeich-

nete Mortimer oder Romeo, spielte seine Rolle und blieb der heimliche Schauspieler leidenschaftlicher Dramen, deren Wollust sich löste, indem sie sich in geschriebene Seiten wandelte, die zwar von brünstigen Liebkosungen handelten, allein einzig das Papier versengten. Mit einem Male ward er dann eines seelenvollen Ausdrucks überdrüssig, der wie das fleischlich Sinnliche alle Formen annehmen konnte; einer Frau müde, die vielleicht nach wirklichkeitsnäheren Freuden verlangte oder auch nur ehrgeizig war, und daher entledigte er sich, allerdings in beleidigender Weise, des „unverschämt werdenden Bulyowsky-Luders". Marie Dahn-Hausmann folgte ihr. Anscheinend besaß sie ein mütterliches und edles Gemüt. Auch mit ihr wechselte er viele, freilich inhaltlich beruhigtere Briefe, die Ludwigs sehnlichen Wunsch erkennen lassen, endlich eine Seele zu finden, die seinen „Haß gegen das Niedrige" teile. In anderer Form taucht hier sein Schönheitsverlangen wieder auf, sein ständiger Vorsatz, Verderblichem zu entrinnen. Leider war Marie Dahn schon fast Großmutter ... Dieser Umstand wirkte immerhin illusionstörend.

Ludwig versuchte es nun mit der Sängerin Josefine Scheffsky, deren Stimme ihn bedingungslos entzückte; aber auch einzig ihre Stimme, denn

im übrigen glich diese dicke Person einer Bräu-
hauskellnerin. Gleichwohl, eine so überzeugende
Stimme reichte fast an das Ideale heran. Der König beschied die Sängerin oft, um sich in seinem
Wintergarten von ihr vorsingen zu lassen, entzog
sie aber durch Pflanzengruppen seinen Blicken.
Eines Tages schenkte sie dem König einen schönen Perserteppich und war damit einverstanden,
daß die Kabinettskasse ihr den dafür ausgelegten
Betrag zurückerstattete, wie dies allgemein üblich.
Jedoch die Spitzbübin ging bei dieser Gelegenheit auf ihren Vorteil aus und forderte das Fünf-
fache. Der Betrug kam dem König zu Ohren.
Ludwig geriet in eine schreckliche Wut, und die
arme Nachtigall büßte nicht nur ihren erlauchten Zuhörer ein, sondern man riß ihr auch am
Hoftheater vor versammeltem Opernpersonal die
Federn aus und jagte sie fort.

Entschieden, es hatte seine Bewandtnis damit,
nur von Angesicht und Wuchs schöne Menschen
konnten zugleich auch schöne Seelen haben. Ludwig suchte sich künftig seine Minister nach Photographien aus. Trotzdem aber empfing er sie nur
mit steigendem Widerwillen, verbarg sich während der Audienzen hinter einer spanischen Wand,
oder er ließ ihnen gar seine Befehle durch
Schriftstücke zukommen, die er einem seiner La-

kaien diktiert hatte. Nur flüchtig pflegte er sie
nochmals durchzulesen, verbesserte eigenhändig
die mangelhafte Rechtschreibung und hielt es für
unnötig, eine Reinschrift anfertigen zu lassen, da
solche Schreiben ja bereits von ihm unterzeichnet
waren: „Ich, der König" oder „Yo El Rey", was
jeden weiteren Kommentar erübrigt.

Daß der Landtag ihm alljährlich seine Zivilliste mit viereinhalb Millionen genehmige und
ihm außerdem die Millionen verschaffe, deren
er zum Bau seiner Schlösser bedurfte, war alles,
was er von den Gesetzgebern verlangte. Politik
blieb ihm völlig fremd. Seine Familie übrigens
auch. Die eigene Mutter, die er nie geliebt, von
ihr sprach er nunmehr als von der „Gemahlin
seines Vorgängers" oder auch von der „Inhaberin
des 3. Feldartillerie-Regiments". Ludwigs Bruder
Otto war geisteskrank und interniert: weshalb
hätte er ihn besuchen sollen? Seine Vettern und
Kusinen hatten die Beziehungen zu ihm abgebro-
chen, Elisabeth von Österreich allein ausgenommen. Die „Taube" aber, gleich ihm eine einsame
Felsentaube geworden, auch sie zog sich lieblos
und ohne Erbarmen mehr und mehr von den
Menschen in eisige Regionen zurück. Niemals war
Ludwig so allein gewesen, niemals ihm Einsamkeit notwendiger erschienen. Niemand durfte

während dieser Krisen sich seiner Person zu sehr
nähern; auch veranlaßten diese ihn, immer ent-
legenere Stätten seiner Berge aufzusuchen. Seine
Lakaien hatten Befehl, mit zu Boden gesenkten
Blicken vor ihn hinzutreten. Es war untersagt,
den König anzusehen oder zu berühren. Kein
Arzt, kein Chirurg, nicht einmal ein Zahnarzt
wurde bei seiner Majestät mehr vorgelassen. Was
lag daran, daß seine Zähne kariös wurden, zu
wackeln begannen und ihm infolge übermäßigen
Genusses von Süßigkeiten ausfielen? Schönheit
war bei Fürsten unnötiger Luxus und nur dem Volke
nötig. Allein die Österreicherin dachte in dieser
Hinsicht nicht wie er. Elisabeth pflegte ihren heid-
nischen Leib, erhielt ihn durch allerlei körperliche Übungen geschmeidig. Jeden Vormittag besah sie die Formen ihrer Reiterinnenbeine, ihrer
jungenhaften Brust, die weichen Linien ihrer langen Arme, die in zarte Hände ausliefen, in ihrem
Spiegel auf der Hofburg. Die Kaiserin hatte sich
die Erhaltung der Jugend zur einen ihrer Lebens-
aufgaben gemacht. (Die andere bestand darin,
durch möglichst eindringliches Erkennen zu be-
dingungsloser Menschenverachtung zu gelangen.)
Ihr bayerischer Vetter hingegen kümmerte sich
weder mehr um sein Aussehen noch um schlanke
Linie. Mit fünfunddreißig Jahren hatte er ein

aufgedunsenes Gesicht, einen gewaltigen Nacken, einen verschwommenen Blick, und seine lange, ehemals frauenhafte Gestalt hinterließ schon fast den Eindruck eines Riesen. Der zierlichste der Götter aus Wagners Walhall war ein schrecklicher Fafner geworden. Wenn er seine Saumpfade im Gebirge emporstieg, dann sahen ihm die Bewohner der umliegenden Weiler von weitem erstaunt und erschreckt nach. Man beobachtete, wie er stehen blieb, keuchte, sich die enorm hohe Stirn abwischte, den Kopf zur Seite warf wie ein spähender Vogel, um dann weiterzuschreiten mit seinem wunderlich theatralischen Gang.

Auf dem Schachen im Wettersteingebirge, zweitausend Meter über dem Meeresspiegel, hatte er sich ein trostloses Jagdhäuschen in maurischem Stile erbauen lassen; eine Art Adlerhorst, woselbst er am 25. August seinen Geburtstag ganz allein zu feiern pflegte. Da geschah es einst, als Ludwig mit einem seiner Jagdgehilfen im maurischen Salon plauderte, dessen ins Freie führende Türe weit offen stand, daß sie plötzlich einen schwarzen Bergziegenbock hereinkommen sahen. Das Tier trat näher heran, wurde verängstigt und rannte nun ungestüm gegen Spiegel, Stühle und Porzellane ... Der Jagdgehilfe wollte sich auf das Tier stürzen, um weiteren Schaden

zu verhüten, allein der König wehrte ihm. Und da
der Biedere sich hierüber wunderte und seinen
Herrn fragte, warum er den Bock seine kostbaren
Einrichtungsgegenstände umwerfen lasse, entgegnete der Monarch: „Weil dieses Tier nicht lügt.“
Eine Antwort, die Tiefen seines Gemütslebens
offenbart. Denn für Tiere derartiges Verständnis
zu zeigen, ohne versuchen zu wollen, sie zu stra-
fen, um sie dabei *abzurichten* oder sich an ihnen
zu rächen, ist nur Menschen gegeben, denen sich
die Liebe wahrhaft erschlossen.

Einzig menschliches Tun und Treiben entzog
sich seinem Fassungsvermögen und flößte ihm
Angst ein. So vornehmlich jenes der Sozialdemo-
kraten, die er alle Anarchisten gleichstellte. Gegen
Tiere und die Natur hingegen war nichts einzuwenden. Ludwig liebte die entfesselten Elemente,
den Winter, den Schnee, die Nacht. Seinen Kutschern und Vorreitern ward oft angst und bange,
wenn der Prunkschlitten um ein Uhr nachts an-
gespannt werden mußte und Ludwig zu einer
Fahrt über tiefverschneite Wege aufbrach. Dann
achtete er ihrer Befürchtungen nicht. In seinem
offenen, mit Straußfederbüschen verzierten
Schlitten, der einer goldenen Wiege glich, dem
Winde ausgesetzt, hörte er es nicht, wenn sie in
ihren historischen, der Zeit Ludwigs XV. nachge-

bildeten Livreen vor Kälte schlotterten und seufz-
ten. Einige waren darunter, die laut aufheulten
vor Schmerz. Hornig und Hesselschwerdt, die beiden Getreuen, mußten dann die fast Ohnmäch-
tigen ersetzen oder ritten zum Erkunden des Weges vorauf. Ludwig, in seinen Sommermantel gehüllt, überließ sich Träumereien. Der Mond bereitete ihm Freude. Er zählte die Nachteulen. In
Gedanken entwarf er Pläne zu einem neuen
Schloß, zu „Falkenstein“, dem vierten und letzten seiner Tetralogie. Falkenstein, das Nest des
Falken. Dieser Bau würde sich hoch über dem
Felsen erheben, ihm verbunden sein, zu einem
Ganzen mit ihm verschmelzen, ein düsteres Sinnbild, hehr, dunkel, einsam aufragend. Welch
herrliche, phantastische Anregung hatte er den
Künstlern noch zu unterbreiten! Welche Musik
verhieß dies Werk der Seele! Allein, wenn sein
Kabinettchef ihm die Kredite dazu verweigerte?
Denn mit Schafsköpfen mußte man stets rechnen... Nun, dann wollte er lieber sterben, das
war die einfachste Lösung. Er würde sich töten.
Bei Morgengrauen in sein Arbeitszimmer zurückgekehrt, schrieb er an Hofsekretär Bürkel:
„Wenn ich nicht mehr bauen kann, kann ich nicht
mehr leben.“ Solch törichte Gedanken durften
indessen nicht aufkommen. Sofort griff Ludwig

nochmals zur Feder und beruhigte sich, indem er
Befehle erteilte: „Ich verlasse mich fest darauf,
die Abbildungen von kaiserlichen Schlitten bal-
digst zu erhalten." – „Verschaffen Sie mir sogleich Kupferstiche, das Innere des Schlosses
St. Cloud." – „Da die Photographie bei Braun nach
dem Kupferstich ‚Marie Antoinette steigt beim
hôtel de ville aus‘ kleiner als das Original ist,
möge der Hofphotograph Albert sofort nach
Paris reisen, um eine Aufnahme des Aquarells
bei Goncourt in der genauen Größe des Originals
vorzunehmen."

Am meisten brachte ihn auf, wenn er französische Namen oder Wörter falsch aussprechen
hörte. Ludwig war seiner Muttersprache, seines
Volkes, dieses ihm allzu bekannten Landes müde.
Mitunter liebte er es, „im Kostüm Ludwigs XIV.
mit Krone und Szepter nächtlicherweile auszu-
fahren." Ein großes Projekt trieb ihn um:
irgendwo, in fernen „Landschaften von stiller,
erhabener Schönheit" als absoluter Monarch regieren zu können. Geheimrat von Löher wurde
auf Kosten des Königs in die Welt gesandt, diese
Thebaïs zu entdecken und über ihren Ankauf zu
verhandeln. „Und wie bezahlen?", warf Hornig
ein. Bei dieser Frage, heißt es, habe sich Ludwig
in ganzer Größe aufgerichtet, um dem Kutscher-

kanzler das entsetzliche Geheimnis ins Ohr zu
raunen: „Indem wir Bayern dagegen ein-
tauschen!“

Allein, nachdem Herr von Löher von seiner
Reise zurück war, berichtete er Seiner Majestät,
er habe nirgends ein verfügbares Königreich gefunden.

XIII

ZWISCHENBEMERKUNG

IM Zuchthaus zu Reading schrieb Oscar Wilde:
„Wer wahrhaft nach Liebe begehrt, der wird
sie bereit finden." Mag ein Einsamer es hoffen,
ein Künstler aussprechen, also willfährig erweist
sich die Liebe kaum, selbst dem Würdigen und
dem Wüstling nicht. Und dennoch, es gibt in die
Liebe Verliebte, gibt Geschöpfe, die ihrer zeit-
lebens harren. Manche scheinen zur Liebe erkoren, und doch schreitet sie achtlos an ihnen
vorüber. Andere werden mit einem Hunger nach
ihr geboren, den kein Herz je sättigt. Die wenig-
sten aber berührt sie zunächst mit frischen, sanft
liebkosenden Lippen, um dann die Qual immer
heißeren, sengenderen Kusses zu einem allesbe-
herrschenden, unerträglichen Schmerz zu steigern. Jedoch um dieser Umarmung willen ist jeder zu erdulden bereit, was es auch sei. Die schönsten Frauen werden es hinnehmen, durch Leid zu
altern. Und die es dürstet, werden gierig aus jedem trügenden Quell schlürfen.

Denn im tiefsten Herzensgrund ahnen wir alle, daß es einzig der Schmerz ist, dieser wahre Erwecker zum Leben, der uns zu vervollkommnen vermag. Die zuerst als höchste Lust erlebte Liebe leistet bald nurmehr mit Stolz ertragenen Martern Vorschub, weil sie es sind, die uns in unseren eigenen Augen aus der Knechtschaft des einfachen Triebes erlösen. Und ist jedes heiligste Fühlen der Verehrung, jeder unwahrscheinlichste Glaube entschwunden, alles Hoffen enttäuscht, jede Möglichkeit erschöpft, dann beugen wir uns ehrfürchtig dem Erdulden jener Qual, welche die Menschen mitunter höchste Wunder vollbringen läßt. Unbewußt ehren wir sie. Jene selbst sehnen sie hierbei, die nur nach Sinnenlust zu trachten vermeinen. Wahrlich, in dem nur vermag der Schmerz nicht zu zeugen, der unfähig ist, ihn zu ertragen. Er ist größer als die Liebe, denn er begreift sie in sich. Aus keinem anderen Grunde hat Christus sich den Schmerzensreichen genannt. Jeder große Liebende ist ein Schmerzensmann.

Als ich Liszts Roman des Lebens schrieb, hatte ich zu Beginn nur den großen Liebenden vor Augen, ein schlichtes und begeisterungsfähiges Herz, dessen Offenheit und Reinheit an sich schon die treibende Kraft seines Wesens zu offenbaren schien. Allein, da ich tiefer in das Verworrene

dieses Daseins drang, ward ich inne, daß es in
steigendem Maße sich dem Schmerz neigte. Behutsam, gleichsam erschreckt zunächst wandte
Liszt sich ihm zu. So viele Freuden blühten vor
ihm in den übervollen Sälen erfolgreicher Kon-
zerte auf, daß es ihn beinahe töricht dünkte, sie
nicht alle zu pflücken. Jedoch fast alsbald sah
ich ihn beunruhigt und mit scharfem, prüfendem
Blick nach dem Leiden spähen. Bereits hielt er
inne auf leichtem Siegeszuge, schwenkte ab auf
gefährliche Wege, brach dann erbarmungslos auf,
der heimtückischsten Hindernisse und seines
Ruhmes nicht achtend, um sich selber zu suchen.
Nun ward ihm der Schmerz zuteil, dem auf den
Fersen folgten: Opfer, Verzicht, Ungerechtigkeit,
Verständnislosigkeit, bitterer Spott und Armut.
Allein er hielt aus. Denn wer die Stimme seines
Innern vernommen, wer das Salz seiner Tränen
gekostet, der entsagt nicht mehr leichten Herzens.
Er wird erkennen, daß das tiefste Mysterium und
wahrhaftige Schönheit nur im eigenen Herzen er-
blühen. Von diesem Augenblick an vermochte
Liszt sich selber auszusprechen, Harmonie und
Dissonanz seines Wesens zu gestalten, seine Sen-
dung zu erfüllen. Und weil er nicht daran dachte,
sich selbst aufzugeben, hat er uns überdies sein
Beispiel gewiesen. So ward er zum Künstler und

Schöpfer. Hätte er sich als Virtuose ohnegleichen damit begnügt, in seinem Jahrhundert der Meister des Klaviers zu werden, dann würden von ihm einzig das Andenken an einen großen Liebenden, seine Transkriptionen und seine Rhapsodien übriggeblieben sein. Allein Liszt, der vielgeprüfte Schmerzensreiche, hat uns seine Sonate und sein Vorbild als Mensch hinterlassen.

Vergegenwärtigen wir uns nun Ludwigs II. Lebensgeschichte, so finden wir uns der Umkehrung des Problems gegenüber. Seine Kindheit hatte der Haß vergiftet. Zufällig dazu bestimmt, eine Krone zu tragen, blieb es selbst geistig sein einziges Streben, seine phantastische Einbildungskraft zu verwirklichen. Ihr spiegelndes Prunken verzerrte hochmütig alle Landschaften der Seele, verkehrte Gesichte in Plattheiten; sie verabscheute Wahrheit; Größe schien ihr unendlich klein; Kraft verletzend, und was die Liebe betraf, die niemand ihn je gelehrt, so ersann sie Ludwig sich selbst und ließ sie, reich ausgeschmückt, seinem Hirn entspringen. Dies läßt in etwas begreiflich erscheinen, wie es diesem Jüngling mit dem Engelsantlitz möglich war, sich in einen bereits alten, unschönen Mann zu verlieben, um ihn mit jungfräulich leidenschaftlicher Glut zu umwerben. Plötzlich erwacht, empfand er eine echt weib-

liche Liebe, die jedoch seinem Träumen und nicht
seiner Sinnlichkeit entsprang. Gleichwohl, der
Schmerz blieb diesem unwirklichsten Brautbett
fern. Und somit die Wollust. Alle Geistesverwir-
rung der Folgezeit geht auf die Tatsache zurück,
daß Ludwig tunlichst dem Schmerz aus dem
Wege ging. Nie hat er sich von ihm übermannen
lassen. Gleich einem ungebetenen Gast hielt er
sich ihn in seinen Schlössern vom Leibe. Ihm
galt der einzige Krieg, den er je geführt. Darum
auch hat sich schließlich der Schmerz so grau-
sam an ihm gerächt. Niemals vermochte Ludwig im Leben etwas zu Ende zu führen, nie irgend etwas entscheidend zu wollen, nie etwas
wirklich zu vollenden. Schöpferische Betätigung
ward bei ihm vornehmlich zu einem widernatür-
lichen Akt. Denn um schöpferisch handeln zu
können, muß man zu leiden wissen, sei es nun in
der Liebe, in seinem Stolz, in geistiger Hinsicht,
sei es dadurch, daß man sich klein und erbärm-
lich dünkt. All dies aber ersparte sich Ludwig
vorbedacht. Er sah Wagner scheiden und hielt
ihn nicht zurück. Er liebte sein Volk nicht. Er
verteidigte seine Krone schlecht und keineswegs
ihm Befreundete.

All das Pathetische seines Wesens, die Kunst,
die er förderte, seine Liebe, all dies entsprang

seiner außergewöhnlichen Illusionsfähigkeit, die
ans Geniale grenzte. Seine beklagenswerten
Schlösser, gedenkt man ihrer, so muten sie einen
wie Schauerdramen an. In ihrer bukolischen, eher
bedrohlichen als heiteren Landschaft zum Himmel aufragend, wirken sie wie ein schmerzliches
Eingeständnis der Ohnmacht, wie ein ungeheuerer
Aufschrei. Und wenn die bayerischen Landbe-
wohner an ihnen vorüberkommen und sie grüßen,
so mag es vielleicht deshalb geschehen, weil es
trotz alledem etwas an ihnen zu bewundern und
zu lieben gibt. Nicht etwa ihre Mauern, ihren
Marmor oder ihre Bildwerke, sondern das, woran
Ludwig selber nicht gedacht hatte, daß man es
hier einst finden würde: seinen Geist.

Wenn wir an Helsingör und dessen Schloß-
terrasse denken, dann ist uns Hamlet das in pech-
schwarzer Nacht nahende und wieder entschwin-
dende Gespenst, nicht etwa sein Vater oder der
König, auch die Königin oder Ophelia ist es
nicht. Es ist das Wahnbild irgendeines Wesens,
das im Irdischen nichts zu vollenden vermochte,
dessen Seele jedoch *Schauplatz* des Gedankens
ist. Wer die bayerischen Königschlösser besucht,
dem drängt sich spukhaft dieser andere bleiche
Einsame in Trauerkleidung auf, mit seinem lustig
aufgekrempelten Jagdhut, seiner genialen Stirn

und der tragischen Ohnmacht seines Herzens. All
die Gestalten seines Lebensdramas, seien es nun
Personen obskurer Herkunft, wie seine Kutscher,
oder berühmte Persönlichkeiten, wie Wagner,
Bismarck und Elisabeth von Österreich, haben
ausgesprochen, was sie gewollt und getan. Aber
der König der Gaukler schwieg sich aus. Zweifelsohne hatte er bereits zu sehr den Kontakt mit
den Menschen verloren, um es der Mühe wert zu
erachten, sich zu erklären. Eines Tages schrieb
er an Marie Dahn: „Ein ewiges Rätsel will ich
bleiben, mir und anderen.“

Ein kindlicher Ausspruch — oder der eines
Schauspielers, eines Schauspielers, der schreibt
und dabei die Rolle in seinem Stück spielt. Allein,
wie schon sein Vetter Hamlet sagte: „...das Stück
gefiel dem großen Haufen nicht, es war Kaviar
fürs Volk...“

XIV

DIDIER UND DER MARQUIS VON SAVERNY

IM Vorfrühling des Jahres 1881 bekam der König, der in seinen Bergen weilte, von Possart, dem Schauspieldirektor des Hof- und Nationaltheaters, etwas recht Merkwürdiges zugesandt: zwei Photographien, ohne weitere Erläuterung. Sie stellten einen nicht übermäßig schönen, aber sympathischen jungen Menschen dar, der intelligent in die Welt blickte. Auf der Rückseite stand sein Namenszug: Joseph Kainz. Generalintendant von Perfall urteilte sehr abfällig über den neuen Schauspieler, das wußte Seine Majestät. Es war jedoch anzunehmen, Possart sei anderer Meinung. Und er konnte impertinent sein, dieser gerissene Theaterleiter. Der König lächelte und warf die beiden Bilder in eine Lade.

Joseph Kainz hatte in München bei seinem ersten Auftreten enttäuscht. Er war einer jener Künstler, denen nicht gleich alle Herzen entgegenschlagen. Das Besondere solcher Naturen vermag sich erst allmählich durchzusetzen, ist mehr geistiger, unwägbarer Art. Eines Tages dann aber ist ihr Empfindungsvermögen so innig mit dem der Zuschauer verschmolzen, daß man einzig noch ihrer Stimme lauscht, jeder Gefühlsregung folgt und entzückt ist von so viel begnadeter Kunst. Bevor er einer der hervorragendsten Darsteller Deutschlands wurde, hielt man Kainz für mittelmäßig, ja unzureichend. Herr von Perfall war deshalb nicht wenig erstaunt, als er die Allerhöchste Ordre empfing, unverzüglich *Marion de Lorme* von Victor Hugo einzustudieren und die Rolle des Didier besagtem Joseph Kainz anzuvertrauen. Seine Majestät wünschte, daß das Drama im Hoftheater als Separatvorstellung demnächst, und zwar am 3o. April gegeben werde.

Es entbehrt nicht des Komischen, daß der monarchistischste aller Monarchen die Aufführung dieses republikanischen Stückes Victor Hugos befahl, das die Zensur einst unter Karl X. verboten hatte. Wie paradox, einen König von Frankreich, ja, was noch schlimmer war, den Vater Ludwigs XIV. in einer übertriebenen Satire sehen zu wollen, in der er verspottet wurde. Mit Fug und Recht würde man sich hierüber wundern, wüßte man nicht, daß dieser Bayernkönig Paradoxem sehr

zugetan war, aber keinerlei Sinn für Ironie besaß. Allein er hatte das Werk eingehend gelesen
und verband damit im Geiste drei Vorstellungen.
Wie stets aber in solchem Falle trat angesichts
dieser Vorstellungen der ideelle Gehalt des
Stückes zurück. Vom Drama selbst blieb nichts
übrig. Sein Wert war gleich Null. Die Fabel?
Nichtssagend. Marion de Lorme? Eine nebensächliche Wimmerrolle. Jedoch da war Didier,
dies denkbar edelste Gemüt; der Marquis von Saverny, ein vollendeter Edelmann, sowie der König. Eine Strohpuppe von König zwar, schlapp
und schwächlich. Doch sagte und tat er auch
nichts, was Tatkraft verriet, so sprach er dafür
dichterisch gefärbte Wahrheiten über sich selbst
in einer Weise aus, die berückte. Das imponierte
doch *auch* und bewies, die königliche Majestät
überdauere alle Erniedrigungen. Deswegen hatte
ihm Victor Hugo wohl, unbeabsichtigt vielleicht,
seinen klangvollsten Redefluß vorbehalten.

„In Frankreich Erster, ich, soll hier nun
            Letzter sein!
Ich tauschte für mein Los ein Wilderer-
            los wohl ein.
Tagsüber jagen, oh! ganz ungezwungen
            tun

Und lassen, was man will, nachts unter
        Bäumen ruhn!
Des Königs Förster spotten! bei Sonnen-
        aufgang singen,
Und wie ein Vogel frei mein Dasein zu
        verbringen!"

Das waren Verse, tiefgründige Aufschlüsse! Und sie verrieten Neigungen Ludwigs XIII., die den seinen entsprachen. So war er denn tief bewegt, als am Abend des 3o. April der König von Frankreich, die Krone auf dem Haupt, ein Saverny, in Gestalt eines edel hochherzigen Standesherrn, und dieser düstere und leidenschaftliche Didier auf der Bühne seines Theaters auftraten. Stielgläser waren ja keine auf die Loge Seiner Majestät gerichtet. Nach jedem Akt ließ der König den Künstlern „für die wundervolle Darstellung" danken, und in der selben Nacht noch empfing Didier als Beweis der königlichen Gunst einen allzu großen Saphir, als Ring gefaßt.

Didier – nicht etwa Kainz. Glücklicher Didier, naiver Kainz! Er glaubte, der belohnte Künstler zu sein. Die Auszeichnung aber galt dem Geliebten Marions, dem Freunde Savernys, einem seelenvollen, liebeskranken Jüngling, ihm, der in die Leere des Zuschauerraums schmetterte:

„. . . Hätt' ich von ungefähr auf meines
Lebens Bahn
Ein Menschenherz gefunden, erfüllt noch
ganz vom Wahn . . ."

Didier, wahrlich, er war damit gemeint – nicht
Kainz, dieser Einfaltspinsel! Bei der nächsten
Aufführung, die Ludwig vier Tage darauf befahl, überstrahlte der Saphirring alles; die ganze
Szene war in Blau getaucht, kein Didier mehr da,
übriggeblieben einzig ein Joseph Kainz als eitler
Star. Das enttäuschte. Der König jedoch wollte
es auf einen weiteren Versuch ankommen lassen
und ließ sagen, das Tragen des Saphirs passe
nicht zur Rolle. Das Stück ward daher am
10. Mai wiederholt. Wiederum trat Didier auf,
doch diesmal ohne Ring. Alles ging gut, und
Seine Majestät überlief es beim Klange der wunderbaren Stimme.

Ungefähr drei Wochen später wurde Kainz,
während einer Morgenprobe zu Richard III., hinter die Kulissen gerufen, woselbst ihm ein Unbekannter, der Marstallfourier, eine Einladung überbrachte. Es handelte sich darum, unverzüglich
nach Schloß Linderhof zu fahren, um dort drei
Tage lang als Gast des Königs zu weilen und ihn
durch Rezitationen zu zerstreuen.

Kainz konnte sein Glück machen, vielleicht sogar berühmt werden. Er stürzte nach Hause, zwängte den Frack in seinen kleinen Handkoffer, während Mutter und Dienstmädchen alles durchwühlten, um eine weiße Krawatte zu finden, und sauste hinauf mit den Worten: „Also Servus beieinand, mehr als hingricht kann i net wern“ die vier Treppen hinunter. Er stieg in einen Zug, dann in einen Hofwagen und langte nachts in der elektrisch erleuchteten „Blauen Grotte“ an, wo der Schutzgeist der Berge gerade die Schwäne fütterte. Kainz verneigte sich und verharrte in dieser Haltung ... verharrte lange so und wartete. Schließlich ward Ludwig diesen untertänigen Sklaven gewahr, sprach ihn an, erkannte ihn wieder und unterhielt sich freundschaftlich mit ihm. Kainz antwortete so frisch und natürlich wie möglich.

Was? Wie? Pardon? Ich verstehe nicht. Was soll mir diese Krämerseele? Ohne Zweifel ein Streich Hesselschwerdts. Das soll Didier sein? Was ist aus seiner Stimme geworden? Wohin der seelenvolle Blick? Es liegt ein Irrtum vor. Ich erwartete Orpheus, mein Herr, keinen Kleinbürger im Sonntagstaat. Wie, Joseph? Kainz? Kenne ich nicht. Empfehlen Sie sich, mein Herr. „Bürkel, nehmen Sie ihn sofort wieder mit nach

München. Der junge Mann hat als Didier ganz anders gesprochen; nein, nein, er interessiert mich nicht."

„Majestät, ein so plötzlicher Abbruch der Einladung muß seine Stellung am Theater schädigen", wagte der Hofsekretär einzuwenden.

„Nun, meinetwegen kann er ein paar Tage hierbleiben. Aber daß ich ihn nicht mehr sehe."

Bürkel klärte Kainz auf. Er müsse wieder Didier werden, sein Theaterpathos aufnehmen. Zum Teufel auch, er möge zu schauspielern beginnen! Er sei nicht als Gartenbauliebhaber hier, sondern als patentierter Hofschauspieler. Am folgenden Tage ließ Ludwig ihn rufen, führte ihn durch Schloß und Parkanlagen und begann, einen „netten jungen Mann" in ihm zu sehen. Diesmal verlieh der Schauspieler in Kainz seiner Begeisterung in schwungvollen Worten Ausdruck, rezitierte Verse und antwortete im gewünschten Tonfall. Nun ging plötzlich in der Tiefe des königlichen Herzens die Sonne auf. Man reichte sich den Arm, nahm gemeinsame Mahlzeiten ein, trank auf das Wohl von Mutter Kainz, machte sich Geständnisse. Aus drei Tagen wurden sechs, dann zwölf. Kostbare Uhren regnete es in die Taschen des Freundes. Brillanten fingen an, seine Finger zu zieren. Daheim sollte ein Goldbecher

die Kommode schmücken, den Wagner hätte gesandt haben können. Nimm, es sei dein! Hier Ori-
ginalzeichnungen zur Tellsage. Denn auch Wilhelm Tell, dieser berühmte Eidgenosse und Republikaner, war ein erklärter Liebling des Königs. Er liebte sie, diese Republikaner, bei seinen
Nachbarn und in der Geschichte. Das waren tap-
fere Leute, die stets schöne Worte sprachen, wenn
sie sich töten ließen. Schiller hatte ihrer viele gestaltet. Wohlan, Freund Didier, rezitiere uns
Schiller, und zwar mit Donnerstimme.

Didier trug vor. Welch ein Wunder! Diesmal
war es ganz Didier, Savernys Freund. Zu schade
nur, wie rasch die Zeit verrann. Eine Reise ins
Land der langen und kühlen Nächte, der kurzen
und heißen Tage sollte man zusammen doch unternehmen. Nach Spanien zum Beispiel. Allein
Bürkel erhob Einwände wegen der „Fadaisen"
der Politik. Wie ärgerlich! Dann nach der
Schweiz? Gewiß, nach der Schweiz, dem Lande
des ehrwürdigen Wilhelm Tell, dem See Richards, den Bergen der Walküre. Dort gab es
treffliche Winkel mit Käse und weißem Wein,
mit Hirten in Tracht als Staffage dazu, Dämmer-
geläute, blitzsaubere Herbergen und jenes wun-
dersam demokratische Glück der Freiheit.

Kainz war wieder abgereist, als Ludwig ihm

kurz darauf schrieb: „Ich möchte ... wahrscheinlich Montag, den 27. d. M., eine kleine Reise ...
unternehmen; aber nur dann, wenn Sie Lust hät-
ten mitzureisen ... Falls Sie ... keine Muße zum
Schreiben haben, sind Sie vielleicht so gut ...
... mir mündlich durch Hesselschwerdt Ihren
Willen erkennen zu lassen. Heute hatte die Kaiserin (Elisabeth von Österreich) die große Güte,
mich hier zu besuchen, was mich hoch erfreute.
Nun zum Schluß, teurer Bruder, herzlichen Gruß
von Ihrem freundschaftlich gesinnten Ludwig.“
Bürkel indessen gab noch einige lächerlich er-
scheinende Ratschläge; zum Beispiel den, als
weiteren Reisebegleiter einen „adeligen Kavalier“
mitzunehmen. „Ginge es ohne einen solchen nicht,
was aber unmöglich der Fall sein kann, würde ich
eher auf die ganze Reise verzichten. Der takt-
losen Zudringlichkeit der dortigen Fremden aus-
zuweichen, ist sehr nötig. Hoffentlich ist für uns
ein wohnliches Privathaus an den Ufern des klas-
sischen Sees zu bekommen ... Tausend herzliche
Grüße, geliebter Bruder, teuerer Didier, von
Ihrem freundlich gesinnten Ludwig Saverny.“
Saverny, dieser Name allein, dann der schöne
Marquis als Beschützer des zufällig gefundenen
Didier, des kindlichen Gemütes, wie sinnvoll,
glücklich fügte sich all das zusammen! Seine Ma-

jestät ließ alsbald zwei Pässe ausfertigen, die auf
die Namen dieser beiden Gestalten Victor Hugos
lauteten, und genoß die Vorfreude, die Reise auch
im Sinne des Standesregisters als ein anderer anzutreten.

So fuhr man denn am 27. Juni nachts 10 Uhr
mit Extrazug und wenigem Gefolge ab, das immerhin noch aus acht Dienern, zwei Köchen, Fri-
seuren, Bediensteten und dem unentbehrlichen
Hesselschwerdt bestand. Am nächsten Morgen
entstiegen die Reisenden dem Zug bereits in der
Umgegend von Luzern, in Ebikon, um dem König
den Anblick der neugierigen Menge zu ersparen,
und die Fahrt nach der Dampferstation wurde im
Wagen fortgesetzt. Allein das Schiff traf ver-
spätet ein, die Landungsbrücke war schon dicht
mit begeisterten Eidgenossen besetzt, und ein ganz
bewimpeltes Schiff mit festlich herausgeputzter
Bemannung legte an. Der Kapitän schritt seinem
hohen Fahrgast entgegen und begrüßte, die Mütze
in der Hand, „den Herrn Marquis von Saverny‟,
indem er ihn mit „Majestät‟ ansprach. Darauf
nahm man an Bord ein Frühstück ein. Gegen
Mittag erreichte man Brunnen. Hier hatte sich
eine riesige Menschenmenge angesammelt, die
Häuser waren beflaggt, Nationalhymnen erklan-
gen, und ein mit vier Kleppern bespannter

226

Hotelwagen stand bereit. Der Marquis von Saverny gab daher Befehl, nicht anzulegen, sondern mit Kurs auf Flüelen weiterzufahren. Man kreuzte nun auf dem See, um schließlich bei der Tellskapelle zu landen. Hier äußerte jedoch der Marquis den Wunsch, Didier möge allein aussteigen, um die geweihte Stätte zu besuchen und die historischen Wandbilder zu besichtigen, an denen Stückelberg damals noch arbeitete. Didier ward folglich an Land gesetzt, wo ihn der Künstler in Person erwartete und ihn untertänig willkommen hieß: „Majestät, Euere Anwesenheit...“ Der Schauspieler war äußerst bestürzt, verneigte sich seinerseits, wagte aber nichts zu entgegnen, und die Besichtigung verlief unter feierlichstem Schweigen. An Bord zurückgekehrt, berichtete Didier den Vorfall und erklärte, wie peinlich es ihm gewesen sei, für den König gehalten zu werden. „Ist das so fürchterlich?“ entrang es sich Ludwig, dessen Züge sich diesmal begreiflicherweise verfinsterten. Wohl oder übel mußte man sich schließlich jedoch in sein Schicksal fügen und das Schiff verlassen, und da keine Absperrmaßnahmen getroffen werden konnten, drängten sich der Herr Marquis und sein Freund durch das Menschengewühl, freundlich lächelnd und grüßend. Dann stiegen sie in einen Wagen, um sich zu dem auf einer Anhöhe gelegenen Hotel Axenstein zu begeben. Unter lebhaften Hochrufen fuhr das Gefährt bergan, als plötzlich die Wagendeichsel brach. Der Wagen rollte zurück, die schier unvermeidliche Katastrophe aber ward durch eine Steinbrüstung aufgehalten, der Marquis sprang aus dem Wagen und half auch Kainz rasch heraus. So verlief dieser erste Tag der Schweizerreise.

Gleich am nächsten Tage entschloß man sich, das Hotel zu verlassen, dessen Personal es sich nicht nehmen ließ, den Marquis ständig wie eine Schar unerwünschter Leibgardisten zu umgeben, ganz zu schweigen von all den gedungenen Aufpassern und andern Klatschmäulern. Schließlich gelang es, die nächst dem Mythenstein gelegene Villa Gutenberg als passende Unterkunft zu erkunden, deren Besitzer, Verlagsbuchhändler Benziger, sie dem König bereitwillig und gratis zur Verfügung stellte. So waren denn endlich die erhofften Tage gekommen, die Tage in ländlicher Stille, die Stunden der Ruhe, der Rezitationen im Park unter Bäumen. Nun konnte man in der Dämmerung dem Klang der Alphörner und Jodlern lauschen, all die von Saverny erträumten landschaftlichen Eindrücke in sich aufnehmen, um Erinnerungsbilder an eine so schöne Freundschaft zu sammeln. Ja selbst ein Feuerwerk, wie unlängst noch auf der Roseninsel, ward zu Ehren der Gäste abgebrannt. An den Nachmittagen unternahm man Ausflüge im Wagen, bewunderte nacheinander die Stätten der Tellsage. Dabei fiel einst in Amsteg im „Sternen" dem Marquis ein Buch von Hauff in die Hände: „Der Mann im Monde oder der Zug des Herzens ist des Schicksals Stimme". Und da ihm der Titel gefiel, mußte Didier es übernehmen, das Werk sogleich vorzulesen. Dies dauerte von vier Uhr nachmittags bis elf Uhr nachts. Dann erst ward die versäumte Mahlzeit eingenommen. An fast allen übrigen Tagen wurden nächtliche Bootfahrten zum Rütli gemacht. In der Regel pflegte man um neun Uhr dort einzutreffen. Der Förster und Wirt Aschwanden erwartete dann seine Gäste am Landungssteg und ließ das Licht seiner großen Stallaterne wie ein Leuchtfeuer spielen. „Guten Abend, Herr Förster", rief Ludwig schon von weitem. „Guten Abend, Herr Marquis", scholl es zurück. Man landete, um hierauf gemeinschaftlich zu der geheiligten Bergwiese hinaufzusteigen, woselbst vor sechshundert Jahren die drei Urkantone den Bundesschwur gelobt hatten. Man ließ sich nieder ins Gras. Nun war es an Didier, den Zauber der Nacht zu erhöhen. Seine Stimme und Schillers Verse

rissen es hin, dies große Kind, das so sehnlich
wünschte, zum Manne zu reifen. Ludwig vernahm
die herben Worte der altehrwürdigen Schweizer,
wie sie vor sechshundert Jahren am selben Ort
wohl gesprochen worden waren: Worte von Gerechtigkeit, Freiheit und Unabhängigkeit, erfüllt
von Begeisterung und Stolz, Liebe zum Leben und
lauterster Gesinnung. Schwüre, die geleistet worden angesichts der Abgötter der Poesie: der Felsen, des Waldes, des Sees, der Sterne, der Einsamkeit, all dieser einstmals gezogenen, gefühl-
vollen Register des Herzens. Und diese historisch
denkwürdige Tat biderber Bauern beschwingte
des Königs majestätische Seele gleich der dieser
Söhne des Volkes. Er selbst ward zum Fischer,
Bootsmann und Schützen. Auch er forderte den
Tod des Tyrannen, grüßte auf Bergeshöhen die
lodernden Feuer der Freiheit, ward zum Dichter.
Hierauf begab man sich zum Hause des Rütli-
wirts, wo ein einfacher Imbis an blankem Holz-
tisch gereicht wurde, weil es anders, so erklärte
der Marquis, „im Rütlihaus mit seinen schnee-
weiß gescheuerten Tischen nicht üblich sei.“
Dann trat man in einem Ruderboot, mitten in der
Nacht, die Rückfahrt an.

Eines Abends brach man noch später als gewöhnlich von der Villa auf, steuerte lange auf dem

230

See umher und schwieg sich aus. Erst nach zwei
Uhr morgens langte man auf dem Rütli an, und
der unerbittliche König — der kein Gebot der Nerven kannte — verlangte von Didier den Vortrag
der Melchthal-Szene. Der Schauspieler begann.
Plötzlich jedoch verlor er die Lust, brach ab und
gab vor, zu müde zu sein. Ludwig sah ihn zuerst
überrascht, dann verblüfft über diese Verwegen-
heit an, diesen unglaublichen Mangel an auf-
opferungsvoller Zuneigung. Er erhob sich, schien
völlig verwirrt. „Nun ja‘‘, sagte er endlich, „Sie
sind müde, so ruhen Sie sich aus.‘‘ Alsbald aber
wandte er sich um, schritt zum Boot hinab, bestieg es und befahl heimzukehren, ohne auf den
Freund zu warten.

Ein weiteres Mal hatte es die Enttäuschung
brüsk zum Bruche mit einem seit Wochen mit so
viel liebevollem Eifer gehegten Empfinden kommen lassen. Ein Ungehorsam hatte genügt, um
das bescheidene Aufblühen dieses Unglücklichen
zu ersticken. Daß solch geringfügiger Verdruß
hierzu genügt habe, wird alle bewegen, die wissen,
wie unheilvoll ein derartiges Empörtsein sich aus-
wirkt. Vielleicht aber neigen nur ängstliche Gemüter, die vor dem Erobern zurückschrecken, zu
einer Gegenwehr dieser Art. Ludwigs Gemüt ver-
trug nichts, was ihm zuwiderlief, weil er nicht zu

siegen trachtete. Er wollte Liebe sich nicht er-
kämpfen, vielmehr sich von ihr überschattet
sehen. Ihn hungerte nicht nach Leidenschaft, sondern nach Zärtlichkeit.

Die selben Beweggründe waren es gewesen, die
seine alte Anhänglichkeit an Wagner hatten ver-
siegen lassen; auch dort dies fast plötzliche Um-
schlagen. Im gegenwärtigen Augenblick war er
nicht mehr gesonnen, sich mit trügerischen Hoffnungen zu quälen. Die offenkundige Enttäuschung war wenigstens schnell erfolgt, vollständig, und nicht wieder gutzumachen. Als der heim-
kehrende Didier die Villa Gutenberg um vier Uhr
morgens betrat, fand er den Marquis nicht wie üblich auf, um ihn hoheitsvoll und zärtlich besorgt
zu erwarten. Und gegen zwei Uhr nachmittags
aus seinem Bärenschlaf erwachend, erfuhr er, Saverny habe das Haus für immer verlassen und
die Rückreise nach Bayern angetreten. Bestürzt
schnürte der Schauspieler sein Bündel, um den
Extrazug in Luzern zu erreichen. Seine Majestät
König Ludwig II. und der Hofschauspieler Joseph Kainz nahmen jeder die einstmalige Rolle
wieder auf.

Gleichwohl wünschte der König, etwas von seinem gemordeten Glück möge die Zeit überdauern.
Und mit dem untrüglichen Instinkt betrogener

Liebenden, die sich den Fetisch sogleich zu verschaffen wissen, mit dem sie späterhin nach Belieben *ihr Innerstes aufzuwühlen vermögen,* nahm er Kainz zum Photographen mit.

Dies Bild liegt vor mir. Wie häßlich, ja beinahe lächerlich es wirkt. Da steht der König im Reisemantel, den Hut in der Hand. Kainz sitzt daneben, dünn und unscheinbar, fast wie ein Witz. Ein Prinzipal und sein Angestellter in den Sommerferien, „in Pose“ in einer Jahrmarktsbude. Ich würde kaum bei einer so mittelmäßigen Sache verweilen, ließe sich dies Bild nicht mit einer Anzahl älterer Photographien vergleichen, auf denen König Ludwigs Schönheit so herrlich erstrahlt, daß selbst die anerkannt schönen Züge seiner Kusine Elisabeth uns daneben nicht tiefer zu fesseln vermögen. Aus diesem heiligen Georg im Hermelinkragen war in knapp zwanzig Jahren ein bärtiger Unternehmer geworden, völlig behindert durch sein schönes Kostüm. Sein Blick jedoch gibt trotz alledem zu denken. Dieser einst faszinierende, unschuldsvoll reine Blick ist nun gläsern, in sich gekehrt, schreckhaft und fürchterlich. Zehn verschiedene Aufnahmen leiten von einem anbetungswürdigen Antlitz, dem einer jungen, verliebten Königin, zu diesem stämmigen, in seinen Tiefsinn versunkenen und schlecht in seinem Stehkragen steckenden Handelsmann über. Die neunte, die vorletzte, ist Savernys Bild.

Welch entsetzliche Sprache sprechen doch unsere Bilder; sie zeigen, wie unsere Runzeln entstanden, welche Masken wir trugen. Nichts Ergreifenderes aber, als Aufnahmen von Irren zu sehen, bei denen das unaufhaltsame Fortschreiten der Deformierungen mit jedem Jahre deutlicher hervortritt. Ein Auge sinkt ein, die Stirn wird flacher, ein Mundwinkel hängt herab, ein unbedeutender, lange kaum sichtbar gewesener Übelstand nimmt allgemach überhand, wächst zur scheußlichsten Karikatur aus. Man begreift, daß dieser Kainz, so tölpelhaft er auch gewesen sein mag, es nur halbwegs bedauern konnte, einen Beschützer zu verlieren, dessen Schönheit seit langem schon entschwunden war, ja so besorgniserregende Formen angenommen hatte. Aber im Antlitz des unglücklichen Königs forscht man auch nach der Spur jener Tränen, die niemand ihn je weinen sah.

XV

PARSIFALS GEBURT
UND WOTANS TOD

KAINZ dagegen weinte. Man weiß indessen
nicht recht, ob es Krokodilstränen waren;
ohne Zweifel aber bedauerte er aufrichtig, in Un-
gnade gefallen zu sein. Er schrieb, rechtfertigte
sich, allein Ludwig verschloß sich dem Mitleid
stets, das mit der Liebe nicht zu verquicken war.
Als das Theater *Die Burggrafen* ankündigte, befahl der König eine Separatvorstellung. Im aller-
letzten Augenblick jedoch sagte er sie ab, da er
Kainz' Namen auf dem Programm bemerkte.
Ohne die geringste ironische Absicht ließ er ihm
eine Landschaft in Goldrahmen überreichen, die
den Vierwaldstätter See darstellte. Tief gekränkt
durch diesen Beweis hochmütiger Verachtung,
gab der Schauspieler das Bild zurück, was den
Marquis peinlich berührte. Die Handlungsweise
dagegen schien ihm nobel, gewandt und des wahren Didier würdig. Zu einer Versöhnung aber kam

es gleichwohl nicht. Ludwig war es unmöglich, wieder aufleben zu lassen, was einmal abgetan. Fürderhin sprach er von Kainz als von „einem teuern Kranken". Wer des Königs Gedanken nicht mehr beschäftigte, der konnte sich darauf verlassen, es bleibe für immer dabei.

Ein einziger war hiervon ausgenommen: Wagner. Beschäftigte sich jedoch Ludwig im Geiste mit Wagner? Eher wohl lag er ihm im Blut, trieb ihn um in seinem physischen Ich. In zwiefacher Hinsicht hatte Wagner Ludwig bezwungen: als Mensch und als Wagnergift. Obwohl aber das Gefühl für den Menschen erloschen war, das Gift wirkte fort. Das kommt vor. Alles vermögen wir aus unserer Erinnerung auszulöschen, selbst das bekannteste, geliebteste Angesicht. Nichts aber erlöst uns von Krankheiten, denen wir uns widerstandslos überantwortet haben. Niemals kam Ludwig ganz von Wagner los. Auch Nietzsche nicht. Der eine schied sich von ihm, der andere bekämpfte ihn. Beiden aber blieb er im Blut, einer Malaria vergleichbar, von der Kolonisten noch jahrelang nach ihrer Rückkehr in unser Klima stets wieder befallen und geplagt werden. Was Nietzsche und Ludwig II. auch tun mochten, sich ihrer zu entledigen, die Wagnermusik blieb ihr chronisches Fieber.

Übrigens bereitete zu jener Zeit der alte Thaumaturg sein letztes Wunderwerk vor: er arbeitete am *Parsifal*. Sogleich nach den Bayreuther Festspielen von 1876 entwarf er den endgültigen Plan der Dichtung. Die Hauptmotive des Vorspiels, die der Gralszene, der Gralsritter hatte er sich vor langer Zeit schon notiert. Strawinskys Feststellung, Wagner gehe vom Drama und nicht von der Musik aus, ist trotzdem richtig, denn es war Wagner grundsätzlich Bedürfnis, zu schauen, ehe er Musik gestaltete, hierauf gleichnishaft deutbar eine dramatische Handlung zu dichten, um sie zuletzt erst den Tönen zu vermählen. Einzig der Gedankengehalt vermittelte ihm musikalische Motive. Dies Verfahren scheint logisch. Vielleicht ist es vornehmlich gefühlsmäßiger und literarischer Art. Man darf sich also nicht wundern, Wagner während der Entstehungsjahre des *Parsifal*, in der Abgeschiedenheit Wahnfrieds und in Italien zurückgezogen lebend, alle seine Leitmotive nochmals vornehmen, verwerfen, plastischer herausarbeiten und sich wiederum einmal tief in Literatur stürzen zu sehen. In die französische vor allem. Er las die acht Bände der *Histoire des Ducs de Bourgogne* von Prosper Barante, die *Récits des temps Mérovingiens* von Augustin Thierry, Balzacs *Landpfarrer*, die Werke von Renan und die

Gobineaus. Ferner Plutarch, Xenophon, Shakespeare. „Kinder," sagte er eines Tages, als man sich zu Tisch setzte, „so sieht einer aus, der eine letzte Oper schreibt". Dennoch arbeitete er mit freudigem Ernst, ganz im Banne von „seltsamen Gefühlen", wie er es nannte. Ungeachtet dieses zuversichtlichen Glaubens an sein Werk, machte die Angelegenheit des *Festspielhauses* keine Fortschritte. Tagtäglich mußte gekämpft werden, daß sie nicht völlig scheitere, und die geplanten Bühnenfestspiele wurden von Monat zu Monat, von einem Jahr aufs andere verschoben. Allein wie sein ganzes bisheriges Leben hindurch, so war es auch jetzt dies ewige Kämpfenmüssen, was den Alternden körperlich wie geistig frisch und ständig regsam erhielt. Es war Wagner nicht mehr um die Lebenden zu tun. Sein Sinnen und Trachten galt nur noch der Zukunft. „Wir, die wir ... unser Heil einzig in einem Erwachen des Menschen zu seiner einfach-heiligen Würde suchen, müssen ... den Spasmen des Träumenden doch eben nur zuschauen, da all unser Rufen von ihm nicht gehört werden kann. So sparen, pflegen und stärken wir denn unsere besten Kräfte, um dem notwendig endlich doch von sich selbst Erwachenden eine edle Labe bieten zu können", schrieb er.

Er reiste nach Neapel und verfaßte dort die

238

letzte seiner philosophisch-ästhetischen Abhand-
lungen: *Religion und Kunst.* In dieser Schrift, in
der Wagner die Gottesbegriffe der Menschheit
in geschichtlicher Folge einer kurzgefaßten Prü-
fung unterzieht, spricht er sehr bald von Jesus
Christus. Der „leidende Gott am Kreuze, das
Haupt voll Blut und Wunden", drängt sich ihm
als das erhabenste Mysterium und als Vorbild für
seinen Parsifal auf. „Wohl uns", schreibt Wagner dann später im Zusammenhang mit diesen
Gedanken, „wenn wir uns ... den Sinn für den
Vermittler des zerschmetternd Erhabenen ... offen
erhalten dürfen und durch den künstlerischen
Dichter der Welt-Tragik uns in eine versöhnende
Empfindung dieses Menschenlebens beruhigend
hinüber leiten lassen können. Dieser dichterische
Priester, der einzige, der nie log, war ... der
Menschheit als vermittelnder Freund stets zuge-
sellt: er wird uns auch in jenes wiedergeborene
Leben hinüber begleiten, um uns in idealer Wahrheit jenes Gleichnis alles Vergänglichen vorzuführen ..." Und: „Meine Gedanken in diesem
Betreff (der Religion) kamen mir als schaffen-
dem Künstler in seinem Verkehre mit der Öffentlichkeit an ... Da es mir möglich geworden ist,
auf diesem Wege zu der Überzeugung davon zu
gelangen, daß wahre Kunst nur auf der Grund-

lage wahrer Sittlichkeit gedeihen kann, durfte ich
der ersteren einen um so höheren Beruf zuer-
kennen, als ich sie mit wahrer Religion vollkommen eines erfand." Dies lehrten allerdings die
Ritter vom heiligen Gral. Wie weltenweit war
jetzt dieser mystische Wagner von seiner Bewunderung für die Griechen und der erlesenen Geistigkeit Nietzsches entfernt, der sich hinfort mit
all dem Glanz seines Geistes gegen die Begriffs-
verwirrungen der Gefühlsseligkeit wehrte. Das
Interessanteste dabei ist, zu sehen, wie diese beiden „Dichter der Welt-Tragik" aus Shakespeare
schöpften, gleichsam der selben Blüte im selben
Frühling den selben Blütenstaub entsogen, um
daraus so verschiedenartigen Honig zu bereiten.
Wagner konnten hierbei einzig leidenschaftliche,
Nietzsche nur rein geistige Motive fesseln. Eindringlicher als viele Vergleiche wird uns folgende
Stelle seiner *Fröhlichen Wissenschaft* einen
Nietzsche zeigen, den der Gedanke, Wagner ver-
raten zu haben, zwar noch peinigte, der aber in
Shakespeares *Julius Cäsar* die edelste der Recht-
fertigungen fand:

„Das Schönste, was ich zum Ruhme Shakespeares, des *Menschen,* zu sagen wüßte, ist dies:
er hat an Brutus geglaubt und kein Stäubchen
Mißtrauens auf diese Art Tugend geworfen! Ihm

hat er seine beste Tragödie geweiht ... ihm und dem furchtbarsten Inbegriff hoher Moral. Unabhängigkeit der Seele — das gilt es hier! Kein Opfer kann da zu groß sein: seinen liebsten Freund selbst muß man ihr opfern können, und sei er noch dazu der herrlichste Mensch, die Zierde der Welt, das Genie ohnegleichen — wenn man nämlich die Freiheit als die Freiheit großer Seelen liebt und durch ihn *dieser* Freiheit Gefahr droht: — der Art muß Shakespeare gefühlt haben! Die Höhe, in welche er Cäsar stellt, ist die feinste Ehre, die er Brutus erweisen konnte: so erst erhebt er dessen Problem ins Ungeheure, und ebenso die seelische Kraft, welche *diesen* Knoten zu zerhauen vermochte! —"

Sich Brutus vergleichen und Wagner die Gestalt Cäsars leihen, war von Nietzsche fast ein Akt der Bescheidenheit. Zunächst aber für ihn ein Akt der Gerechtigkeit, ja man mag eine Vorahnung darin erblicken. In den an Ruhm und Lorbeer reichsten Zeiten Roms hatten — wie es bei Shakespeare heißt — „Erde und Himmel insgemein gesandt die Zeichen grauser Dinge, als Boten, die dem Schicksal stets vorangehn ..." Nun waren Nietzsche solche Zeichen geworden. Auch Wagner vielleicht.

Wagner beeilte sich, ward unruhig. Würde es

ihm vergönnt sein, das Werk zu vollenden, bestimmt — so schien ihm — die letzte Verheißung
seines Evangeliums zu werden? Denn gesundheit-
lich ging es ihm schlecht, er fühlte es selbst:
empfindliche Atembeklemmungen und Herz-
krämpfe waren die Symptome eines bereits alten
Übels, und die mitunter äußerst heftig erlittenen
Anfälle neigten zu häufigerem Auftreten. Gleichwohl zeigten sich die Ärzte zuversichtlich gestimmt. Er jedoch ahnte, daß seine Tage gezählt
seien. Als die zwei ersten Akte des *Parsifal* so
gut wie vollendet waren, siedelte er des Luftwech-
sels wegen von Neapel nach Perugia über, hierauf
nach Siena, woselbst Frau Wagner eine geräumige, ehemals päpstliche Villa auf zwei Monate
gemietet hatte: die Villa Torre Fiorentina. Hier
hielt er in diesem Jahre die letzte Rast vor der
Heimkehr, sie bedeutete ein Abschiednehmen von
geliebtem Land.

Am ersten Tage gleich stieg Wagner zu dem
auf der höchsten Anhöhe der Stadt gelegenen berühmten Dom hinauf, dessen schwarz- und weiß-
gestreifter Glockenturm, Kuppel, Rosetten, bunter Marmor und die beiden Säulen mit den Wöl-
finnen in den Spätsommerhimmel ragten. Über
den stillen Platz ließ der Künstler die Blicke zu
dem machtvollen, fünfhundertjährigen Bauwerk

hinüber schweifen. Päpste, Bildhauer, Maler, Gottesfürchtige und ihr Anhang, sie alle pflegen diese Stätte begeistert, oder nach ein wenig Begeisterung lechzend, aufzusuchen. Wieviel Liebende mögen schon vor diesem freundlichen, eine streng ehrwürdige Stadt überragenden Baudenkmal verweilt, oder wohl auch ihre Geliebte herbeigeholt haben, um gemeinsamem Fühlen einen Ewigkeitszug zu verleihen. Wagner indessen war stets allein gewesen. Ganz gebannt von eigener weihevoller Musik schritt der Tondichter der Vorhalle des Domes zu, an der, wie eine muntere Taube dieser Mauernischen, eine junge Frau zu warten schien. Von der Anmut ihres Blickes, ihren schwellenden Lippen ging ein Girren der Liebe aus.

Auch wir glauben sie sehen und erkennen zu können in diesem feierlich italienischen Dämmer. Denn wer würde unempfänglich bleiben für den bezwingenden Reiz einer solchen Begegnung, wofern auch nur etwas von künstlerischem Empfinden sich in ihm rege. Diese schöne Gestalt wird jedem Eindrucksfähigen vorschweben, zärtlich geliebte Züge wird er ihr leihen und ahnend empfinden, daß alle Kunst dieser Welt — die seltsamste Kathedrale, der unerhörteste Klang — stets nur als Wahrzeichen und Sinnbild der verborgenen Mächte unseres Herzens Bedeutung zu erlangen vermag. Und dies von der Liebe beseelte junge Weib wird ihn tiefer ergreifen als die leblose Symphonie der Steine.

Wagner aber trat in die Basilika ein, das heißt, er betrat gleichsam den Gralstempel. Denn hier ward ihm ein Anblick, wie er ihn für *Parsifal* erträumt: über romanischen Pfeilern wölbte sich in mystischer Beleuchtung eine Kuppel, die mächtigen Steinfliesen des Fußbodens waren mit Graffito-Darstellungen aus dem Alten Testament bedeckt, und vielfarbiger Marmor erhöhte das Spiel von Licht und Schatten. Dies war ein Raumbild, eine Ausschmückung, wie geschaffen für seinen „reinen Toren". Und in der Kapelle Johannes des Täufers entzückte hierauf den leidenschaftlichen Tierfreund Wagner ein Bild Pinturicchios, das den Heiligen darstellt, mit einem Fell nur halbwegs bekleidet, während rechts hinter ihm ein starker, äsender Hirsch, über ein Muttertier wachend, zu sehen ist. Dieser Dom hinterließ dem Meister den stärksten architektonischen Eindruck, den er je empfangen. Fast täglich erschien Wagner, um erneut zu bewundern, führte seine Kinder dahin, seine Freunde und Bekannten, zeigte ihnen die berühmte „Libreria" Piccolomini und ließ das Dominnere mit der

Kuppel von dem ihm befreundeten Maler Joukowsky zeichnen, als Vorbild für die bayreuther
Dekoration. Aus solchen Anlässen verknüpfen
sich oft in der Kunst recht weit auseinanderlie-
gende Gedanken und Bilder, Jahrhunderte über-
brückend. Doch wer denkt heute daran, wenn der
Vorhang sich vor dem Gralstempel teilt, daß diese
Dekoration ihr Entstehen jener erleuchtenden
Schau und der Liebe zu Siena verdankt?

Im Spätherbst mußte Wagner Italien verlassen
und die Reise nach München antreten. Sobald
König Ludwig von seiner Ankunft in der Hauptstadt erfuhr, verfügte er zweierlei: erstens, das
Orchester und den Gesangchor seiner Hofbühne
dem bayreuther Unternehmen von 1882 ab alljährlich auf zwei Monate zu überlassen; zweitens,
während des Aufenthalts des Komponisten unverzüglich eine Separatvorstellung des *Lohengrin*
anzusetzen. Als Tag der Aufführung ward der
10. November 1880 bestimmt.

An jenem Abend saßen dann in der Tat Ludwig II. und sein greiser Meister, allein wie einst,
in der Königsloge vor leerem Hause. Die Vorstellung begann. War aber auch Wagner mit ihrem
Verlauf im ganzen wie einzelnen keineswegs einverstanden, so entschädigte ihn dafür die Freude,
sein Werk an der Seite des Königs und erstmals

nur als Zuschauer ganz mitanzuhören. Er war bewegt, betrachtete *seinen* König, fand ihn unverändert, noch immer schön, vermißte an ihm auch nicht den kaum einem andern so „vertrauten Zug einer zarten, liebevoll schwärmerischen Teilnahme". Bei den Akkorden dieser längst verklungenen Musik seiner Seele stand die Zeit gleichsam still, kehrten vergangene Jahre noch einmal wieder. Gibt es Göttliches im Menschen, müßte es dann wahrlich nicht da sein, um einen Augenblick wie diesen erleben und begreifen zu können? Einen vollkommenen Augenblick des sich Bewußtwerdens und der Erkenntnis, der in einem einzigen Tropfen Musik die Liebe eines ganzen Lebens, sein Streben, seine Erfüllung, ja selbst das Künftige umschließt? „Im Grunde kommt wenig darauf an, *wovon* ich mich loszumachen hatte", schrieb Nietzsche, der andere Jünger. „Nach einem solchen Blicke, wie ich ihn ... getan ... blieb mir nichts übrig, als ... Abschied zu nehmen" und „alle Schlüsse abzuknicken, welche aus Schmerz, Enttäuschung, Überdruß, Vereinsamung und andrem Moorgrunde gleich giftigen Schwämmen aufzuwachsen pflegen ... Ein langes Herumziehen, Suchen, Wechseln folgte hieraus ... aber ebenso gewiß viel Grillen-Glück, Grillen-Munterkeit, viel Stille,

Licht, feinere Torheit, verborgenes Schwär-
men ..."

Zwei Tage später, am Freitag den 12. November, nachmittags drei Uhr, sollten sich Wagner
und Ludwig erneut im Theater einfinden, denn
der Dichterkomponist hatte dem König verspro-
chen, persönlich und für ihn allein das Vorspiel
des *Parsifal* zu dirigieren. Wagner war etwas ge-
reizt, da ihn wenige Takte seines letzten Werkes
schon innerlich aufwühlten, dann aber, weil Seine
Majestät sich zu verspäten schien. Über eine Viertelstunde jedoch mußte er wartend am Dirigentenpult stehen. Nun war er wütend. Endlich
erschien Ludwig in seiner Loge, und Wagner hob
alsbald den Taktstock. Nach kaum beendigtem
Vorspiel verlangte der König eine Wiederholung.
Mochte dieser Wunsch immerhin einem naiven,
plötzlich auftretenden Begehren nach *mehr* ent-
sprungen sein, Wagner empfand ihn als Ent-
weihung, als völliges Verkennen seiner künstlerischen Absichten. Was aber tun, nachdem er
widerstrebend in diese Wiederholung gewilligt
und der König nun gar noch das Vorspiel zu
Lohengrin vergleichsweise hören wollte? Kurz
entschlossen gab er den Dirigentenstab an Kapell-
meister Levi ab, eilte erregt nach Hause, woselbst
er einen heftigen Anfall seiner Brustkrämpfe erlitt.

Wagner und Ludwig II. waren sich zum letztenmal begegnet. Sie hatten sich zwar als Freunde getrennt, von Herzen einander zugetan, geistig jedoch völlig geschieden. Das unvermeidliche Gewitter brach nun im Beisein Lenbachs los, demgegenüber Wagner an diesem Abend alle Mächtigen und Großen der Erde verwünschte, Bismarck nicht ausgenommen, der auch nie „das geringste Verständnis gezeigt habe für das, was außerhalb seines Berufes liege“ und der „durch die Fortsetzung des Krieges bis vor Paris... die beiden Nationen auf ein Jahrhundert getrennt“ habe. Vielleicht sann derweil der arme Ludwig in der Einsamkeit seines Schlosses über irgendwelche neue Bauten nach, die dann in Stein die so eifersüchtig beneidete Keuschheit Parsifals verkörpern sollten. Er nahm das Tagebuch seiner geheimsten Gedanken vor und schrieb hinein: „.........

Lohengrin mit Richard Wagner der Vorstellung beigewohnt, sehr gelungen und schön. Er anwesend, mit Ihm in der Wohnung, Wintergarten soupiert, lange beisammen.

Am 11ten um 5 Uhr kam er zu Tisch (Wintergarten) traute, teure Stunden............................ .... Am 12. Nachmittag 2 mal das wunderbar herrliche vom Schöpfer selbst dirigirte Vorspiel zu Parsifal gehört! Tief bedeutungsvoll ....

248

.... Ich habe immer sagen hören, daß zwischen einem Fürsten u. einem Untergebenen keine Freundschaft möglich ist. Wir wollen beweisen, daß zum Souper in den Wintergarten — 3 Uhr — Sonnabend d. 13ten $^1/_2 4$ Uhr die Oper Aida mit ihm zusammen. betrübendes Familienereignis, in dem Wintergarten, herrliche Vorstellung selig mit Ihm $^1/_2 7$ Uhr bald fort, mit Ihm über Nymphenburg zur Bahn, den teuren See, der Richtung von Berg erschaut (Mai) Stalldach Abschied. herzlich u. traurig. Heil u. Segen auf Sein geliebtes Haupt — ich Mondschein
Letzter Fall nach der doppelten Jahreszahl der
18
. . . .

Nie mehr, nie mehr, nie mehr.
Neugeschworen in der Charfreitags-Oktave."

Vielleicht ist dies Decrescendo der Vernunft auch nur als scheinbares zu werten. „Worte, Worte, Worte", erwidert Hamlet. Bilder und Vorstellungen verband ohne Zweifel Ludwig damit. Und wenn es uns nicht gelingen will, sie sinnvoll zu deuten, zu Bildern und Vorstellungen durchzudringen, so sollten wir daraus nicht folgern, sie reimten sich mit nichts zusammen. Aus solchen Aufzeichnungen würde niemand ohne weiteres den Schluß ziehen dürfen, daß dies Aufleuch-

ten scheinbar sinnloser Wortfolgen nicht Gemälde
der Seele erhellte und daß deren Herzensängste
nicht alle wohlvermerkt und an entscheidender
Stelle für den Schreiber erkennbar blieben.

Vergegenwärtigen wir uns, an diesem sattsam
tragischen Abschnitt unseres Buches, einer Zeit-
spanne angelangt, in der *Parsifal* das Licht der
Welt erblicken und die seinem Geschick verbun-
denen Männer sterben sollten, vergegenwärtigen
wir uns noch einmal Nietzsches in weite Ferne
entschwundenes Antlitz. Sechs Jahre freilich
müssen wir vorgreifen, bis Januar 1887. Damals
weilte Nietzsche in Nizza, dem geistigen Zusam-
menbruch nahe. Er schrieb seine letzten Werke,
die letzten und erhabensten, an eine Menschheit
der Zukunft gerichteten Botschaften Zarathustras,
an eine Menschheit, der jene reine Geistigkeit
werden sollte, die notwendig auf den gefühlsseligen Brodem Wotans folgen mußte. Über-
mannt von einem letzten Anfall seiner Wagner-
malaria, begab Nietzsche sich eines Tages nach
Monte-Carlo, um dort das Vorspiel zu *Parsifal* zu hören. Hierauf griff er zur Feder, um
seinem Freunde Peter Gast folgende Eindrücke
anzuvertrauen:

„...Zuletzt — neulich hörte ich zum ersten

Male die Einleitung zum ‚Parsifal‘ (nämlich in
Monte-Carlo!). Wenn ich Sie wiedersehe, will
ich Ihnen genau sagen, was ich da *verstand*. Ab-
gesehen übrigens von allen unzugehörigen Fragen
(wozu solche Musik dienen *kann* oder etwa dienen *soll?*), sondern rein ästhetisch gefragt: hat
Wagner je etwas *besser* gemacht? Die allerhöchste psychologische Bewußtheit und Be-
stimmtheit in bezug auf das, was hier gesagt, ausgedrückt, *mitgeteilt* werden soll, die kürzeste und
direkteste Form dafür, jede Nuance des Gefühls
bis aufs Epigrammatische gebracht; eine Deut-
lichkeit der Musik als deskriptiver Kunst, bei der
man an einen Schild mit erhabener Arbeit denkt;
und, zuletzt, ein sublimes und außerordentliches
Gefühl, Erlebnis, Ereignis der Seele im Grunde
der Musik, das Wagnern die höchste Ehre macht,
eine Synthesis von Zuständen, die vielen Menschen, auch ‚höheren Menschen‘ als unvereinbar
gelten werden, von richtender Strenge, von ‚Höhe‘
im erschreckenden Sinne des Wortes, von einem
Mitwissen und Durchschauen, das eine Seele wie
mit Messern durchschneidet — und von Mit-
leiden mit dem, was da geschaut und gerichtet
wird. Dergleichen gibt es bei *Dante,* sonst nicht.
Ob je ein Maler einen so schwermütigen Blick
der Liebe gemalt hat, als W. mit den letzten Ak-

zenten seines Vorspiels? —" Diese Zeilen muß
man mit jenen vergleichen, die Nietzsche zehn
Jahre zuvor an seinen Freund Reinhard von Seyd-
litz gerichtet hatte, nachdem er soeben die Dichtung zu *Parsifal* bekommen. „Gestern kam, von
Wagner gesandt, der ‚Parsifal‘ in mein Haus. Eindruck des ersten Lesens: mehr Liszt als Wagner,
Geist der Gegenreformation; mir, der ich zu sehr
an das Griechische, menschlich Allgemeine ge-
wöhnt bin, ist alles zu christlich zeitlich be-
schränkt; lauter phantastische Psychologie; kein
Fleisch und zuviel Blut (namentlich beim Abend-
mahl geht es mir zu vollblütig her); dann mag
ich hysterische Frauenzimmer nicht... Aber die
Situationen und ihre Aufeinanderfolge — ist das
nicht von höchster Poesie? Ist das nicht eine letzte
Herausforderung der Musik?"

Hier wie dort ist das Echo der gleichen Enttäuschungen, des gleichen geistigen Unwillens
vernehmbar, im tiefsten Grunde aber ein Fort-
wirken des alten Wagnerzaubers festzustellen, der
die Seele des einsamen Philosophen beim ersten
Bogenstrich der Violinen wiederum bannte.

Jeglicher Streit über Musik kann übrigens völlig belanglos erscheinen. Und er ist es, sobald
weder logisch zwingende Urteile über Gefühls-
mäßiges noch irgendwelche Regeln bezüglich des

Schönen gelten. Was uns fast nötigt, derartiges anzunehmen, ist einmal, daß kritische Urteile zumeist von Gemütswallungen Lügen gestraft werden; ferner, daß Nietzsche selber es war, dieser rückhaltlose Bekenner der Erkenntnis, der vom Unerkennbaren, Irrationalen besiegt und manchmal von ihm entwaffnet wurde. Selbst Wagner besiegte ihn, wie Gott den Zweifel in Pascal besiegte. Pascal und Nietzsche werden mir erst durch das Dunkel verständlich, das sie bargen. Eine Fülle des Lichts bedingt notwendig schwärzere Schatten, mehr Dunkel als eine gemäßigte, heitere Klarheit. Hatte Zarathustra nicht schon dies Dunkel besungen? „Oh, ihr erst seid es, ihr Dunklen, ihr Nächtigen, die ihr Wärme schafft aus Leuchtendem! Oh, ihr erst trinkt euch Milch und Labsal aus des Lichtes Eutern!" „Aber dies ist meine Einsamkeit, daß ich von Licht umgürtet bin." Die letzten Zeilen, die der Dichterphilosoph am 4. Januar 1889, wenige Tage vor seiner völligen geistigen Umnachtung an seinen Freund und maëstro Peter Gast richtete, gleichen einem sehnsüchtigen Appell an das verdüsterte Licht. *„Singe mir ein neues Lied: die Welt ist verklärt und alle Himmel freuen sich."*

Hierauf unterzeichnete dieser Franktireur des Wirklichen, der zu Felde gezogen gegen alle

Wahnbilder der alten Moral und der Religion —
vorab gegen Christus — diesen letzten „Erlaß“:
„Der Gekreuzigte“.

Nach Bayreuth zurückgekehrt, widmete Wagner all seine Zeit der Vollendung des *Parsifal*. Die
vollständige Instrumentierung des ersten und
zweiten Akts war im Herbst 1881 beendet, als
seine körperlichen Übel, vermehrt durch rheuma-
tische Schmerzen, sich wiederum einstellten. Er
konnte Wahnfried fast nicht mehr verlassen. Erneut verlangte ihn nach dem Süden, nach Licht
und Sonne. Eine Reise nach Ägypten, den Pyra-
miden, dem Nil, den Katarakten ward erwogen…
Ein begeisterter Brief Rubinsteins jedoch gab
diesen Plänen bestimmtere Gestalt und verwies
auf Palermo. Unversehens entschied man sich für
einen ausgiebigen Aufenthalt in Sizilien, und am
1. November trat der Dichterkomponist mit seiner ganzen Familie im Salonwagen abermals die
Reise nach Italien an. Drei Tage darauf, den fränkischen Nebeln entronnen, lief man den Hafen
von Palermo an und bezog bei strahlendem Wet-
ter und einer vom Duft der Orangenbäume und
Rosen gesättigten Luft die im „Hotel des Palmes“
bestellten Räume. Sogleich begann Wagner wie-

der zu arbeiten, schloß sich bis gegen drei oder
vier Uhr ein, ging hierauf spazieren, unermüdlich
bedacht, alles zu sehen, lebensvolle Eindrücke zu
sammeln, unter diesem sonnigen Himmel aufzuleben und blieb mitunter vor einem Spiegel stehen,
um auszurufen: „Ich erstaune immer, wenn ich
sehe, daß ich einen grauen Kopf habe; es scheint
mir seltsam, daß ich achtundsechzig Jahre alt
bin!" Er reagierte stärker auf alles als in jungen
Jahren. Auch seine Begeisterungsfähigkeit hatte
zugenommen. Sein „pöbelhaftes" Blut gestattete
ihm, sich mit gleicher Frische und Eindrucks-
fähigkeit für Shakespeare, Bettler, philosophische
Fragen, Tiere zu interessieren. Vornehmlich für
Tiere. Hatte er nicht dereinst Nietzsche gegenüber geäußert, er habe ihm in seinem Herzen den
Platz zwischen seiner Frau und seinem Hunde
angewiesen? Beim „Hotel des Palmes" stand ein
großes Affenhaus: ein Schauspiel der uner-
schöpflichsten Belehrung und des Ergötzens. Im
Garten Florio besuchte Wagner täglich einen großen, prachtvollen Uhu und äußerte: „Das ist die
Natur! ohne Verstellung, grauenhaft, aber wahrhaftig; und wie ein Löwe, schöner als ein Löwe
sieht der Kerl aus!" Und da stets ein paar Neu-
gierige umherstanden, um das aufgescheuchte
Tier zu quälen, zog Wagner Exemplare seiner

Schrift gegen die Vivisektion aus der Tasche und verteilte sie.

Die Arbeit an *Parsifal* gedieh, obwohl ihm das Problem der Orchestrierung zunehmend schwieriger erschien. Er sann auf Mittel, die Klangwirkung der Instrumente zu dämpfen. Keine grellen Effekte, keinerlei Schroffheiten sollte die Partitur enthalten; behutsam mußte man in der Kunst neue Mittel einführen, um zu überzeugen. Wie seltsam, daß dies an Kühnheiten so reiche Werk, das ihn schon früh beschäftigt, seinem Alter vorbehalten geblieben war! Die Partiturseite mit den Harfen, da Parsifal die Stufen zum Altar emporsteigt, griffen ihn außerordentlich an.

Der Maler Joukowsky traf ein. Rubinstein kam zu Besuch. Am 23. Januar 1882 wurde der Geburtstag Joukowskys mit Champagner gefeiert. Bevor die Abendtafel zu Ende ging, stand Wagner auf und kehrte mit seiner Partitur zurück. „Ich habe soeben *meinen Parsifal* beendigt", verkündete er. Welche Erleichterung! Kam nun der Tod, so würde er einzig hinwegraffen, was künftig unwesentlich. In jener Zeit porträtierte Renoir Wagner. Allein das „blau-rosige Ergebnis" fand keinen Beifall, und Wagner erklärte, „es sehe aus wie der Embryo eines Engels, als Auster von einem Epikuräer verschluckt".

256

Im folgenden Sommer ward ein letztes Mal die große Schlacht mit Dekorateuren, Maschinisten, Orchester und Solisten geschlagen, damit schließlich alles zu glücklichem Gelingen bereit sei. Und am 26. Juli war Bayreuth wieder einmal festlich beflaggt, die „Patrone" anwesend, und eine Unmasse Neugieriger erschienen. Alle Getreuen hatten sich eingefunden; es fehlten nur zwei: Nietzsche, der niemals mehr kam, und Ludwig II. Sogar der König ließ seinen Meister im Stich. Er schützte ein Unwohlsein vor, das ihn mehr denn je nötige, fern und völlig einsam zu bleiben, und Wagner berührte dies Ausbleiben aufs Schmerzlichste. Durch die Umgebung des Königs hatte er erfahren, wie schlecht, ja selbst beunruhigend es um ihn bestellt war. Jedoch hatte Wagner bis zuletzt noch immer gehofft, mit dem Eintreffen dessen rechnen zu können, den er so lange seinen Parzival genannt. Parzival aber sandte diesmal nicht einmal eine seiner sonst üblichen schwungvollen Depeschen. Zwischen beider Herzen stand nun das Schweigen. So erhob sich denn Wagner in seiner Loge, als der Vorhang nach dem ersten Akt eines Werkes gefallen, das sein Schöpfer ein Bühnenweihfestspiel genannt, und bat das Publikum, mit Beifallkundgebungen zurückzuhalten, wodurch allmählich die Tradition entstand, jeg-

lichen Beifall bei der Aufführung des *Parsifal*
zu unterlassen. Es ist möglich, daß Wagner damit nur beabsichtigte, die eindringliche Wirkung
seines Weihespieles auf die Zuschauer zu erhöhen. Warum aber sollten wir darin nicht über-
dem die zartfühlende Scham eines enttäuschten
Herzens erblicken, das es zur Zurückhaltung
drängte? Er wußte es wohl, Ludwig verstand ihn
kaum. Aber er wußte auch, Ludwig hatte ihn
einst geliebt. Daher ward ihm an diesem bedeutungsvoll ernsten Abend durch die Abwesenheit
dessen, der vor siebzehn Jahren beim Anhören des
Tristan so staunenswert Bewunderung gezollt,
dieser übervolle Theaterraum zur Einöde.

Bei den folgenden Vorstellungen hellten sich
Wagners Züge nicht auf. Am Vormittag der
sechsten befiel ihn im Festspielhaus, zum großen Schrecken eines seiner zufällig anwesenden
Sänger ein heftiger Herzkrampf. Ganz blau geworden, sank er auf ein Sofa nieder und fuchtelte
mit den Armen vor sich im Leeren, als boxe er
mit dem Tod. Er erholte sich indessen bald wieder, mußte sich aber tagelang schonen und die
Empfänge in Wahnfried der Gattin überlassen.
Am 25. August, dem Geburtstag des Königs als
auch dem Hochzeitstag Wagners mit Cosima,
sandte er Ludwig folgendes Telegramm: „Ver-

258

schmähtest Du des Grales Labe, sie war mein Alles Dir zur Gabe! Sei nun der Arme nicht verachtet, der Dir nur gönnen, nicht mehr geben kann." Selbst diese recht pathetische Botschaft blieb unbeantwortet. Die Zeiten hatten sich sehr geändert. Vielleicht aber war daran nicht nur Ludwigs zunehmend melancholischere Stimmung schuld, sondern weit eher wohl gehörte er zu jenen, die der Ruhm eines andern um vieles weniger bewegt als dessen Mißgeschick. Der Mensch ist oft herrlich inkonsequent: er will das Glück eines geliebten Wesens, allein, verwirklicht es sich, dann ist es um die Liebe geschehen.

So glich denn diese Parsifal-Zeit keinem leidenschaftlichen Lenz mehr wie jene Tristan-Monde, wohl aber einer frostigen Winterdämmerung. Wahrlich, es lohnte sich einzig noch zu sterben und wie Amfortas in die letzten, flehenden Worte auszubrechen: „Tod! . . . Einzige Gnade." Gleich als wüßte der Tondichter darum, ergriff er im dritten Akt der sechzehnten und letzten Vorstellung den Dirigentenstab, um das Werk persönlich zu Ende zu bringen. Wagner hatte damit zum letzten Male den Taktstock geführt und sich als Künstler ausgesprochen, mit dem Leben abgeschlossen.

Zwei Wochen darauf traf er in Venedig ein, dieser lieblichsten aller Stätten des Todes; dem Orte, den der Theatraliker Wagner instinktiv sich erwählt, er, dem die gnädigen Götter stets den für ihn gleichsam geschaffenen Dekor gewiesen. Allein er sollte kein halbes Jahr mehr auf diesen Lagunen verleben, wo ihn die Erinnerung an all das Herzzerreißende beschlich, für das er zu ersprießlichstem Gelingen ein Vierteljahrhundert zuvor geblutet, zu jener Zeit, da er die Musik zum zweiten Akt des *Tristan* geschaffen. Hatte er damals wohl, als er den Palazzo Guistiniani am Canal Grande bewohnte, wirklich Isoldes Nahen erhofft? Wenn er dies Hoffen genährt, bekannt hat er es nicht. Wie dem auch sei, Mathilde Wesendonck war niemals aufgebrochen, sich ihm zu vereinen. Zweifelsohne hat dies sein künftiges Geschick wesentlich günstiger beeinflußt und ihm, den sie liebte und dem sie sich schließlich versagte, zum Besten gereicht, denn wie Ibsen sagt:

„Erst Verlornes wird Erworbnes; —
Ewig lebt dir nur Gestorbnes.“

Die einzige Besucherin des Palazzo Guistiniani war 1858 die Herzensqual, und im Palazzo Vendramin 1883 suchte der Tod ihn heim.

Am 13. Februar, gegen zwei Uhr nachmittags, packte er seine so oft schon ergriffene und ihm

wieder entronnene Beute. Wagner saß am Schreibtisch. Die Papiere vor ihm zeugten von einer be-
gonnenen, letzten philosophischen Abhandlung.
Allein nach dem *Parsifal* vermochte alles Schreiben nur recht nebensächliche Bedeutung zu gewinnen. In der Tat, Wagner war im Grunde
nichts mehr zu tun verblieben, wie er vor Wochen
noch König Ludwig berichtet. Der Todeskampf
währte nur Augenblicke, und wortlos ergab sich
nun der greise Tondichter.

XVI

DIE NACHT ZUM PFINGSTMONTAG
1886

VON außen vermochte nichts mehr Ludwigs II.
Körper oder Geist in seiner entrückten Welt
zu beeindrucken. Hatte er bereits als ein Toter
unter den Lebenden oder unter all den Toten als
einzig Lebender zu gelten? Wissenschaftlich wie
philosophisch ist das Problem Illusion und Wirklichkeit bis heute unablässig und vergebens er-
örtert worden. Doch wie es lösen, wenn es sich
um einen jener Menschen handelt, die, infolge
ihrer etwas anders eingestellten, durch irgend-
welches Manko oder Mehr ihrer psychophysi-
schen Veranlagung bedingten Denkart, der Masse
als Gezeichnete erscheinen? Der Welt gilt als
normal, wer seine Mängel zu verbergen, sich
den bestehenden Gesetzen anzupassen weiß; als
stark, wer durch Beherrschung die Unruhe meistern kann, die eigene Verirrungen erregen; als
weise und besonnen, wer blinden Feuereifer zu

zügeln versteht, und als gerecht, wer die bestraft
und büßen läßt, die menschliche Gemeinschaft
fliehn, die Sicherheit des Lebens gefährden oder
das geistige Behagen bedrohen. Weshalb denn jeder, der aus eigener Machtvollkommenheit zu
handeln wagt, als Aufwiegler gebrandmarkt, zum
mindesten aber als Störenfried der Mißachtung
jenes fragwürdigen Imperativs, genannt soziale
Pflicht, gezogen wird. Er ist es, der das Dich-
terwort bestätigt: „Der Gran von Schlechtem
zieht des edlen Wertes Gehalt herab in seine
eigne Schmach." König Ludwig in seiner Abgeschiedenheit war der Welt ein Ärgernis geworden.

Als Wagners Sarg am münchner Hauptbahn-
hof durchkam, harrte seiner eine dichtgedrängte
Menge, um der sterblichen Hülle dessen die letzte
Ehre zu erweisen, den man vor achtzehn Jahren
verhöhnt hatte; dies freilich schien nun vergessen.
Der König aber, der allein ihn geliebt, blieb auch
der einzige, der ihm diese Ehrung versagte. Wie
hätte er es denn übrigens vermocht, er, dem die
Menge so verhaßt war! Würde ihn nicht die
Scham getötet haben, seine Gefühle in aller Öffentlichkeit zur Schau stellen zu müssen? Daher
begnügte er sich damit, durch seinen Flügeladjutanten einen Kranz mit der Inschrift: „Dem

Dichter in Wort und Ton, dem Meister Richard
Wagner von König Ludwig II. von Bayern" überbringen zu lassen, und Frau Wagner brieflich
sein Beileid auszusprechen. Nachdem er sodann
offizielle Vertreter zur Beisetzung entsandt, hatte
er seinerseits nur nötig, ein wenig mehr noch zu
vergessen, um sein Herz für immer den Gefühlen für Wagner zu verschließen.

Von Zeit zu Zeit konnte man den König vor-
überfahren sehen, zurückgelehnt in seinen ge-
schlossenen Wagen, einen blauen Vorreiter und
zwei berittene Gendarmen vorauf. Das Gefährt
hielt dann im Englischen Garten, Ludwig stieg
aus, um, mit seinem großen Regenschirm han-
tierend, in einigen entlegeneren Alleen spazieren-
zugehen. Hinter ihm und vor ihm stets ein Gen-
darm, schritt er wuchtig aus, den Zylinder vor
sich her haltend, das Haar kunstvoll gekräuselt,
auf gut Glück seinen Gedanken ungehemmt nach-
jagend. Ich vermag mir kaum etwas Tragischeres
vorzustellen als diese ohnmächtige Riesengestalt,
diesen letzten Sproß eines der ältesten Stamm-
bäume europäischer Fürstenhäuser, der allenthalben das Morsche seines Wesens selber empfand.
Vielleicht ist der Wahnsinn, den man ihm zu-
schreibt, nur ein Ausdruck unendlichenBedauerns.
Noch immer gab er sich vag der Hoffnung hin,

der Saft seines Stammes vermöchte irgendwie doch einmal noch zu treiben. Da nun aber Wagner entschwunden, war nirgends eine überragende Seele zu erspähen, welche die seine hätte ersetzen können und der eigenen neue Schwungkraft verleihen. Denn es gibt solche Geister, die gleich Planeten um Zentralsonnen kreisen, um ihr Dasein wie lieblich schwermütige Monde in ihrem Abglanze zu verbringen. Und gewiß war Ludwig deren einer. Er war aus dem Sternenbilde Lohengrins in das des Sonnenkönigs getreten, von jenem Ludwigs des Vielgeliebten in das Marie-Antoinettes, hatte sich von Hamlet zu Saverny gewandelt, ohne je den ihm gemäßen Rhythmus zu finden, und kreiste nun in eisigem, leerem Äther. Und das Erschütterndste bleibt, daß dieser Wahnsinnige nicht wahnsinnig war. All sein Hoffen auf Glück sah er zerrinnen, seine nicht vollendeten Schlösser trieben ihn um, er schlug seine Lakaien, mied seine Minister; allein der Glaube an etwas war ihm verblieben: an seine göttliche Mission, sein Gottesgnadentum. Das war der Funke, der ihn am Leben erhielt. Er reichte nach seinem Dafürhalten hin, sein Tun in allem zu rechtfertigen. Dies erklärt auch, weshalb es für ihn unter der Menge der Zuschauer, die seine Fackelträger vorbeireiten sahen, keinen Unterschied zwischen

einer Exzellenz, einem Künstler oder einem Stallmeister gab.

Deshalb beauftragte er auch den Marstallfourier Hesselschwerdt mit der Erledigung politi-
scher Angelegenheiten. Die Schulden der Hof-
kasse waren auf dreizehn Millionen angewachsen.
Nun aber ging es nicht etwa darum, sie abzu-
decken, sondern neue Anleihen sollten zum Wei-
terbauen aufgenommen werden, und das Ministerium, ja selbst die Kammer galt es aufzulösen,
wenn sie sich widersetzten. „Passe recht auf und
besorge es gut“, schrieb er ihm. „Sprich eingehend mit Ziegler (dem ehemaligen Kabinettchef). Sage ihm, daß die jetzigen Minister weg
müssen; sie haben sich bei Mir unmöglich gemacht. Er wird es also, wenn er alles besorgt, wie
Ich will. Die Kollegen soll er dann Mir selbst vor-
schlagen. Schneider (den letzten Kabinettchef)
gleich fort und durch einen Tüchtigen ersetzen.
Sind die Kammern verstockt, dann auflösen, andere her und das Volk sehr bearbeiten, schnell
aber. Sage ihm, außer den Rückständen (ohne,
daß die Kammern wissen, wofür; können glauben, es gehöre zu den Rückständen) ein paar Millionen dazu; die andern schaffe Du herbei. Sage
ihm, daß die Bauten die Hauptlebensfreude sind,
daß Ich, seit alles schändlich stockt, ganz un-

glücklich bin, an Abdanken, Selbsttötung stets
denke, daß der Zustand aufhören muß, daß die
Bauten nicht mehr stocken dürfen, daß, wenn er
alles richtet, er mir das Leben wiedergibt...
Rasch vorwärts mit dem Schlafzimmer in Linderhof, Skt. Hubertuspavillon und mit dem Aus-
bau der Burg von Herrenwörth und Falkenstein.
Mein Lebensglück hängt davon ab..."

Die Minister Lutz und Riedel, mit den öffentlichen Arbeiten betraut, waren ihm unerträglich,
ja vielleicht auch verdächtig geworden. Er
wünschte, Ziegler wieder zu haben; allein dieser
zögerte zunächst, und schließlich lehnte er ab.
Ludwig fand niemand, auf den er sich hätte
verlassen können, der ihm ergeben war. Was er
aber nicht wußte, war, daß bereits in aller Stille
ein umfangreiches Komplott geschmiedet wurde,
das seine Absetzung bezweckte. Diese dreizehn
Millionen Schulden — eine für die damalige Zeit
unerhört hohe Summe — die Unbeständigkeit der
königlichen Absichten, die neuen Bauprojekte,
um die man wußte, all das endlich, was nach und
nach durch die nur unzureichend dichten Mauern
seiner abgeriegelten Schlösser mit ihrer verdächtig sinnlichen Pracht sickerte, beunruhigte die
Oheime und Vettern des Königs. Den Prinzen
Luitpold und Ludwig, verständigen und ruhig

überlegenden Männern, bangte um den Fortbestand ihrer Dynastie. Rechtzeitig galt es zu verhindern, daß der Landtag oder gar das Volk hier
selbst eingriffen.

Das erscheint nur verständlich. Allein die Art
und Weise, wie sie vorgingen, um ihren Zweck
zu erreichen, bleibt tadelnswert. War es wohl nötig, um sich eines Träumers zu entledigen, der
sich nicht einmal mehr auf die Ergebenheit seiner
Bediensteten verlassen konnte, Hinterlist, Gewalt
und Verrat anzuwenden? Dieser König, einem jeden an sich schon sympathisch, der das Außer-
ordentliche liebt, sollte im letzten Akt seiner Tragödie zur erhabenen Größe seines Schicksals em-
porwachsen, sollte gleich Hamlet zum ersten- und
letztenmal handeln, dem Leben verloren sein, der
Legende gerettet und von dem nicht mehr sehr
fernen Augenblick an, da er zu regieren aufgehört, ein Mann werden.

Im Winter 1885 bereits wußte Ludwig II. ver-
möge der Divinationsgabe der Menschen, die ihre
Erkenntnisse einzig der Intuition verdanken, daß
er sich nurmehr auf zwei Stützen verlassen
konnte: seinen Flügeladjutanten, den Grafen Al-
fred von Dürckheim-Montmartin, über dessen Ergebenheit kein Zweifel möglich war, und Bismarck. Es mag seltsam erscheinen, den klang-

vollen Namen dieses unerbittlichsten Logikers im Zusammenhang mit dem des phantastischsten Fürsten nennen zu hören. Allein Bismarck hatte stets König Ludwig II. verehrt und geliebt, nicht nur, weil dieser ihm einst Widerstand geleistet, sondern er begriff auch, daß dem König das Gebahren des absoluten Monarchen gefiel, er wußte seine Vorliebe für Ludwig XIV. richtig einzuschätzen und teilte seine Geringschätzung dieser ganzen, gefühlsseligen Bürgermasse. Was nun allerdings den Reichskanzler nicht hinderte, auf einen dringenden, durch Dürckheim persönlich übermittelten Hilferuf Seiner Majestät des Königs von Bayern, er möge ihm die erwünschten Geldmittel verschaffen und ihm außerdem praktische Ratschläge erteilen, ziemlich allgemein und ausweichend zu antworten. Darauf ging ihn der König im Frühjahr 86 nochmals brieflich an. Diesmal riet Bismarck, eine Anleihe beim Landtag zu beantragen und sich gleichzeitig zu verpflichten, sich in keinerlei neue bauliche Unternehmungen mehr stürzen zu wollen. Was das „Hausministerium Seiner Majestät des Kaisers" betraf oder die berliner „Finanzkreise", so war es Bismarck nicht möglich, „eine Aussicht gewinnen zu können, die nötige Summe aufzubringen." Ludwig war bereit, diese Ratschläge zu befolgen, ohne einzusehen,

daß es hierzu zu spät war. Er verließ sich vertrauensvoll auf sein Ministerium, in einem Augenblick, da dieses sich anschickte, ihn im Stiche zu
lassen. Er ahnte nicht, daß eben diese Minister
sich ihrerseits mit einem Schreiben an Bismarck
gewandt hatten, damit dieser nichts unternehme,
daß sie ihm sogar ein von den Psychiatern Gudden, Hagen, Grashey und Huberich unterzeich-
netes ärztliches Gutachten nebst einer Sammlung
von allerhand Schriftstücken und Beweisen übersandt hatten, worin sie ihn für geisteskrank und
unzurechnungsfähig erklärten. Dies merkwürdige
„Gutachten", das ohne jede vorhergehende körperliche Untersuchung des Kranken abgefaßt
worden war, gründete sich einzig auf Exzentrizi-
täten des Königs, auf politische Ansichten von
angeblich zweifelhaft deutscher Gesinnung, auf
seine Vorliebe für den einstigen Hof von Versailles, seine Verachtung des bayerischen Volkes,
seine Bauwut und seine entwürdigenden Freundschaften. Es berief sich auf Anekdoten, Berichte
von entlassenen oder mißhandelten Bediensteten,
die sich der Opposition angeschlossen hatten, auf
all die Verrätereien dieses Judas Hesselschwerdt,
der seinen Herrn um einen Sack Silberlinge preis-
gegeben. All dies klang zufriedenstellend, den
Tatsachen entsprechend, war amtlich gestempelt

und in das Mäntelchen der Wissenschaftlichkeit
gehüllt. Der greise Kaiser Wilhelm fand dies Material „haarsträubend". Kronprinz Friedrich lächelte und zuckte die Achseln. Bismarck schwieg.
Damit aber billigte man stillschweigend das Komplott zur Absetzung des Königs, und in München
wurde nun umso eifriger auf das Ziel der Einsetzung einer Regentschaft hingearbeitet.

Während dieser April- und Maiwochen 1886
setzte Ludwig wie wahnsinnig seine Jagd nach
den Millionen fort. Ihn dünkte, das Schicksal
seines Thrones, seiner Zukunft, seines Lebens
hinge einzig von dieser schrecklichen Finanzfrage
ab, die er praktisch niemals richtig zu lösen
verstanden. Wie er dereinst mit einigen Goldstücken einen ganzen Juwelierladen hatte auskaufen wollen, so glaubte er jetzt, durch Unterzeichnung eines Wechsels sein Regierungsgebaren rechtfertigen und sein Werk vollenden zu
können. Er beabsichtigte, sich an das Haus Rothschild, an den Schah von Persien zu wenden; er
erwog, bei der Familie der Orléans ein Darlehen
von zwanzig Millionen Franken aufzunehmen, gegen Zusicherung der Neutralität Bayerns im nächsten deutsch-französischen Kriege. Heißt es nicht,
er habe insgeheim einen Anschlag mit Waffengewalt auf die Banken befohlen? Zu welch herr-

lichem Abschluß würde es in einer Welt, die kopf-
stand, durch solch verfrühten Bolschewismus gekommen sein, wobei der König sich hätte er-
wischen lassen, die Hand im Geldschrank seiner
Untertanen! Allein man sollte uns nicht mehr die
Zeit lassen, ein solch seltenes Schauspiel zu erleben. Die Ärzte erklärten jede körperliche Untersuchung Seiner Majestät hinfort für überflüssig,
denn die Tatsachen sprachen für sich, und das
Beweismaterial war beredt. Der Oheim des Königs, Prinz Luitpold, ließ sich überzeugen. Er war
bereits fünfundsechzig Jahre alt, ehrbar und bescheiden, zögerte zwar angesichts einer so ernsten
Entscheidung, blieb sich jedoch seiner Pflicht bewußt. Im Interesse seines Ansehens ist es be-
dauerlich, daß er sich bezüglich der Entschlüsse,
die er im Namen seines Volkes fassen sollte, seinem Neffen zuvor nicht wohlwollend und in aller
Aufrichtigkeit eröffnet hat. Wer aber beginge in
derartigen Augenblicken nicht Fehler? Dazu hätte
Luitpold ein Bismarck sein müssen, und er war
nur ein Wittelsbacher. Als solcher ordnete er daher an, eine Regierungskommission habe sich in
den ersten Junitagen zum König zu begeben, um
diesem offiziell und feierlich die Einsetzung der
Regentschaft und die Notwendigkeit seiner In-
ternierung mitzuteilen.

Elf Herren wurden hierzu ausersehen. Zu ihrem Führer ward Freiherr Krafft von Crailsheim, der Leiter des Ministeriums des königlichen Hauses und des Äußern, bestimmt. Ihm waren die Grafen Törring und Holnstein beigegeben, dieser selbe Holnstein, den einst enge Freundschaft mit dem König verbunden und der ihm 1871 den von Bismarck verfaßten „Kaiserbrief" überbracht hatte. Bei ihm rechnete man mit seiner starken Persönlichkeit, seinem energischen und überzeugenden Auftreten und dem Einfluß, den er auf das Dienstpersonal des Königs von früher her haben mußte. Dies war ein weiterer Fehlgriff. Ferner wurde Dr. Rumpler zum Sekretär der Kommission ernannt und Oberstleutnant a. D. Freiherr von Washington als der bezeichnet, der künftig an Stelle von Dürckheim-Montmartin Flügeladjutant Seiner Majestät werden sollte. Schließlich aber gehörte ihr an — und das war ein äußerster Mißgriff, der zudem beweist, daß es nicht mehr darauf anzukommen schien, nur unter Wahrung der Würde rasch vorzugehen — Dr. von Gudden, der Direktor der münchner Kreis-irrenanstalt, dessen Assistent, Dr. Müller, sowie vier Pfleger.

Am 9. Juni, nachmittags zwei Uhr, brachen diese Persönlichkeiten etwas besorgt nach Hohenschwangau, dem „hochgelegenen Gau des Schwanes“ auf. Armer Schwan, er ahnte nichts. Selbst seinen getreuen Dürckheim hatte er beurlaubt. Gegen zwölf Uhr nachts fuhr die Kommission in den Schloßhof ein, bezog Zimmer, soupierte üppig und beriet sich. Die Ansichten waren geteilt. Holnstein prahlte, es allein auf sich nehmen zu wollen, mit dem König zu sprechen. Dr. von Gudden war skeptischer, aber auf alles gefaßt und hatte sogar die Zwangsjacke nicht vergessen. Darin zu entkommen durfte wohl als ausgeschlossen gelten. Diese Beratung hörte der hier einzig noch königstreue Kutscher Osterholzer mit an, und sobald er begriffen, worum es sich handelte, eilte er spornstreichs nach Schloß Neuschwanstein. Er benachrichtigte seinen Herrn, was man gegen ihn im Schilde führe, und beschwor ihn, so schnell wie möglich zu fliehen. Aber Ludwig konnte und wollte es nicht glauben. „Bestünde Gefahr, so hätte mich Hesselschwerdt von München aus benachrichtigt“, äußerte er. Wer reinen Herzens ist, wird nie seinen Freunden Verrat zutrauen, wenngleich dies zunächst erwogen sein will. Ludwig blieb und wartete ab.

Gegen vier Uhr graute der Morgen. Der Nebel rieselte, die Tannen des Hochwaldes zerrissen ihn in Schwaden, die zu den Türmchen und Zinnen

der Wagnerburg emporkrochen. Plötzlich bogen
einige Wagen vom Wege ab und hielten am
Hauptportal. Gendarmen der Wachtmannschaft
näherten sich den Ankömmlingen, erkundigten
sich nach dem Grund ihres Besuches und ver-
wehrten ihnen den Eintritt ins Schloß. Mit einem
Widerstand dieser einfachen Leute hatte man
nicht gerechnet. „Euer König ist geisteskrank!“
erklärten die Ärzte. Die Wache blieb jedoch dabei: „Der König hat uns befohlen, niemand ins
Schloß zu lassen, und wir gehorchen ohne Rück-
sicht auf die Folgen.“ Obwohl die Herren in Uni-
form und Staatsgala waren, unerschütterlich hieß
es: „Unser König hat befohlen, und wir gehorchen!“ Ludwig geriet außer sich vor Wut, als er
vernahm, daß Holnstein unter denen sei, die ihn
„zu verhaften“ gekommen. Ach, wäre nur sein
Horatio, sein Dürckheim, dagewesen! Gemeinsam
würden sich wohl Mittel und Wege haben finden
lassen, um dieser Sackgasse zu entrinnen. Inzwischen aber war der Vorhang zum fünften Akt
aufgegangen, und wohl oder übel mußte man ihn
nun allein beenden. Gewiß schloß Hamlet von
Bayern in diesem Augenblick wie Hamlet von
Dänemerk, da er grübelt, just bevor er zum ersten
und letzten Male in seinem Leben handelt: „... Ich
trotze allen Vorbedeutungen: es waltet eine be-

276

sondere Vorsehung über dem Fall eines Sperlings.
Geschieht es jetzt, so geschieht es nicht in Zukunft; geschieht es nicht in Zukunft, so geschieht
es jetzt; geschieht es jetzt nicht, so geschieht es
doch einmal in Zukunft. Bereitsein ist alles. Da
kein Mensch weiß, was er verläßt, was kommts
darauf an, frühzeitig zu verlassen? Mags sein!"

Und alsbald befahl Ludwig, die eingetroffenen
„Persönlichkeiten, insbesondere den Staatsminister
von Crailsheim und die Grafen Holnstein und
Törring zu verhaften und nach Neuschwanstein
einzuliefern." Einzig Rumplers hatte der Haft-
befehl nicht gedacht. Schleunigst entfernte sich
dieser daher, um telegraphisch über die Vorgänge
nach München zu berichten. Und die Regierung
ergriff sogleich diese unverhoffte Gelegenheit,
um die Regentschaft zu proklamieren.

„Im Namen Seiner Majestät des Königs."

„Unser Königliches Haus und Bayerns treu-
bewährtes Volk ist nach Gottes unerforsch-
lichem Ratschlusse von dem erschütternden Ereignisse betroffen worden, daß Unser vielge-
liebter Neffe, der Allerdurchlauchtigste, Groß-
mächtigste König und Herr, Seine Majestät
König Ludwig II., an einem schweren Leiden
erkrankt sind, welches Allerhöchstdieselben an

der Ausübung der Regierung auf längere Zeit
im Sinne des Titels II § 11 der Verfassungs-Ur-
kunde hindert.“ Usw. . . . usw. . . .

Während dieser Ereignisse in der Hauptstadt
wurden die hohen Kommissäre und die Pfleger
im Knappenhause des Portalbaus von Neuschwanstein aufs strengste bewacht. Bewaffnete aus der
Umgegend, Bauern, Floßknechte und Feuerweh-
ren eilten von allüberall herbei, um ihrem König
beizustehn. Erbittert faßte dieser derweil in seinem Arbeitsgemach Befehle auf Zettel ab, die ein
Lakai den Gefangenen hohnlächelnd übermittelte.
Den Verrätern solle die Haut abgezogen werden;
zu Tode solle man sie peitschen, ihnen die Zunge
herausreißen, die Hände abhacken . . . Die guten
Gendarmen wurden zuletzt stutzig, wußten weder,
was sie davon halten, noch was sie tun sollten, und
die Gefangenen blieben im ungewissen über ihr
Schicksal, als auf einmal neue Instruktionen der
Regentschaft eintrafen. Nun wendete sich plötzlich das Blatt, und der Widerstand wurde aufgegeben. Einzeln und mit aller Vorsicht, damit
der König nichts merke, ließ man die Kommis-
sionsmitglieder wieder frei, und ihre im Wald
verborgenen Wagen beförderten sie zur nächsten
Bahnstation.

Kurz darauf erklomm ein zuschanden geritte-
nes Pferd den Berg des Schwanes, sein Reiter
schwang sich, mit militärischen Ehrenbezeigun-
gen empfangen, aus dem Sattel, und Dürckheim-
Montmartin eilte seinem Fürsten zu Hilfe. Endlich! Beide zogen sich in das Gemach des Königs
zurück und bereiteten den Gegenstoß vor.

„Ich, Ludwig der Zweite, König von Bayern, sehe
Mich veranlaßt, an Mein geliebtes bayerisches
Volk und an die gesamte bayerische Nation
folgenden Aufruf zu erlassen:
Der Prinz Luitpold beabsichtigt, sich ohne Meinen Willen zum Regenten Meines Landes zu
erheben, und Mein bisheriges Ministerium hat
durch unwahre Angaben über Meinen Gesund-
heitszustand Mein geliebtes Volk getäuscht und
bereitet hochverräterische Handlungen vor..
Ich fühle Mich körperlich und geistig so gesund
wie jeder andere Monarch, und der geplante
Hochverrat ist so überraschend, daß Mir keine
Zeit bleiben wird, Gegenmaßregeln zur Ver-
eitelung der vom Ministerium beabsichtigten
Verbrechen zu treffen.
Falls die geplanten Gewaltakte zur Ausführung
kommen und Prinz Luitpold ohne Meinen Willen die Regierungsgewalt an sich reißt, beauf-

trage Ich Meine treuen Freunde, mit allen Mitteln und unter allen Umständen Meine Rechte zu wahren.

Ich erwarte von allen treuen bayerischen Beamten, insbesondere aber von jedem ehrliebenden Offizier und jedem braven bayerischen Soldaten, daß sie eingedenk des heiligen Eides, durch welchen sie Mir Treue gelobt haben, Mir auch in diesen schweren Stunden treu bleiben und Mir im Kampfe gegen die nächststehenden Verräter beistehen werden..."

Allein es war schon zu spät, dieser Aufruf erreichte die nicht mehr, an die er gerichtet gewesen. Dürckheim telegraphierte nach Kempten, um das dortige Jägerbataillon zu mobilisieren. Auch diese Maßnahme kam zu spät. Die Regentschaft hatte bereits im ganzen Königreich Gegenbefehle erlassen, der Telegraph war in ihren Händen. Trotz alledem entsandte der beharrliche Flügeladjutant einen Kurier zur österreichischen Grenze, um von dort aus Depeschen an Bismarck und den König von Preußen aufzugeben. Auch dies geschah nicht mehr rechtzeitig. Denn als die lakonische Antwort des Kanzlers eintraf und riet: „Majestät mögen sofort nach München fahren und Höchstsein Anliegen den versammelten Ständen vortragen ..." war im Sinne Shakespeares „alles geschehen". An Dürckheim erging zweimal der Befehl, nach München zurückzukehren. Das erste Mal weigerte er sich; das zweite Mal unterwarf er sich vertrauensvoll und ward bei seiner Ankunft sogleich verhaftet.

Kaum hatte dieser letzte Freund Neuschwanstein verlassen, da erschienen zwei Regierungsräte, begleitet von einem Gendarmerieoffizier und einem Stallmeister, mit den Psychiatern und Pflegern gegen Mitternacht vor den Toren der Burg, und zwar am Freitag, den 11. Juni, dem ihrem ersten Besuch folgenden Tage. Sobald ihnen die neue, am Abend vorher bestimmte Wache die Einlaßpforte geöffnet hatte, stürzte ein Lakai den Ankommenden entgegen und beschwor sie, so rasch wie möglich in die königlichen Gemächer zu eilen, Seine Majestät sei in höchster Erregung und es sei zu befürchten, der König stürze sich aus einem der Turmfenster. Einstweilen habe man ihm unter dem Vorwand, der Schlüssel des Turmes sei verlegt, den Zutritt zum Aufgang verwehren können. Daher wurden denn augenblicklich die erforderlichen Maßnahmen getroffen, die Ausgänge der Korridore versperrt und die Pfleger verteilt auf dem Gange postiert, den der König betreten mußte, um sein Vorhaben auszuführen.

Sodann schickte man den selben Lakaien rasche-
stens mit dem erlösenden Schlüssel zum König
hinein. Mittlerweile verhielt man sich abwartend,
in der Annahme, das letzte Sichdurchringen zu
diesem Entschlusse spiele sich nun wohl im Hirne
des armen Königs ab.

Lautlose Stille herrschte. Dann vernahm man
feste Tritte. Die Türe des Gemachs öffnete sich
und in ihr erschien Ludwigs gigantische Gestalt.
Dem in tiefster Verbeugung verharrenden Diener
erteilte er undeutlich Befehle. In diesem Augenblick jedoch traten von allen Seiten Guddens
Leute hervor und schnitten dem König den Rück-
weg ab; jetzt hatte man ihn. Bevor der König irgend etwas unternehmen konnte, hielten ihn die
Pfleger an den Armen untergefaßt, und Gudden
trat vor:

„Majestät“, sprach er, „es ist die traurigste
Aufgabe meines Lebens, die ich übernommen
habe; Majestät sind von vier Irrenärzten begut-
achtet worden, und nach deren Ausspruch hat
Prinz Luitpold die Regentschaft übernommen.
Ich habe den Befehl, Majestät nach Schloß Berg
zu begleiten, und zwar noch in dieser Nacht.
Wenn Majestät befehlen, wird der Wagen um
vier Uhr vorfahren.“

Dr. Müller berichtet, der König habe, schmerz-

lich bewegt, nur immer wieder die Worte hervorgebracht:

„Ja, was wollen Sie denn? Ja, was soll denn
das?“

Hierauf kehrte er, einen Augenblick auf seinen
Beinen hin und her schwankend wie ein Baum
beim Fällen, von den Pflegern geleitet, in sein
Schlafgemach zurück. Daß er schwankte, kann
im Grunde nicht seltsam dünken, denn die vom
Blitz getroffene Eiche war dem Umsinken nahe.
Der Chefarzt stellte sodann die Herren und seine
Leute vor. Plötzlich stieß der König hervor:

„Wie können Sie mich für geisteskrank erklären? Sie haben mich ja vorher garnicht an-
gesehen und untersucht!“

„Majestät, das war nicht notwendig; das Ak-
tenmaterial ist sehr reichhaltig und vollkommen
beweisend. Es ist geradezu erdrückend.“

„Und wie lange wird die ‚Kur‘ wohl dauern?“

„Majestät, in der Verfassung steht: wenn der
König länger als ein Jahr durch irgendeinen
Grund an der Ausübung der Regierung gehindert
ist, dann tritt die Regentschaft ein, also würde
ein Jahr vorläufig der kürzeste Termin sein.“

„Nun, es wird wohl rascher gehen. Man kann
es ja machen wie mit dem Sultan, es ist ja leicht,
einen Menschen aus der Welt zu schaffen.“

„Majestät, darauf zu antworten, verbietet mir meine Ehre", entgegnete Gudden.

Wie vorgesehen, fuhr man um vier Uhr morgens nach Schloß Berg ab. Der König saß allein in einem Wagen, jedoch hatte man vorsichtshalber die Drücker der Wagenschläge entfernt. Die Fahrt verlief ohne Zwischenfall, und am Samstag, den 12. Juni, erreichte man gegen Mittag den Bestimmungsort. Ludwig begann zu spotten, als er sah, daß man die Fenster des zweiten Stockwerks seines alten Familiensitzes vergittert, in die Türen Beobachtungslöcher gebohrt hatte, daß man ihm bei Tisch den Gebrauch jeglichen Messers vorenthielt, kurz, daß man seinen Landsitz zu einer Art Privatirrenanstalt hergerichtet. Frühzeitig ging er zu Bett und erwachte am anderen Morgen völlig ruhig. Es war Pfingstsonntag, der 13. Juni. Doktor von Gudden sandte an diesem Tage ein Telegramm zuversichtlichen Inhalts nach München: „Hier geht alles wunderbar gut." Man muß schon ein wirklicher Seelenarzt und hervorragender Heilkünstler sein, wenn es einem mit allem Feingefühl gelingen soll, den Sinn der Gedanken solch seltsamer Gegenspieler, wie es Neurastheniker sind, aus ihrem fast undurchdringlichen Gebaren zu enträtseln.

Um sechseinhalb Uhr, nach dem Diner, ließ

der König Dr. von Gudden zu dem ihm ver-
sprochenen Spaziergang bescheiden. Gemeinschaftlich traten sie ihn an und schritten friedlich
einen Laubengang hinunter, dem Starnberger See
zu. Gudden hatte kurz zuvor noch erklärt, kein
Pfleger dürfe mitgehen. Der Spaziergang konnte
ja auch längstens eine Stunde, höchstens aber ein-
einhalb Stunden dauern. Im übrigen fühlte er
sich Manns genug, Seine Majestät nötigenfalls zu
beruhigen. So schritten denn beide bei tief ver-
hangenem, gewitterschwangerem Himmel dahin
und entschwanden bald den ihnen vom Schloß-
portal aus Nachblickenden.

Kurz darauf verfinsterte sich der Himmel noch
mehr, es ward fast Nacht, obgleich die längsten
Tage des Jahres gekommen waren. Es fing an zu
regnen. Die Spaziergänger würden wohl kaum
zögern umzukehren. Allein es wurde einhalb acht
Uhr, acht Uhr. Nun goß es in Strömen. Kein
Mensch ließ sich blicken. Dr. Müller ward unruhig. Er entsandte einen, dann zwei weitere Gendarmen, um nach dem Verbleib der beiden zu forschen, während er selbst eine gründliche Durch-
suchung des Parkes anzuordnen begann. Etwa um
achteinhalb Uhr war das gesamte Schloßpersonal
hierzu aufgeboten. Der Park wurde nun nach
allen Richtungen durchsucht, allein von den

beiden Spaziergängern entdeckte niemand eine
Spur. Die Erregung stieg. Kurz vor zehn Uhr
ging ein dringendes Telegramm nach München
ab: „Der König und Gudden am Abend spazieren-
gegangen, noch nicht zurück; der Park wird
durchsucht." Um zehneinhalb Uhr endlich erreichte die Aufregung ihren Höhepunkt: ein
Diener brachte den mit der Diamantagraffe ge-
schmückten Hut Seiner Majestät, den er soeben
am Seeufer gefunden. Wenig später fand man
auch Guddens Hut, nicht weit davon liegend,
dann Rock und Überrock des Königs sowie des
Arztes Regenschirm. Man eilte zum See hinab,
weckte einen Fischer. Müller, die Pfleger und der
Schloßverwalter Huber bestiegen ein Boot und
begannen nun ein noch weit aufregenderes Nach-
forschen. Kaum hatten sie ein paar Ruderschläge
getan, als Huber einen gellenden Schrei ausstieß,
ins brusttiefe Wasser sprang, um einen Körper
zu umklammern, der fast an der Oberfläche des
Sees schwamm. Es war der König, in Hemd-
ärmeln. Einige Meter weiter ein zweiter Körper:
Gudden. Nacheinander hob man sie am Ufer ins
Boot. Beide waren bereits steif, kalt, ohne Puls
noch Atmung. Müller versuchte es sofort mit
Wiederbelebungsversuchen und künstlicher Atmung. Vergebens. Ohne Zweifel mußten beide

286

schon seit mehreren Stunden tot sein. Des Königs Uhr, in die Wasser gedrungen, war um 6 Uhr 54 Minuten stehengeblieben.

Nach dem ersten Entsetzen galt es das Nächstliegende zu tun. Von allüberall waren Menschen herbeigeströmt. Tragbahren mußten geholt werden. Hierauf kam es wie im dritten Akt der *Götterdämmerung* zu Siegfrieds feierlichem Leichenzug; eines Siegfried aber, der weder eine Geliebte hinterließ noch untröstlichen Schmerz heraufbeschwor. In jener Nacht zum Pfingstmontag 1886 kehrte man vielmehr schweigsam bei Laternenschein mit einem bedauernswerten, erstarrten Körper zurück. Es war der Leichnam eines Ertrunkenen. Wer weiß, vielleicht gar der eines Meuchelmörders. Denn Müller stellte an Guddens Gesicht „auf Stirn und Nase mehrere schräg verlaufende Kratzwunden“ fest; ferner „über dem rechten Auge“ einen „nicht unbedeutenden blauen Fleck, jedenfalls von einem Faustschlag herrührend.“ Ein anderer Augenzeuge, der spätere Fürst Philipp zu Eulenburg, der bei Morgengrauen erschien, bekundet, eine „Narbe auf seiner Stirn“ und „fürchterliche Strangulationsmarken an seinem breiten Hals“ wahrgenommen zu haben.

Es ist daher möglich, wenn nicht sogar wahrscheinlich, daß Ludwig der Angreifer gewesen

und daß er seinen Hüter, ehe er ihn zum See
schleppte, zu erschlagen versuchte und ihn alsdann erdrosselte. Der andere mußte sich wehren.
So fanden denn beide im Handgemenge den
Tod.

Wollte der König seine Freiheit wiedererlan-
gen? Wohin aber hätte er fliehen sollen, welcher
Zukunft entgegen? Rächte er einzig den Schimpf,
mit dem man sein Majestätsbewußtsein verletzt?
Oder gar — tragisch ironisch ausgedrückt — war
etwa dieses letzte energische Aufflammen, das
einzige seiner Regierungszeit, nicht einmal reiflich erwogen, sondern die impulsive Tat eines
Wahnsinnigen? Verlorene Liebesmühe, über die
notwendig sinnlosen Antworten auf solche Fragen
zu grübeln. Deuten wir lieber nichts. Zwei Lei-
chen, „der Rest ist Schweigen".

Die des Königs lag in seinem Schlafzimmer,
schlicht aufgebahrt.

Jedoch die Türe ging auf, eine Frauengestalt
trat ein. Der Zufall hatte sie in eben dem Augenblick nach Possenhofen geführt, da diese Tragödie zuende ging. Nur wenige Schritte hatte sie
tun müssen, um dem Gefährten der Roseninsel
diesen letzten Besuch abzustatten. Nichts indessen
hätte diese Kaiserin, die innerlich bereits mit dem
Leben abgeschlossen hatte, erschüttern können;

288

sie, die in ihrem Dasein so viele andere Tote um
sich sah, vermochte niemals ihr kleines, stolzes
Empörerhaupt auch nur in etwas angesichts eines
Schicksalsschlages zu neigen. Kaum drei Jahre
später hauchte Rudolf, ihr einziger Sohn, sein
Leben auf einem mit dem Blute eines jungen
Mädchens getränkten Bette aus. Bald darauf ver-
brannte ihre Schwester Sophie, die einst des Ertrunkenen Braut gewesen, bei lebendigem Leibe,
anläßlich eines Wohltätigkeitsfestes in Paris. Sie
selbst sollte eines Tages, als sie in Genf auf dem
Quai du Montblanc ihrem Hotel zuschritt, vom
Stahle eines Anarchisten ins Herz getroffen werden.

Wenn über einen Menschen selbst und dessen
Familie ein so tragisches Geschick verhängt zu
sein scheint, dann verliert der Tod seine Schrek-
ken. Er wird der einzige Besucher, den man wie
seinesgleichen behandelt, wie einen altvertrauten
Freund des Hauses. Hatten übrigens nicht er, der
hier aufgebahrt lag, ja sie selbst, die meisten
Künstler, hatten sie nicht ihr Leben der Suche
nach etwas vom Glücke recht Verschiedenem geweiht: jener zugleich vagen und doch eindeutigen,
vergänglichen und die Leidenschaften aufpeit-
schenden, gleich dem Winde nicht zu fassenden,
aber selig bezwingenden Idee der Illusion?

Elisabeth neigte sich fragend über dies große
Kind, das in wenigen Stunden zum Manne gereift
war, jedoch beim ersten Zusammenprall mit der
Wahrheit den Todesstoß empfangen hatte.

Etoy, im April 1928

ENDE

TOTENMASKE

KÖNIG LUDWIG II.

*

Im Besitze von Herrn Univers.-Prof. Dr. Ludwig D. Pesl-München

INHALT